귀환무적

BBULMEDIA ORIENTAL FANTASY

금훈 신무협 장편 소설

危幻無敵

[네놈, 본좌가 보이는 모양이구나.]

노인이 다시 말했다. 소년은 대답 대신 눈을 떴다. 명했던 시야가 또렷해지는 심장 소리와 함께 몸의 반쪽이 뜨겁게 달아올랐다.

사정이 곤두서고, 근육이 터질듯이 꿈틀거렸다.

[재미있구나. 저승으로 꺼내가마. 꺼내가마……]

노인이 웃었다.

꾸욱—

소녀의 입가로 거꾸러진 노인의 눈동자가 엉성하게 풀리로 꺼꾸로 흘러들었고 이따금씩 친자위가 하얗게 드러나기도 했다.

1

뿔미디어

目次

서(序)

"헉헉……."

미친 듯이 공기를 들이키지만 여전히 숨이 막혔다.

죽어버릴 것 같다.

그런 생각을 하면서도 소년은 달렸다. 멈추어 섰다가는 정말로 죽어버릴 판이었다.

얼마 떨어지지 않은 바로 뒤쪽에서 험상궂은 남자 하나가 커다란 칼을 들고 쫓아오고 있었다.

쿵쾅거리는 심장은 금방이라도 폭발할 것만 같았다. 소년은 계속 달렸다.

마구잡이로 뻗어 나온 나뭇가지들이 다리며 팔을 가리지 않고 스쳐 지나갔다. 얼굴도 예외는 아니었다. 어디서 다쳤는지 이마에서 피가 흘러내렸다.

"어디까지 뛰어가려는 생각이냐!"

남자의 고함 소리였다. 그 목소리에는 웃음기가 섞여 있었다. 명백한 조롱이었다. 잡을 수 있으면서도 당장 잡지 않는 것이다.

소년은 이를 악물었다. 땀 때문인지 피 때문인지 오른쪽 눈에 차고 있는 안대가 축축하게 느껴졌다.

주륵.

이마에서 흘러내린 피 한 방울이 왼쪽 눈으로 들어왔다. 밤의 어둠에 핏빛 장막이 한 겹 덧씌워졌다.

그 순간 소년의 발을 무언가가 잡아챘다. 튀어나온 나무뿌리나 돌이었겠지만, 중요한 건 그게 아니었다.

소년은 균형을 잃었고, 팔을 허우적거리며 앞으로 쓰러졌다.

빠각!

삭정이 위로 넘어지면서 꽤나 요란한 소리가 났다.

"헉! 헉!"

앙다문 이 사이로 숨소리가 새어 나왔다. 앞은 제대로 보이지도 않았다. 옆구리가 욱신거렸다. 넘어지면서 돌에 찍히기라도 한 모양이다.

"그래, 그래. 가면 어디까지 가겠냐? 꼼짝 말고 있어라!"

남자의 목소리와 저벅거리는 발소리가 가까워졌다. 보이진 않지만 웃고 있을 것 같았다.

소년은 피가 나도록 입술을 깨물며 몸을 일으켰고, 다시 달렸다.

하지만 잔뜩 지친 상태에서, 안 그래도 어두운 산길을 피가 들어간 외눈으로 달리려 했으니 멀쩡히 뛸 수 있을 리가 없었다.

"으악!"

비탈길에서 발이 미끄러지며 소년의 몸이 허공에 떠올랐다. 그리고는 길을 벗어나 한참 동안이나 굴러 떨어졌다. 정신을 잃지 않은 것이 다행이었다.

"어이! 살았냐?"

쓰러져 있는 소년의 머리 위로 남자의 목소리가 들려왔다.

소년은 대답하지 않았다. 대답할 상황도 아니었다. 팔다리에 힘이 제대로 들어가지 않았다. 어딘가 부러진 건지도 모를 일이었다.

소년은 고개만 돌려 주위를 살폈다. 저 멀리 있을 남자의 모습은 좀처럼 찾기가 어려웠다. 분명히 남자 쪽에서도 소년을 쉽사리 찾을 수 없을 것이다.

그때 소년은 시커먼 동굴의 입구를 하나 발견했다.

"금방 내려갈 테니 기다려!"

동시에 남자의 고함 소리, 나뭇가지가 부서지는 소리, 흙을 밟는 소리, 잔돌이 구르는 소리가 뒤섞이며 다가왔다.

"애야, 어디 있니?"

모습이 보이지 않으니 오히려 더욱 공포심이 가중되었다.

소년은 몸을 뒤집어 바싹 엎드렸다. 그러자 얼굴에서 안대가 떨어져 나갔다. 구르면서 어딘가에 걸려 줄이 끊긴 모양이었다. 소년은 기겁하며 한 손으로 눈을 가렸다. 그러곤 기다시피 몸을 옮겼다.

동굴로 숨으려는 생각이었다. 만약 곰이 살고 있다고 하더라도, 이대로 남자의 칼에 맞아 죽는 것보다는 훨씬 나을 터였다.

동굴 입구는 큼지막했지만, 실상 그 안은 생각보다 작았다. 간신히 일어나 벽을 의지하며 걸었지만, 얼마 가지 않아 벽이 나타났다. 딱히 몸을 숨길 곳도, 무기가 될 만한 것도 없었다.

어느새 그를 쫓던 남자는 비탈을 다 내려왔다. 텁석부리의 남자는 낭아도를 손에 쥔 채 음흉한 웃음을 흘렸다.

"옳아. 그 안에 있는 게냐?"

그도 똑같은 동굴을 발견했다. 그는 동굴의 안쪽을 기웃거리며 천천히 다가왔다.

소년은 저도 모르게 뒷걸음질을 쳤다.

터억.

하지만 그런 그를 동굴 벽이 밀어냈다.

안대가 떨어져 나간 오른쪽 눈은 여전히 손으로 가린 채였다. 남은 왼쪽 눈으로는 자꾸만 피가 흘러들어 갔다. 세상은 더욱 붉고, 어두워졌다.

"꼬마야, 애꾸 꼬마야. 그렇게 살아봤자 뭐가 좋겠냐? 편하게 죽여주마, 킬킬."

남자가 동굴로 들어섰다. 그 목소리가 동굴 안쪽에서 울리며 웅웅거리는 진동음을 만들어냈다.

소년은 부들부들 몸을 떨었다.

이대로 죽는 건가? 하지만 내가 왜 죽어야 하지? 무슨 죄를 지었다고?

이대로 허무하게 죽기는 싫어.

소년은 이를 악물며 가까스로 주먹을 틀어쥐었다.

"응? 덤비려고? 정말로? 하하하! 그것도 한 손으로? 맹랑한 놈일세."

사내는 비웃음을 흘리며 낭아도를 휘둘렀다.

쐐액!

바람이 갈라지는 소리가 났다.

소년은 본능적으로 몸을 날렸다. 크고 작은 돌멩이가 온몸을 두드렸다.

반 박자 늦게, 얼굴에서 화끈거리는 통증이 몰려왔다. 이마 부근이 길게 찢어지며 피가 줄줄 흘러내렸다.

소년은 비명을 삼키며 두 손으로 땅을 짚었다. 그 바람에 감추어져 있던 오른쪽 눈이 드러났다.

의외의 모습에 남자가 눈을 찡그렸다. 안대를 차고 있어서 당연히 애꾸라 생각했었지만, 그 안에서는 분명 검은 눈동자가 좌우로 움직이고 있었다.

그 눈을 마주하는 순간, 남자는 이유 없이 기분이 나빠졌다.

딱. 딱.

소년의 온몸이 사시나무처럼 떨리기 시작했다.

남자는 코웃음을 치며 소년에게 다가섰다.

구줘에 살려가가가배가배가가. 돈이에내팔에. 케키카피가가아죽어아악.

사방에서 울려 퍼지는 기괴한 소리에 소년은 정신을 차릴 수가 없었다. 하지만 사내는 아무 소리도 듣지 못한 듯 한 발짝 더 다가왔다.

다음 순간, 세상이 일그러졌다.

"흐윽!"

소년은 헛바람을 집어삼켰다.

칼을 든 남자보다도 더욱 가까운 곳. 서로의 숨소리까지 생생하게 들릴 만한 지척에서 사람의 모습이 생겨났다.

긴 머리는 산발이 되어 흘러내렸다. 얼굴에는 깊은 주름이, 눈동자는 썩어 들어가 퀭한 어둠만 담고 있었다.

[이놈 봐라.]

말을 하는 노인의 모습이 흔들렸다. 그 몸이 사방으로 번지며 뿌옇게 변하는가 싶더니, 다시 모여들면서 흐릿하게 형체를 갖추었다.

[네놈, 본좌가 보이는 모양이구나.]

노인이 다시 말했다.

소년은 대답 대신 몸을 덜덜 떨었다. 쿵쾅거리는 심장 소리와 함께 몸의 반쪽이 뜨겁게 달아올랐다. 신경이 곤두서고, 근육이 터질 듯이 부풀어 올랐다.

그 모습을 지켜보던 남자는 인상을 찡그렸다. 그는 소년이 너무 큰 공포에 미쳤다고 생각하며, 칼을 들어 올렸다. 단칼에 베어버리고 동료들이 있는 곳으로 돌아갈 생각이었다.

[재미있구나. 정말로 재미있어!]

노인이 웃었다.

"끄으……!"

소년의 입가로 거품이 흘러나왔다. 눈동자는 엄청난 빠르기로 좌우로 흔들렸고, 이따금씩 흰자위가 허옇게 드러나기도 했다.

"미친놈!"

남자의 낭아도가 소년의 머리를 노리고 날았다.

뿌득.

낭아도가 머리뼈를 가르는 소리라고는 생각할 수 없는 소리가 났다.

푹.

부드러운 땅에 낭아도가 박혔다. 남자는 멍하니 자기 손목을 쳐다보았다. 팔이 팔꿈치부터 없었다.

그는 상황을 이해하지 못하고 고개를 돌려 자기 낭아도를 찾았다. 낭아도는 땅에 거꾸로 꽂혀 있었다. 그리고 없어진 자신의 팔이 덜렁거리며 붙어 있었다.

"으, 으아아악!"

뒤늦게 몰려오는 아픔에 남자가 처절하게 비명을 질렀다.

콰직!

섬뜩한 소리가 뒤를 이었다.

소년의 손이 남자의 가슴팍을 파고들며 뼈와 살을 으스러트린 것이다.

남자는 두 눈을 부릅뜨고는 그대로 넘어졌다. 상황을 제대로 파악하지도 못한 채 그대로 절명해 버린 듯했다.

"끄윽, 끅!"

소년은 꺽꺽거리는 소리를 내며 몸을 틀었다. 그리고는 이제는 거의 흰자위밖에 보이지 않는 눈을 하고서, 예의 노인을 노려보았다.

[크하하하! 오 갑자다! 오늘이 있기까지 무려 오 갑자를 기다렸다!]

노인은 소년을 바라보며 동굴이 무너져라 광소를 터트렸다.

第一章
이런 연유로

날은 밝았지만 동굴 안은 여전히 컴컴했다.

그리 깊지 않아 어느 정도는 빛이 들어올 법도 하지만, 기이할 정도로 빛이 들지 않았다.

그 속에서 소년이 눈을 떴다.

제일 먼저 그를 맞아준 것은 생살을 도려내는 것 같은 통증이었다.

"으으윽!"

다리부터 손끝까지, 특정 부위를 꼬집을 수가 없을 정도로 온몸이 아팠다. 그러다 얼마 후 소년은 그 통증이 왼쪽 몸뚱이에 몰려 있음을 깨달았다.

선천적으로 힘이 부족했던 왼팔과 왼 다리였다. 어쩌면

이름 모를 병이 급격하게 악화되었는지도 모를 일이었다.

[깨어났느냐?]

스산한 목소리가 울려 퍼졌다. 귀로 들려오는 소리가 아니었다.

소년은 깜짝 놀라며 고개를 돌렸다.

흐릿하게 한 노인이 보였다. 산발한 머리 사이로 퀭하게 구멍이 파여 있는 두 눈이 드러났다.

소년은 기겁하며 제 얼굴을 더듬었다. 그곳에는 응당 있어야 할 안대가 손에 잡히지 않았다.

소년은 별수 없이 손으로 오른쪽 눈을 가렸다.

[클클.]

노인은 가래 끓는 소리를 내며 웃었다.

소년은 남은 왼쪽 눈을 부릅떴다. 기대와는 달리 여전히 노인의 모습이 보였던 탓이다. 그는 당황하여 몸을 뒤틀다가 예의 통증에 신음을 흘렸다.

노인이 그 모습을 지켜보며 말했다.

[그 오른 눈을 가려봐야 소용없다. 이미 연(緣)이 통했으니 내 모습이 보이지 않을 리는 없을 테고, 한 번 그 난리를 쳐냈으니 잡다한 것들은 모조리 너한테 빨려 들었든지 쫓겨나든지 해서 귀찮은 일도 당분간은 없을 게다.]

소년의 왼쪽 눈이 더욱 커졌다. 그는 천천히 오른손을 눈에서 떼었다. 노인의 말대로 노인 이외에는 아무것도 없었고, 이상한 소리도 들리지 않았다.

노인의 형체가 약간 일렁거렸다. 눈이 있을 자리는 여전히 퀭하게 구멍이 뚫려 있었지만, 세로로 곤두선 것이 어쩐지 화가 난 것처럼 보이기도 했다.

[이놈. 설마하니 말을 못하는 것이냐?]

"……."

[허어. 오 갑자나 기다려서 겨우 만난 놈이 벙어리라니…….]

노인이 장탄식했다.

소년은 식은땀을 흘렸다. 몸의 절반에서 밀려드는 고통 때문인지, 눈앞에 보이는 노인 때문인지는 스스로도 알지 못했다.

소년은 정신을 다잡으려 노력했다. 고통을 억누르며 억지로 상체를 일으켜 세웠다.

"산적… 그자는……?"

[벙어리가 아니었구나! 말을 하는구나! 그런데 음? 아아, 그놈 말이더냐?]

노인이 반색하며 말하다가 손가락을 들어 뒤를 가리켰다.

소년이 천천히 시선을 돌렸다. 동굴의 한구석에 나뒹굴고 있는 남자의 사체를 확인하는 순간 당황하는 듯했지만 금방 평정을 되찾았다.

노인은 흥미롭게 그 모습을 지켜보았다.

[이놈 봐라? 시체가 무섭지 않으냐?]

"아직 살아 있었다면 무서웠겠지요."

소년의 대답이었다. 당찬 모습에 노인은 꽤나 만족한 듯이 웃었다.

소년은 다시 노인을 바라보았다. 제일 처음 한껏 당황하던 모습과는 천지 차이였다.

"할아버지가 도와주신 건가요?"

이번에는 먼저 질문까지 꺼냈다.

노인이 움찔거리며 입을 벌렸다.

[할아버지? 지금 본좌를 할아버지라 칭하는 것이냐?]

"본좌……?"

[으하, 으하하하! 재미있다. 너는 정말로 재미있는 놈이다! 자랑할 만한 일이다. 본좌가 생전에는 물론이고, 죽은 이후에도 이날까지 할아버지라 부를 수 있었던 자는 없었으니까.]

소년은 어떻게 반응을 해야 할지 갈피를 잡지 못했다. 노인은 그 뒤로도 한참을 웃다가 다시 말을 이었다.

[저놈이 어떻게 죽었는지 기억이 나지 않으냐?]

"……."

[네가 죽였다.]

"뭐라고요?"

소년이 크게 소리쳤다.

그는 노인의 말을 믿을 수가 없었다. 자신에게는 실수로라도 저런 건장한 장정을 죽일 힘 따위가 있을 리 없었다. 분명히 노인이 어떻게든 손을 쓴 것이다. 소년은 그렇게 결론을 내리곤 지금 중요하게 생각하는 것을 물었다.

"할아버지는 다른 사람들과는 조금 다르군요."

소년은 사람이라는 단어를 써도 되는 것인가 주저했지만, 다행이 노인은 알아채지 못한 듯했다.

[무슨 뜻이냐?]

"멀쩡히 팔다리도 있고… 말도 통하고……."

소년은 노인의 눈치를 보았다.

[클클클. 혼백이 다 흩어지고 남은 쪼가리가 멀쩡할 리가 없고, 그러니 당연히 말이 통할 리가 없지 않느냐. 그런 귀(鬼) 쪼가리들과 날 비교하는 걸 보니 네놈은 제대로 된 귀신(鬼神)은 처음 보는 게로구나.]

"잘은 모르겠지만… 할아버지는 어떻게 다른 거죠?"

[크하하. 그런 질문을 하는 걸 보니 너는 아직도 본좌가 누구인지 모르는 모양이구나.]

"죄송해요."

소년이 고개를 숙이며 사과했다.

노인은 고개를 섞히며 웃음을 터뜨렸다. 그리고는 날카롭게 움직여 소년의 두 눈을 마주 보았다. 핏기가 하나도 없는 반투명의 잿빛 입술이 느릿하게 움직였다.

[혈천.]

"……."

[응? 몰라?]

노인의 얼굴에 당혹스런 표정이 떠올랐다.

"……."

[아수라 혈천! 이제는 알겠느냐?]

"……."

소년은 여전히 대답을 하지 못했다.

노인은 허탈하게 웃었다.

[허어. 아무리 세월이 흘렀다 한들, 혈천의 이름마저 잊혀진 것이란 말이더냐.]

소년은 어쩐지 과거를 보는 얼굴이 된 노인을 보며 어찌해야 할지 망설였다. 가만히 있으니 온몸의 통증이 다시 느껴져서 견딜 수 없었다.

노인이 불쑥 질문을 던졌다.

[그래. 그건 그렇고 네놈은 이름이 무어냐?]

"네?"

소년은 반쯤 누운 어정쩡한 자세에서 되물었다. 못 알아들은 건 아니지만, 막 누우려는 자세에서 질문을 받아 당황한 것이다.

[이름 말이다, 네 이름.]

"장삼입니다만……."

소년은 다시 몸을 세우고 조심스레 대답했다. 어쩐지 이름을 듣고 혼을 빼 가는 요괴라든가 하는 게 생각나서 조금 두렵기는 했지만 일단 구해준 건 사실이니 괜찮겠지 하는 생각이었다.

노인은 장삼이라는 평범한 이름에 실망한 기색을 드러내며 말했다.

[장삼? 허, 거 참 힘 없는 이름이로다. 그래, 어쨌거나 이렇게 연이 닿게 되었으니 어디 한 번 네놈의 이야기를 들어보자. 뭐 하는 놈이고, 무슨 일이 있었기에 어제 같은 일이 벌어졌던 것이냐?]

"그건……."

장삼은 약간 주저하다가 힘없이 말을 꺼냈다.

그는 간신히 자기 이름만 알 정도의 나이에 임동현에 있는 작은 상단에 팔려왔다. 거기서 잔심부름을 하며 지금까지 살아왔다. 하지만 용케 배도 곯지 않았고 특별히 학대라고 할 만큼 맞으며 크지도 않았으니 다행이라면 다행이었다.

언제부터 귀신 같은 것들이 보였는지는 스스로도 기억하지 못했다. 어쩌면 날 때부터였을 수노 있었나.

그가 아는 것은 오른쪽 눈을 뜨고 있으면, 어김없이 이상한 소리가 들리고 사람이 아닌 것들이 보인다는 것이었다. 그래서 그는 무조건 안대를 차고 다녔고, 덕분에 대부분의 상단 사람들은 그가 애꾸인 줄 알고 있었다.

어제는 하남성 정주로 장사를 하러 떠나던 길이었다. 평소의 몇 배가 되는 커다란 거래였다. 상단에 상주하는 무사들만이 아니라 표국에서 몇 명의 표사와 표두까지 더 불러올 정도였다. 그래서 장삼도 처음으로 상행에 나서게 되었다.

처음 고갯길에서 산적들이 나타났을 때, 상단의 단주는 관례 대로 통행료를 지불하고 길을 지나가려 했다. 종종 보는 자들이었고, 평소와 아무 다를 바가 없었다.

하지만 산적들은 평소와 달랐다. 그들은 짐을 뒤져 보려 했고, 당연히 험악한 분위기가 되었다.

어느 정도 무력시위를 하다가 좀 더 돈을 찔러주면 돌아갈 것으로 생각한 단주가 나서서 중재를 하려던 찰나에 그의 목에 화살이 박혔다.

결국 그렇게 칼부림이 일어나고, 무사들과 표사들은 필사적으로 응전했지만 화살까지 동원한 산적들에게 결국 밀리게 되었다. 그 자리에서 장삼은 필사적으로 도망치다가, 마침내는 이곳까지 오게 된 것이었다.

[보잘것없는 삶이었구나.]

장삼의 이야기를 들은 뒤, 노인이 심드렁하게 한마디를 뱉었다.

장삼은 반박하지 않았다. 스스로가 생각하기도 그렇게 대단한 삶이 아니었다.

남들과는 다른 능력이 있기는 했지만, 그것으로 득을 본 적은 단 한 번도 없었다. 대신 괴로워하고 공포에 떨었던 적은 수두 없이 많았다.

"윽!"

장삼이 인상을 찡그렸다.

한동안 뜸했던 통증이 다시 밀려왔다. 이마에는 땀이 송골송골 맺혔다.

[아프냐?]

그 물음에 장삼은 대답 대신 인상을 찡그렸다.

[본좌가 너를 도울 방법이 있기는 하다.]

"그, 그럼 좀… 도와주세요."

[뿐만이냐, 삼백 년 전 천하를 호령했던 본좌의 독문 무공을 전수해 줄 수도 있다. 본좌의 전인이 되는 것이지. 설마하니 본좌의 무공을 이을 수 있는 놈이 나타나리라고는 생각지 못했었지만… 크크. 인연이란 참으로 재미있지 않으냐?]

"무공이라고요?"

괴로운 와중에서도 장삼이 귀를 번뜩였다.

물 위를 달리고, 칼을 휘둘러 태산을 베어 넘긴다는 무림인들이다. 세상의 그 어떤 소년이 동경을 품지 않을 수 있을까.

게다가 만약에 무공을 알았더라면 어제와 같은 일은 일어나지 않았을지도 모른다.

장삼은 산적들의 칼에 죽어가던 상단 사람들을 떠올렸다.

글자를 가르쳐 주던 오대 아저씨, 언제고 돈을 많이 모아서 고향인 광동성 순덕현으로 돌아갈 거라던 곽 아저씨, 엄하기는 해도 먹을 걸 잘 챙겨주던 채 아저씨, 항상 도박을 하던 무 아저씨…… 그들의 비명이 생생하게 떠올라 자신도 모르게 입술을 깨물었다. 눈물이 핑 도는 게 고통 때문만은 아니었다.

[너를 도와주는 것은 어렵지 않다. 단, 너도 본좌의 부탁을 한 가지 들어주어야 한다.]

"어떤 부탁인데요?"

장삼이 식은땀을 흘리며 되물었다. 고통이 점점 배가되고 있었다.

[그건 무공 전수가 끝나고, 네놈이 비로소 본좌의 전인(傳人)이 되었을 때 말해 줄 수 있다.]

"그럼… 헉!"

장삼이 말을 하다 말고 몸을 퉁겼다.

숨이 턱턱 막혀왔다. 도와줄 방법이 있다면서 느긋하게 보고만 있는 노인이 미워지기도 했다.

노인은 여전히 느긋했다.

[어떠냐, 본좌의 안을 받아들이겠느냐?]

"그, 그럴게요. 그러니까 제발 어떻게 좀…….]

[오냐. 그렇다면 곧바로 시작하도록 하자. 똑바로 눕거라. 구배지례(九拜之禮) 따위 귀찮은 건 생략하고.]

그 말이 끝나기가 무섭게 장삼은 거의 쓰러지듯이 바닥에 누웠다. 찬 바닥에서 냉기가 올라오며 온몸 구석구석의 통증을 더 심하게 만들었다.

노인은 그런 장삼의 옆, 허공에 떠서 말을 시작했다.

[누운 채로 잘 듣거라. 본좌의 이름은 아수라(阿修羅). 하찮은 것들이 멋대로 부르길 혈천(血天).]

멋대로 부른다고 말은 했지만, 아수라의 얼굴에는 별로 불쾌감이 드러나 있지 않았다. 은은한 미소까지 감도는 것이 그 이름을 꽤나 맘에 들어 하는 듯했다.

노인은 말을 계속 이으면서 장삼의 몸 이곳저곳을 손으로 치는 시늉을 하고, 쓰다듬는 시늉도 했다. 말 그대로 시늉뿐이라, 노인의 손은 장삼의 몸을 그대로 통과했고, 때로는 쑥 파고들기도 했다.

그런데 잠시 후, 정말로 이느 정도 고통이 가라앉았다. 장삼은 간신히 숨을 돌릴 수 있었다.

노인은 목소리는 여전히 느긋했다.

[본좌가 살던 때는 대충 삼백 년쯤 전이었다. 그때가 대충 요즘 말하는 흑도니 백도니 하는 구분이 생기던 때지. 음, 그건 중요한 것이 아니니 넘어가고, 여하튼 본좌의 이름을 대면 모두들 벌벌 떨던 시절이 있었다. 그런데 본좌가 너무 잘나고 위대하시고 강하며 굉장하신 것 때문에 문제가 생겼지. 하찮은 무공을 익히고 자기들이 십대무존이네 무좀이네 하는 애들이 생겨서 날 꺾겠다고 몰려들기 시작한 거야. 물론 본좌가 그중 아홉을 조상과 대면시키고 반성을 하도록 해줬지. 그런데 마지막 놈이 도망을 갔어. 어떠냐, 좀 나아졌느냐?]

장삼은 희미하게 고개를 끄덕여 대답을 대신했다.

노인은 혼잣말처럼 중얼거리며 말을 이었다.

[음… 그나저나 이거 완전히 꽉 막혀 있구만. 자, 그런데 어디까지 얘기했지? 그래, 한 놈이 도망을 갔는데 난 그놈에 대해 신경을 끄고 있었지. 그런 개잡종에게 신경을 쓸 여유가 있으면 내 부하 놈들한테 신경을 더 쓰는 게 나으니까, 당연히. 그런데 이 도망간 놈이 도당을 모아놓았더구나. 혈문이네 뭐네 하면서 말이지.]

느긋하기만 하던 노인의 어조가 약간 격양된 듯했다. 그리고 같은 시기, 장삼은 드디어 아는 이름을 찾을 수 있었다.

혈문. 흑도 방파 중에서도 가장 손속이 잔인하다고 하여, 민간에도 널리 알려진 세력이었다. 오죽하면 아이들이 울 때 자꾸 울면 혈문에서 잡아간다고 겁을 주겠는가?

하지만 장삼이 알고 있는 것은 그 정도 범위였다. 만약 이곳에 실제 무림인이 있었더라면 그는 필경 노인의 말에 대놓고 코웃음을 쳤을 것이다.

혈문이 어디인가. 대륙 곳곳에 그 세력이 닿지 않는 곳이 없다. 자존심 높은 정파무림의 구파일방이야 좀처럼 인정을 하지 않지만, 혈문 단독으로도 백도 전부를 상대할 수 있을 거라는 것이 공공연하게 세간에 흘러 다니는 말이었다.

그런데 지금 이 아수라라는 노인은 그 혈문의 개파조사(開派祖師)가 자신에게 졌다는 말을 하고 있었다. 그것도 일대 다의 싸움에서 말이다.

[흠. 네놈도 혈문의 이름은 들어본 모양이구나. 흥! 그래, 그러면 얘기가 간단하지. 그놈이 내가 없는 틈을 타서 내 부하 놈들을 죽이고, 그 시체에 독을 묻히고 벽력탄을 숨겨놓았다. 독도 보통 독이 아니었지. 만혼일체조광혼(萬魂一切照曠混)이라, 일신의 내공을 흩어놓고 단전에 침투하는 무서운 놈이었다. 간신히 목숨은 건졌지만, 그 와중에 벽력탄 조각에 맞아 눈을 다치게 되었다. 산신히 여기까지 도망을 오긴 했다만, 내 수련지가 여기라는 건 모두

들 잘 아는 터라, 곧 잡혀 죽을 판이었지. 그런데······.]

갑자기 장삼이 비명을 질렀다.

"끄아악!"

머릿속을 톱으로 썰어내는 것 같은 고통이 엄습했다. 아수라는 그런 장삼의 반응에는 아랑곳 않고 평온하게 말을 계속했다.

[호오, 그렇구나. 여기에서 막힌 게 시작이군. 좀 참거라. 괜히 혀 깨물어서 죽는 건 곤란하니까 일부러라도 비명은 계속 질러라.]

아수라는 평온하게 그렇게 말하면서 손을 뻗어 장삼의 머리와 귀 쪽을 쑤셨다. 아수라의 손은 그냥 머릿속으로 뚫고 지나갔고, 장삼은 쉴 새 없이 비명을 질렀다. 이제는 눈물을 흘리며 사정하기에 이르렀다.

"끄악! 아, 아파요! 으아아아아아아악! 살려주세요! 제발! 으아악!"

[걱정 말아라. 죽일 생각은 추호도 없으니까. 이 정도를 못 참아서야 어찌 내 음혼구귀초래법(陰魂九鬼招來法)을 전승(傳承)하겠느냐?]

"무슨! 끄악! 살, 살려, 살려주… 꺽!"

갑자기 촛불 꺼지듯 장삼의 목소리가 꺼져 들었다. 아수라는 손을 잠깐 멈추더니 심드렁하게 내뱉었다.

[기절했구만.]

그의 손이 장삼의 천령개 쪽으로 향했다. 거기에 손가락이 한마디 정도 들어가자 장삼은 비명을 지르며 깨어났다. 이번엔 비명만이 아니었다.

"크아아아아아악! 이 미친! 미친 늙은이! 죽여 버릴 거야!"

장삼은 흰자위를 번뜩이며 소리를 질렀다. 태어나서 단 한 번도 느껴보지 못한 고통에 미친 듯이 몸부림을 쳤지만, 보이지 않는 사슬에 묶여 버리기라도 한 듯 아수라의 손을 빠져나올 수가 없었다.

[클클클클. 그래, 그렇게 독기를 품어야지. 암, 그래야 어디 가서 내 전인이라고 할 만하지 않겠느냐. 그럼 그 상태로 듣거라. 네가…….]

"닥쳐! 이 미친 늙은이! 으, 으아아아악!"

[…왼쪽 몸이 아픈 것은 귀기(鬼氣)가 오른쪽 머리에만 통하기 때문이다. 왼쪽 머리는 오른쪽 몸을 움직이고, 오른쪽 머리는 왼쪽 몸을 움직이는데 네가 귀기에 들려 왼쪽 몸을 마구 움직여대서 몸이 아픈 것이다. 이것을 고치려면…….]

"으아악! 그만! 그만해!"

[…내버려 두는 수밖에 없다. 몸이 상한 것이니 조용히 정양하면 당연히 나을 것인데… 중요한 것은 그것이 아니라, 네 오른쪽 머리의 귀기도 온전히 통한 것이 아니라 눈

과 귀만 통해 있는 상태이다. 그래서 상단전으로 귀기가 들어가지도 않고, 독기(毒氣)만 새어 나오니 두렵고, 몸을 가누기도 힘든 것이니라.]

"으으으아악! 어쩌라고! 큭! 망할 늙은이! 닥쳐! 크악!"

[클클클클. 일단 막힌 건 조금 뚫어둬야 하지 않겠느냐. 일단 상단전을 온전히 뚫어보자꾸나. 지금부터 중요한 것이니 잘 듣거라. 단전이란……]

"닥치라니까! 이 미친 늙은이! 으, 으아아아악!"

욕설 섞인 비명과 그 사이사이로 들리는 아수라의 조용한 설명은 끝이 없을 것처럼 되풀이되었다.

해가 수도 없이 뜨고 지기를 반복했다.

"헉! 허억!."

장삼은 시간이 얼마나 지났는지 짐작조차 할 수 없었다. 그야말로 지옥에 가까운 나날들이었다. 식사도 하지 않았는데 어떻게 자기가 살아 있는지도 의문이었다.

장삼은 누운 채로 희미한 아수라의 형체를 눈으로 쫓았다. 그는 입가에 거품 자국과 눈물, 콧물이 범벅된 장삼의 얼굴을 보며 비웃음 띤 얼굴로 주위를 둥실둥실 떠다니고 있었다.

[그래. 이제 단전이 뭔지 좀 알겠느냐?]

빠드득.

이를 가는 소리가 동굴을 메웠다. 들리지 않을 리가 없을 테지만, 아수라는 신경도 쓰지 않고 말을 이었다.

[어디, 한 번 읊어보거라.]

"단전(丹田)이라는 것은 내공을 쌓아두는 개념적 장소… 물리적으로 존재하지 않는……."

[말이 짧구나.]

아수라가 불쑥 장삼의 말에 끼어들며 말했다. 그 얼굴은 어쩐지 웃고 있는 것 같았다.

빠각.

장삼은 아까보다 더 큰 소리로 이를 갈고는 계속 말했다.

"하지만 대부분의 경우 신체의 특정 부위에 대응되어 상호 반응하며, 내공 운용의 편의상 신체에 대응되는 쪽이 낫습니다."

[좋구나, 좋아. 그래, 하면 내가 가르쳐 줄 무공의 이름이 뭐라고?]

아수라의 얼굴은 만족감에 가득 차 있었다. 장삼은 그 모습을 보며 후려치고 싶었지만, 그럴 수가 없었다. 아수라는 자기 머릿속을 마음대로 헤집는데, 장삼의 팔은 아무리 노력해도 아수라의 신형을 건드릴 수도 없었던 것이다.

"음혼구귀초래법(陰魂九鬼招來法)입니다."

[몇 번을 들어도 좋은 이름이로고! 자, 그러면 그 특징

에 대해 얘기해 보아라.]

"음혼구귀초래법은 다른 무공과 달리, 상단전을 활용합니다. 상단전이란 머리에 단전을 대응하여 수련하는 경우를 말하는데, 이 경우 귀기(鬼氣)가 쌓이기 쉬워 다른 무공에서는 경시하나 본문에서는 그 특징을 활용하여 일반의 내공 대신 귀기를 사용하게 됩니다."

본문(本門)이라는 말을 사용하는데 장삼의 얼굴에 엄청난 거부감이 떠올랐지만, 어쩔 수 없었다. 이미 아까 고통속에서 결국 아수라에게 굴복하고 음혼구귀초래법을 배우고, 그 대가로 하나의 부탁을 들어주기로 한 상태였던 것이다.

[그래. 자, 그럼 귀기란 무엇이냐?]

"인간의 몸에 혼(魂)과 백(魄)이 있어서 혼은 하늘에 속하고 백은 땅에 속하는데, 인간이 죽으면 혼은 하늘로 백은 땅으로 돌아가게 됩니다. 그렇게 인간이 둘로 나뉘면서 둘 중 어디에도 속하지 않는 순수하지 않는 부분이 남는데, 그것을 귀(鬼)라 하고 그 귀가 가지고 있는 힘을 귀기(鬼氣)라 합니다. 귀기는 인세(人世)에 영향을 미칠 수 없고 인세 또한 귀기에 영향을 미치지 않으며, 귀는 보통 몇 년이 지나면 단순한 혼과 백으로 나뉘어 결국 하늘과 땅으로 돌아가나, 이 동굴처럼 귀문(鬼門) 방향으로 나 있고, 음기(陰氣)가 모이며, 사이(邪異)한 일이 거듭된 곳에 있는 귀는 잘 흩어지지 않습니다."

말 그대로 머릿속에 새겨 넣은 내용이었다. 장삼은 말을 맺으며 아수라를 노려보았다. 가슴속에서 이렇게 살의(殺意)가 용솟음치리라고는 생각해 본 적이 없었다. 그러거나 말거나 아수라는 아무렇지도 않게 물었다.

[그래, 그리고 귀신(鬼神)이란?]

"귀신이란, 죽어 혼과 백이 나뉘어야 하는데 귀기가 여러 이유로 너무 강해서 그 혼백이 분리되지 않은 것을 뜻합니다."

[그 여러 이유란?]

"원한, 질투, 탐욕 등의 사악한 감정입니다."

장삼은 사악이란 말에 힘을 주어 발음했으나 아수라는 전혀 신경 쓰지 않았다.

[그래, 좋아. 그러면 수련을 위한 가장 기본적인 것이 끝났구나. 그러면 다음의 문제인데… 네 이름은 오늘부터 아환(阿幻)이다.]

"네?"

[그럴싸한 외호야 강호에 나가면 떠들기 좋아하는 것들이 붙여줄 테니 상관없다. 하지만 초반에 본명 댈 때 장삼이요 하면 비웃음 사기 십상이야. 내 전인인데 그래도 그럴 듯한 이름을 지어줘야지. 내가 성도 내려주마 아환. 어떠냐, 좋지 않으냐?]

장삼은 어처구니가 없어서 아수라를 쳐다보았다. 하다 하다 못해서 이름까지 바꾸다니.

[자, 그럼 이제부터 구결을 알려주마. 이제 크게 아플 일은 별로 없을 것이다.]

이때까지 아수라가 한 말 중에서 가장 마음에 드는 말이었다. 장삼은 이어지는 아수라의 말을 들으면서 조용히 받은 이름을 되뇌어 보았다.

"아환······."

나쁘지 않았다.

삼 년이 지났다.

그동안 아환은 동굴 주위를 거의 벗어나지 않았다. 동굴 주변에는 이런저런 나무 열매나, 산나물, 버섯 같은 게 많았고, 귀기에 홀려 오는 산짐승들이 의외로 꽤 있어서 먹을 것에는 부족함이 없었다.

[놈. 그러고 보니 처음 봤을 때는 조그맣던 놈이 이제는 장정이 다 되었구나.]

아수라가 말했다.

아환은 스스로의 모습을 돌아보았다. 말 그대로였다.

어깨는 벌어지고, 키도 훤칠하게 커서 육 척이 넘어 있었다. 턱 아래로는 수염이 까끌까끌하게 자라기도 했다. 나이도 이제 열여덟 살이라 소년이라는 말은 더 이상 어울리지 않았다.

아환은 이번에는 아수라를 바라보았다.

그와는 반대로 노인은 처음 보았을 때와 달라진 것이 없었다.

아니다. 그 순간 아환은 한 가지 변화를 알아차렸다. 아수라의 모습은 옛날보다 그 형체가 무척 흐릿하게 변해 있었다.

아수라가 혀를 차며 말했다.

[이제 슬슬 산을 내려가야겠구나. 시간이 얼마 남지 않았어.]

"저기, 죄송합니다만 무슨 말씀이신지……."

[이놈아. 오늘따라 왜 이렇게 멍청한 척을 하느냐? 본좌가 이 땅에 남아 있을 시간이 얼마 남지 않았다는 말이지 않으냐.]

아환은 움찔거리며 입을 다물었다.

그도 알고 있었던 사실이다. 아니, 적어도 일 년 정도 전부터는 알게 되었다. 아환이 익히는 음혼구귀초래법의 수준이 깊어질수록 반대로 아수라의 기는 쇠약해지고 있었을 것이다. 음혼구귀초래법은 주위의 귀기를 빨아들이는 것. 귀기로 혼과 백을 억지로 묶어놓은 상태의 귀신은 아환 근처에 머무는 것만으로도 그 존재가 희미해지는 것이다.

[그런 표정 짓지 말아라, 이놈아. 어차피 본좌는 죽은 몸. 어차피 네놈이 아니었더라도 더 오래 버티기는 어려운 상황이었다. 이곳처럼 음기가 강한 곳이 아니라면 아무리 본좌라도 애초에 삼백 년 동안이나 버티지도 못했을 터.]

아수라가 그렇게 말했다. 그 표정에는 약간 웃음 비슷한 것이 어려 있었다.

"약속은 틀림없이 지키겠습니다."

아환은 약간 굳은 표정으로 대답했다.

아수라의 퀭한 눈에서 귀기 서린 불꽃이 번뜩였다. 혼백이 조화롭게 엮여 있지 못한 증거였다. 귀기가 아환에게 빨려 들어가며 혼백을 엮는 힘이 줄어들고, 서서히 귀신에서 단순한 귀가 되어 가는 것이다.

"흥분은 해롭습니다."

아환은 그렇게 말하고는 흠칫했다. 삼 년이라는 시간이 자신과 아수라 사이에 무언가 교감을 만들었던 것인가.

자세히는 모르지만 분명히 그는 생전 수많은 사람을 죽였을 것이다. 더군다나 지금도 복수라는 것을 위해 섭리를 거스른 채 혼백을 붙들고 있었다. 그런 노마두에게 인간적인 연민을 느껴도 되는 것일까.

짧은 순간, 아환의 머릿속에 여러 가지 생각이 스쳐 갔다.

아수라는 잠자코 아환의 두 눈을 마주 보았다. 그러다가 이내 쓴웃음을 지었다.

[어차피 갈 데로 가게 되는 것이다. 보면 알겠지만 얼마 남지 않았다. 임계를 넘어가면 혼백이 흩어지는 것은 순식간이야.]

아환은 잠시 망설였다.

과연 그는 어떤 반응을 보여야 하는 것일까. 십팔 년 인생에서의 삼 년이란 결코 짧은 시간이 아니었다. 그동안 미운 정도, 고운 정도 더할 수 없을 만큼 들어버렸다. 게다가 과거의 아수라는 모르겠지만 아환이 지내온 아수라는 모든 것을 전수해 준 스승과도 진배없었다.

아환은 머릿속의 이성과 제멋대로 뛰어다니는 가슴 속의 감정 사이에서 갈피를 잡지 못했다.

"오늘이라도 이곳을 뜨겠습니다. 정양하시면서 좋은 소식을 기다리시면 됩니다."

그는 스스로가 무슨 말을 하고 있는지 제대로 깨닫지 못했다. 그저 입에서 나오는 대로 중얼거렸을 뿐이었다.

[정양은 무슨…….]

아수라가 실소를 흘리며 말했다. 그러나 채 말을 끝맺기도 전, 아수라의 모습이 크게 흔들렸다. 마치 흩어지는 연기처럼.

"스승님!"

아환이 깜짝 놀라며 소리쳤다.

그리고 갑작스럽게 튀어나온 그 단어에 아환도 아수라도 모두 놀란 기색을 보였다.

약간의 침묵이 흐른 뒤, 아수라가 입을 열었다.

[놈. 스승은 무슨 얼어 죽을 놈의 스승이더냐. 클클. 살아생전 전혀 생각지도 않았던 제자 놈이 죽은 이후, 그것도 소멸할 때가 되어서 받을 생각은 추호도 없으니, 그런 소리 하지 말아라.]

아환은 아수라를 멍하니 지켜보았다. 처음에는 무척이나 음산스럽게 느껴졌던 그의 모습이지만, 더 이상은 그렇지 않았다.

아수라의 몸이 점점 더 흐려지고 있었다.

[놈. 마지막으로 한마디만 하겠다.]

"경청하겠습니다."

[네놈에게 부탁한 것… 만약에 너무 어려울 것 같으면 포기하고 그냥 네놈의 삶을 살아라. 본좌의 무공을 전수받았다고는 하지만 본좌의 생전과 비교하면 그 차이가 하늘과 땅. 그때 본문에 있던 자들 누구와 비교한대도 네 성취는 보잘것없다. 지금까지처럼 생각 없이 설치다가는 쥐도 새도 모르는 사이에 죽어버릴 것이다. 클클. 황천에 가서 얼마 되지도 않아 지긋지긋한 네놈의 얼굴을 또 보느니

차라리 이승의 한을 포기하는 게 더 나은 일이지.]

아수라가 웃었다.

그 웃음은 더 이상 한이 서린 귀신의 것이 아니었다.

[웃기는 일이다, 웃기는 일이야. 모두 헛된 것인데 그것이 헛되어서 다행인 게로구나. 클클. 죽어서도 깨우치지 못한 도가 소멸할 때가 되어서 갑자기 찾아온 것도 아니련만……]

그의 마지막 말은 끝까지 이어지지 못했다.

조금 전부터 흐려졌다 짙어졌다 반복하던 아수라의 형체가 일순간 환하게 빛나는가 싶더니, 순식간에 흔적도 없이 사라져 버렸다.

아환은 텅 비어버린 허공을 바라보았다.

"스승님……."

그는 조용히 아수라를 불렀지만, 대답은 돌아오지 않았다. 대신 그는 몸 안으로 귀기가 가득 빨려 들어오는 것을 느꼈다.

第二章
그로 인하여

　행인들은 바삐 걸음을 놀리고, 장사치들은 손을 흔들며 객을 유혹했다. 길거리 행상인도 보였고, 쪼그리고 앉아 점을 치는 사람들도 있었다.

　아환은 한동안 느긋하게 길 한복판에 서서, 기억에 남아 있는 세상과 눈앞에 보이는 세상을 비교해 보았다. 삼년 전, 아무런 일이 없었다면 그때 와보았을 곳이었다.

　하지만 그때 표국 일행이 산적에게 습격받지 않았다면 아수라도 만나지 못했을 것이고, 그랬다면 자신은 여전히 반편이인 애꾸였을 것이다. 그런 생각을 하다 보니 어쩐지 좀 우습기도 하고, 세상일이란 게 신기하기만 했다.

　그렇게 상념에 빠져 있던 그에게 한 남자가 슬금슬금

다가왔다.

그는 약간 비굴해 보이는 웃음을 지으며 아환을 위아래로 쳐다보았다.

아환은 고개를 갸웃하며 눈살을 살짝 찌푸렸다. 아환의 행색이 조금 남루하긴 할 테지만, 부랑자로 보일 만큼은 아니었다. 산을 내려오면서 처음 들른 작은 마을에서 그동안 모아둔 짐승 가죽과 이빨 등을 옷가지와 돈으로 바꾸고 말끔히 머리도 정리해서 어디를 보나 그냥 평범한 청년이었다. 한 쪽 눈을 안대로 가린 것만 뺀다면 말이다.

아환이 무슨 생각을 하는지와는 관계없이 남자는 좌우를 휘휘 둘러본 뒤, 그 앞으로 바짝 다가섰다.

"형씨, 혹시 찾고 있는 게 있는 거 아니요?"

"음?"

아환이 고개를 갸웃거렸다. 남자의 의도를 전혀 파악하지 못했던 탓이었다.

"아닌가? 아님 말고. 뭐, 수고하쇼."

남자는 혼자 중얼거리더니 미련 없이 몸을 돌렸다.

아환은 급히 손을 뻗어 그의 어깨를 잡아챘다. 반사적인 행동이었다.

남자가 고개를 돌리며 물었다.

"음? 뭐요, 형씨?"

"뭐가 그렇게 급합니까?"

아환은 잠시 망설이다가 그렇게 반문했다.

그러자 남자는 기다렸다는 듯이 웃음을 보였다.

"역시. 내 그럴 줄 알았지. 똥 마려운 표정으로 서성거리고 있는 모습이 하나같이 똑같다니까. 살짝 떨어져서 따라오쇼."

무슨 말을 하고 있는 것인지 아환이 생각해 볼 여유도 주지 않은 채 남자는 성큼성큼 걷기 시작했다.

아환은 움찔거리다가 뒤따라 걸음을 옮겼다. 어디로 가는지는 모를 일이지만, 어차피 딱히 목적지도 없는 마당에 한 번 따라가 보자는 생각이었다. 오랜만에 구경하는 세상이라 호기심이 한가득 들어차 있었던 것도 큰 이유였다.

남자는 대로를 지나서 점점 으슥한 곳으로 들어갔다.

대체 어디로 가고 있는 것일까?

그런 생각을 하고 있으려니 목적지는 의외로 금방 나타났다. 낡아서 금방이라도 무너져 내릴 것 같은 건물이었다.

허름하기 짝이 없던 외견에 비해 건물의 안쪽은 상태가 훨씬 양호했다. 책방인 듯 사방에 먼지 쌓인 책이 가득했다. 그런데 점원으로 보이는 남자는 들어온 그들에게 관심이 없었다.

남자는 거침없이 아환을 데리고 책방 깊숙한 곳까지 들

어갔다. 그러다가 그는 바닥에 깔린 양탄자를 들어 올렸다. 드러난 바닥에는 문고리가 있었다. 바닥에 비밀 문이 붙어 있었던 것이다.

"이쪽이요, 형씨."

남자가 먼저 아래로 내려간 뒤 손짓했다.

아환은 잠시 망설였다. 불안이 밀려왔던 탓이다.

만약에 저 아래에 모종의 위험이 도사리고 있다면……. 과연 스스로의 몸을 보호할 수 있을까? 아환은 스스로에게 질문해 보았지만 확답을 내릴 수가 없었다. 이런 세계에 이제 첫발을 내디던 아환에게는 생각할 근거가 너무 부족했다. 만일 저자가 강도라면? 들어가면 칼을 든 남자들이 아환을 기다리고 있다면? 자기의 무공 수위가 어느 정도 되는 것인지, 실제로 상대를 맞아 얼마나 잘 싸울 수 있는 것인지 모든 것이 미지수였다.

"형씨?"

남자가 의아한 얼굴로 아환을 불렀다.

"흠."

아환은 마음을 다잡았다.

'아무리 위험해도 죽기밖에 더하겠어?'

그가 혼자 생각하며 피식거리며 웃었다. 어릴 적부터 귀라면 질리도록 보아왔다. 그리고 아예 귀신에게서 삼 년간 수련까지 받아온 그에게 있어 죽음이란 그렇게 큰 두

려움의 대상이 아니었다.

'만약 죽으면 황천에서 만나게 되려나?'

여유가 생기자 그런 생각까지 들었다.

"이 형씨 보게. 벌써부터 실실 쪼개시는구나. 좋아 죽네, 죽어. 클클. 뭐 좋은 꿈이라도 꾸신 모양이요? 잘 되면 내 몫도 잊지 마시우."

남자가 웃으며 걸음을 옮겼다.

아환은 대충 고개를 끄덕여 주고 그 뒤를 따랐다.

얼마를 가니 빛이 조금씩 환해졌다. 사람들의 고함 소리도 함께 들려왔다.

나타난 것은 아주 거대한 방이었다. 구석구석에 등잔이 매캐한 냄새를 내며 타고 있었다. 어찌나 등잔이 많은지 낮이라고 해도 믿을 것 같았다. 그런 곳에서 수백은 되어 보이는 사람들이 빽빽하게 모여서 저마다 주먹을 치켜들고 고함을 질러대고 있었다.

아환은 멍하니 그 풍경을 지켜보았다. 무슨 일이 벌어지고 있는지 전혀 감을 잡을 수가 없었다.

남자는 사람들 사이를 기웃거리더니, 히죽 웃으며 아환의 어깨를 두드렸다.

"오오. 시간이 딱 맞네. 곧 시작할 모양이요. 자자, 형씨. 이건 형씨에게만 특별히 드리는 정보인데 칠 번이 최고요. 보기에는 좀 골골거리지만, 실상은 무시무시한 발톱을 감추고 있는 놈이지. 초짜들은 그저 몸집이 큰 놈을 고르기 일쑤지만, 그거야말로 돈을 날리는 지름길이거든. 자자, 그럼 형씨. 잘해보쇼, 행운을 비우."

그는 자기 할 말만 폭포같이 쏟아내고는 어디 바쁜 일이 있는 것처럼 다시 몸을 돌려 왔던 길을 돌아가 버렸다.

"무슨 말이야?"

아환이 고개를 갸웃거렸다.

그는 조금 더 가보기로 했다. 북적거리는 사람들을 헤집으면서 조금씩 앞으로 나갔다.

마침내 나타난 것은 높다란 단상과 그 위에 차려진 커다란 철장이었다. 안쪽에는 일정한 간격을 두고 닭들이 묶여 있었다. 묶여 있는 와중에도 연신 날개를 푸득거리고, 발톱을 휘저어대는 것이 여간 사나운 녀석들이 아니었다. 거기다 자세히 보자니 닭들은 발톱에 뾰족한 칼날까지 매달고, 부리며 날개에도 톱날이나 여하튼 날붙이 서너 개씩은 매달고 있었다.

"닭싸움?"

아환은 어처구니가 없었다. 그곳은 거대한 불법 도박장이었다. 보통은 일대 일로 닭싸움을 붙이는 것에 비해, 이곳에서는 열두 마리를 한꺼번에 집어넣고 싸움을 붙이는 것이 특징이었다. 그만큼 승리할 확률이 낮았지만, 대신 배당금이 커진다는 장점도 있었다. 그 덕에 도박꾼들 사이에서는 하남성(河南省)의 명소로 알려져 있기도 했다.

아환이 그런 것을 알 리 없었지만, 주변의 열기가 귀기처럼 자기 몸에 흡수되는 것은 느껴졌다. 도박을 하고 싶다는 생각이 갑자기 치밀어 올랐다.

"자자! 거세요, 거세요! 거지가 집을 사고, 꽁생원이 여자를 사고, 주정뱅이가 벼슬을 사고, 영감이 염라한테 수명을 사는 날이 왔습니다! 꿈 잘 꾸신 분들, 오는 길에 적선 많이 하신 분들, 어서어서 걸어보세요! 이거 한 방이면 그냥 팔자가 뒤집어지는 겁니다! 자, 자! 거세요! 거세요!"

주변의 소란을 뚫고 들릴 정도로 악다구니를 쓰며 돈을 걷으러 다니던 소년 하나가 아환의 앞으로 다가왔다.

"자자, 형님. 돈을 거세요. 몇 번 닭에 얼마를 거시겠습니까?"

"어어, 나는……."

아환은 움찔거리며 품속을 뒤져 보았다. 자기 행동이 지금 주변의 분위기에 동화된 것이라는 것을 알고 있었다. 하지만 자제하기가 좀처럼 쉽지 않았다.

그는 품에서 동전 몇 개를 꺼내들었다.

소년은 아환의 손바닥에서 동전을 낚아채듯이 가져갔다. 그리고는 두툼한 책자와 붓을 들고 말했다.

"동전 넉 냥. 형님 성함은요?"

"어… 아환."

"환 형님이로군요. 그래서 몇 번 닭을 선택하시겠습니까?"

아환은 잠깐 멈칫했다. 생각을 하게 되자 자기가 지금 뭘 하고 있는 건가 하는 생각이 들었지만, 망설임은 길지 않았다.

'어떻게든 되겠지.'

그는 그렇게 생각하며, 머릿속에 남아 있던 번호를 입 밖으로 꺼냈다.

"칠 번."

"칠 번… 네? 칠 번입니까?"

소년은 일순간 깜짝 놀란 표정을 지었다. 하지만 순식 간에 다시 예의 웃음을 지으면서 붓을 휘갈겼다.

"환 형님, 칠 번에 동전 넉 냥. 이기면 배당이… 배당 이… 장난이 아니겠는데요. 저쪽에 거신 분은 형님뿐입니 다. 그럼 행운을 빕니다, 환 형님. 자자. 그럼 다음 분. 몇 번 닭에 얼마를 거시겠습니까? 자, 자. 거세요. 거세요. 꿈 잘 꾸신 분들 또 없으신가요? 자, 자, 공자님, 영감님, 나 으리 모두모두 걸어보세요."

소년은 아환이 무어라 말을 더 붙일 새도 없이 그대로 다른 사람을 부르며 자리를 떠나 버렸다.

아환은 뺨을 긁적거렸다.

주위는 여전히 소란스러웠다. 웃고 떠드는 자들도 있었고, 욕을 하거나 음담패설을 늘어놓는 자들도 있었다.

삼 년 동안 산에서 아수라와 둘이서만 지내왔던 아환에게는 그 소음이 도통 적응되지가 않았다.

아환은 눈살을 찌푸렸다. 그냥 돌아갈까도 생각했지만 그러기에는 아까운 생각이 들었다. 돈을 따지는 못하더라도 최소한 닭싸움이 뭔지 구경이라도 해봐야 할 것 아니겠는가.

아환은 팔짱을 끼고 섰다.

잠시 기다리니 마침내 준비가 끝난 듯 한 남자가 부채를 펄럭거리며 단상 위로 올라섰다.

"자, 바쁘신 시간에도 이 자리를 빛내주신 모든 협객들께 감사를 표합니다! 본격적인 싸움에 앞서, 오늘의 닭들을 소개해드리겠습니다! 먼저 첫 번째! 한 번 날개를 펴면 그 크기가 한 장이요! 한 번 날아오르면 달까지 날아간다는 바로 그 비월적계(飛月赤鷄)!"

"우오오오오!"

구경꾼들이 손을 치켜들며 소리를 질렀다.

"두 번째! 아직도 이 닭을 모르면 돈도 걸지 마! 보통 닭은 끽해야 토룡을 먹어! 그런데 이놈은 뭘 먹느냐! 이무기! 바로 그 이무기를 먹는다는 그놈! 네가 봉이냐 닭이냐! 계두주작(鷄頭朱雀)!"

"우와아아아아!"

또다시 울려 퍼지는 함성.

단상 위의 남자는 허풍을 잔뜩 섞어 차례로 닭을 소개했고, 아환이 건 칠 번 닭의 차례가 되었다.

"그리고 일곱 번째! 으음. 일곱 번째… 보기에는 이래도 잘 싸운다! 마른 장작이 오래가고 골골하는 늙은이가 백 살을 넘기는 법! 허허실실(虛虛實實)!"

"와하하하하!"

"우리 집 병아리가 더 잘 싸우겠다!"

이번에는 호응은 커녕 아예 비웃음이 돌아왔다.

아환은 고개를 치켜들고 철장 안을 살폈다. 칠 번 번호표를 붙인 닭이 보였다. 고개를 축 늘어트리고 헐떡거리는 것이, 지금 당장 죽어도 전혀 이상할 것이 없어 보였다.

만약 돈을 걸기 전에 그 모습을 확인했더라면 무슨 일이 있어도 다른 닭을 선택했을 것이다.

"음……."

아환이 신음을 삼켰다.

아무래도 그를 데려왔던 남자는 전형적인 바람잡이였던 듯했다.

하지만 어쩌겠는가. 이제는 딱히 돌이킬 방법도 없었다.

"닭싸움이 어떤 건지 구경이나 하지 뭐."

그렇게 생각하는 편이 최선이었다.

모든 닭의 소개가 끝나고 마침내 닭싸움이 시작되었다.

"우와아아!"

"죽여!"

"쪼아! 눈알을 파내!"

사람들이 소리를 질렀다. 그 괴성에 닭들도 덩달아 취해 버린 듯 미친 듯이 부리로 쪼고, 발톱을 휘둘러댔다. 발톱이며 몸 여기저기에 달린 날붙이기 번쩍이는 것이 꽤나 살벌했다.

사방으로 깃털이 날아오르고 핏방울이 튀어 올랐다.

사람들은 더욱 흥분하여 소리를 높였고, 닭들 역시 광분하여 설쳐댔다. 그런 상황에서 아환은 몸이 달아오르는 것을 느꼈다. 사람들의 격렬한 살기와 한탄, 갈망이 그에게 흘러들었기 때문이다.

아환은 입매를 비틀어 웃었다. 음혼구귀초래법의 성취가 사성만 되었더라도 주위의 감정에 휘말릴 일은 덜할 터였지만, 아직 그의 성취는 삼성 수준이었다.

별안간 사람들이 비웃음을 터트렸다.

"저거, 저거! 저거 봐라!"

"내 저럴 줄 알았지! 누구 저놈한테 돈 건 호구가 있을라고?"

제일 먼저 낙오된 녀석은 칠 번 닭이었다.

한쪽 날개는 깃털이 절반 이상 빠져 앙상한 뼈대가 드

러났다. 벼슬은 너덜너덜하게 찢어져, 피가 줄줄 흘러내렸다. 녀석은 휘청거리며 한쪽 구석으로 걸어갔지만, 다른 닭들은 저들끼리 싸우느라 전혀 신경을 쓰지 않았다.

아환은 쓰게 웃었다. 예상했던 결과이기에 그다지 안타깝다는 생각은 들지 않았다. 그냥 저 닭이 언제 죽을까 하는 생각에 흥미가 동해 쳐다보고 있었다. 평소라면 그러지 않았을 것 같지만, 주위의 흥분에 이미 전염된 상태였다.

그때 취객 하나가 걸어가다가 균형을 잃었다.

그는 허우적거리다가 아환의 뒷머리를 움켜쥐었다. 그 와중에 아환의 안대가 그의 손가락에 걸리며 살짝 아래로 흘러내렸다.

"어이쿠!"

취객은 그대로 바닥으로 쓰러졌다.

아환은 깜짝 놀라며 흘러내린 안대를 붙잡았다. 그리고 그 순간, 칠 번 닭과 아환의 눈이 허공에서 마주쳤다.

칠 번 닭은 몸을 부르르 떨었다.

아환은 급히 안대를 밀어 올렸다. 취객은 허우적거리며 걸음을 옮겼다. 아환은 그 등을 보며 살심(殺心)을 강하게 느꼈지만 간신히 마음을 가라앉힐 수 있었다.

닭들은 여전히 광란의 싸움을 벌이고 있었고, 구경꾼들은 모두 그 모습에 취해 있었다. 아환을 제외한 그 누구도 이미 낙오된 칠 번 닭에 주의를 기울이지 않았다.

푸륵. 푸륵.

칠 번 닭이 사이한 소리를 내기 시작했다.

"이런……."

아환이 오른쪽 눈의 안대를 매만지며 눈살을 찌푸렸다.

그가 익힌 심법이 문제였다. 평범한 사람이 음혼구귀초래법을 익히면 그는 귀를 보고, 부릴 수 있을 것이다. 하지만 아환은 이미 오른 눈에 귀기가 통해 어릴 적부터 귀를 보아 왔다. 게다가 심법을 수련하고부터는 그 위력이 부쩍 강해져, 심약한 사람에게 힘을 쓰면 심령을 일부 제압할 수도 있었다. 하물며 한낱 미물인 닭이 살심에 가득 차 있는 그 눈을 마주했으니 어떻겠는가.

도박장이라는 곳은 원래가 별별 사람들이 모여들게 마련인 곳이다.

그렇다고는 하지만 어울리지 않는 사람들도 있다.

의과 협, 그리고 명예를 중시하는 명문 세가의 자제들은 분명히 그 부류에 포함될 것이다.

여기 두 청년이 있었다. 그들이 바로 그 어울리지 않는 자들이었다.

약관의 나이에 수려한 용모를 지녔다. 그런데 그 용모가 너무나 흡사하다. 눈썹이 약간 덜 진하고 더 진하고 정도의 차이가 있을 뿐이다.

두 청년의 이름은 남궁명과 남궁박.

이름 높은 남궁세가의 쌍둥이 자제들로, 일 년 전부터 강호에 출두하여 지금은 남궁쌍룡이라는 그럴싸한 별호도 있었다.

남궁명과 남궁박은 팔짱을 끼고서 느긋하게 닭싸움을 관전하고 있었다.

일견 끝을 알 수 없는 혼전처럼 보이지만, 결국은 이 번, 혹은 삼 번 닭이 승리할 것이다. 도박장 관련인에게서 은밀하게 전해들은 정보였고, 실제로도 종국에는 이 번과 삼 번 닭만 가운데에서 서로를 노려보게 되었다.

남궁명과 남궁박은 느긋하게 웃음을 흘렸다. 똑같은 돈을 이 번과 삼 번 둘에게 걸어뒀으니, 어느 쪽이 이기더라도 이제 이익이 남게 되는 것이다.

하지만 그때 이변이 일어났다.

"어, 어어?"

"저거, 저놈 왜 저래?"

사람들이 곳곳에서 놀라며 소리쳤다.

곧 죽을 것 같던 칠 번 닭이 갑자기 무서운 기세로 뛰어오른 것이다.

"꿰게게게!"

녀석은 닭의 소리라고는 믿기 어려운 괴성을 지르면서

싸움터의 중앙으로 뛰어들었다.

눈을 까뒤집은 채로 부리질을 하고 발톱을 휘저었다.

두 마리 닭들은 그 광기에 질려 버린 듯 별다른 반항을
해보지도 못하고 맥없이 쓰러져 갔다.

오랜 시간이 걸리지도 않았다.

결국 모든 닭들이 피를 흘리며 쓰러지고, 철장의 중앙
에는 칠 번 닭이 홀로 서게 되었다.

일순간 숨 막히는 침묵이 흘렀다.

그 말도 안 되는 이변에 수백 명의 사람이 일제히 할
말을 잃어버린 듯했다.

"치, 칠 번 닭의 승리입니다!"

사회자가 뒤늦게 정신을 차리고 고함을 쳤다.

"말도 안 돼!"

남궁명이 주먹을 틀어쥐었다.

남궁박은 어처구니가 없는 듯 헛웃음을 쳤다.

다른 도박꾼들도 모두 마찬가지 심정인 모양이었다.

"사기다! 이건 사기다!"

"씨부럴! 장난하냐?"

"저 병 걸린 닭이 이겼다고? 지랄 맞은 소리 하지 마
라!"

여기저기서 원성이 터져 나왔다.

그때 철장 안에 있던 칠 번 닭이 목을 꺾으며 기괴하게

울음을 터트렸다.

"꾸에에에!"

그것이 마지막이었다. 녀석은 부리에 흰 거품을 물면서 그대로 바닥에 쓰러졌고, 더 이상 움직이지 않았다.

그 사이한 광경에 사람들은 이유 모를 공포를 느꼈다. 다시 한 번 싸늘하게 침묵이 깔렸다.

남궁박은 조용히 손짓하여 관계자를 불렀다.

"이보게. 저 칠 번 닭에게 걸었던 사람이 있기는 한가?"

"예. 그게… 한 명 있습니다."

"있다고?"

이번에는 남궁명이 소리쳤다.

남자는 난감한 표정을 짓다가 움찔거리며 눈으로 한곳을 가리켰다.

그곳에는 멍한 표정으로 철장을 바라보고 있는 아환이 있었다.

"태양혈이 솟아 있군요, 형님."

남궁박이 나직하게 속삭였다.

"그래. 애꾸놈이 꼴에 무공을 배운 놈인 모양이다."

남궁명이 눈을 번뜩이며 대꾸했다. 그는 한쪽 입술을 비틀어 올리며 기분 나쁜 미소를 지었다.

도박장은 큰 소란이 일어났다. 한껏 흥분한 사람들은 허공에 주먹을 휘두르며 욕설을 퍼부었다. 자칫하다가는 폭동이라도 일어날 듯한 분위기였다.

아환은 난처해 하며 뺨을 긁었다. 그로서도 전혀 예상하지 못했던 사건이 일어나 버린 것이다.

"화, 환 형님. 대단합니다. 저, 정말로 허허실실이 이겨 버릴 줄은…… 대체 간밤에 무슨 꿈을 꾼 겁니까? 배당률이 무려 일만팔천 배입니다."

도박 금액을 걷어갔던 소년이었다. 그는 한껏 흥분한 표정으로 아환을 보며 소리쳤다.

"환 형님이 동화 넉 냥을 거셨으니까, 배당금이 무려… 무려… 그러니까… 일만팔천 배니까……."

"칠만이천 냥이군. 금화로는 일흔두 냥."

아환이 셈을 대신해 주었다. 소년은 액수를 듣자마자 넋이 나가 버렸다.

어안이 벙벙하기는 아환도 마찬가지였다. 금화로 일흔 두 냥이라니…….

그 돈이면 아환 혼자 생활을 한다면 크게 아껴 쓰지 않아도 일 년은 지낼 만한 돈이었다. 그 정도의 거액은 상단에 있을 때에도 흔히 구경할 수 있는 금액이 아니었다.

잠시 후에 무척이나 뚱뚱한 남자가 아환에게 다가섰다.

무척이나 곤혹스러워하는 표정이었다.

"아환 대협이십니까? 저는 이곳의 주인입니다. 배당금에 관련해서 드릴 말씀이 조금 있는데 일단 잠시 이쪽으로……."

그는 손바닥을 비비면서 조심스럽게 말끝을 흐렸다.

"아, 나는……."

아환이 입을 열었다.

도박판에서 부자가 된 자가 없다는 것은 익히 듣고 보아 왔다. 큰 재화는 그만큼 악재를 몰고 온다는 것도 삼년 전의 경험으로 뼈저릴 만큼 잘 알고 있었다.

거기다 주위에 쏟아지는 흉흉한 기운은 귀기를 느끼지 못하는 몸이라도 충분히 알 정도였다.

이해도 안 되는 이유로 원한을 사고 싶지는 않았다. 금화 일흔 두 냥은 너무 커서 현실로 인식이 안 될 정도로 큰 금액이기도 했다.

'상한 음식인 줄 알면서 집어먹을 필요는 없지.'

그렇게 생각하면서 그는 그 자리에서 배당금을 거절하려고 했다. 갑자기 옆에서 누군가가 끼어들지만 않았더라도 분명히 그렇게 했을 것이다.

"나는 어쨌다는 건가?"

불쑥 나타나서 말을 건넨 사람은 남궁박이었다.

"이쪽 주인과는 잘 아는 사이라서 한마디 거들려고 왔

지. 일단 따라오시게."

남궁명이 옆으로 다가서며 한마디를 보탰다.

아환은 멍하니 그 둘을 번갈아 살펴보았다. 갑작스럽게 똑같은 얼굴이 둘이나 나타나서 다른 방향에서 번갈아 말을 하고 있으니 약간 당황스러웠다.

주위에는 어느새 사람들이 잔뜩 몰려들어 상황을 구경하고 있었다.

아환은 혼자 고개를 갸웃거리다가 남궁 형제의 뒤를 따랐다. 마침 주위의 이목이 슬슬 부담이 되던 참이었다. 이제는 저 앞에 무슨 일이 있을지 걱정도 되지 않았다.

아환은 그 뒤를 따라 약간 안쪽의 방으로 들어섰다. 문이 닫히며 바깥에 있던 구경꾼들과는 세계가 단절되었다. 방 가운데 있는 탁자에 앉자마자 남궁명이 입을 열었다.

"묻겠다."

아환이 눈을 찡그렸다. 대충 보면 동년배, 많게 본다고 해도 두어 살 위로 보이는 자가 계속 초면에 하대를 하고 있으니 기분이 좋을 리가 없었다.

그러거나 말거나 남궁명은 여전히 하대하며 자기 할 말을 이었다.

"무슨 수작을 부린 것이냐?"

"수작?"

아환의 눈썹이 꿈틀하고 곤두섰다.

"재주 몇 가지를 익혔다고 하여 아무 곳에서나 자랑을 하려 하면 낭패를 볼 수가 있다."

남궁명은 그렇게 말을 하며 은연중에 살기를 흘렸다.

아환은 헛웃음을 쳤다. 음혼구귀초래법이 삼성에 달한 지금, 그 정도 살기는 아이들 소꿉장난이나 마찬가지였다.

남궁명은 꽤나 약이 올랐다. 기가 죽어서 설설 길 줄 알았던 아환이 어처구니없게도 실소를 흘리고 있지 않은가.

"이놈이! 그래, 어디 네 알량한 재주가 얼마나 쓸모가 많은지 한 번 보자꾸나! 이 남……."

"형님!"

남궁박이 급히 소리쳐 말을 가로막았다.

남궁명은 뒤늦게 자신의 실책을 깨닫고 식은땀을 쓸어내렸다. 자부심이 가득한 이름이라고는 하지만 이런 곳에서 큰소리로 떠들 필요는 없었다. 일단 이곳은 어디까지나 불법 도박장이었으니까.

"뭐 하자는 거야? 재담(才談)이라도 하는 거냐? 그런 것보다는 인형극이 어떠냐?"

아환이 물었다. 가는 말이 고와야 오는 말이 곱다고, 상대방이 대놓고 시비를 걸어오니 그도 굳이 꼬인 심사를 감추지 않았다.

남궁명은 울컥 치미는 화를 이기지 못했다. 그의 손이

아환의 멱살을 노리며 매섭게 날아들었다.

잡았다!

그가 생각하는 순간, 아환의 몸이 뒤쪽으로 밀려났다. 아니, 밀려난 것도 아니었다. 아환은 앉은 상태로 고개를 까딱하는 정도로 움직였을 뿐이다. 남궁명은 빈 허공을 움켜쥐었고 깜짝 놀라며 눈을 부릅떴다.

아환은 어처구니가 없어 웃어버렸다. 남궁명이 흥분하며 덤벼들 때는 순간 그도 긴장했지만, 막상 보니 그 움직임이 생각 이하라 맥이 빠져 버린 것이다.

"소협. 어느 문파의 분이시오?"

남궁박이 눈을 찌푸리며 물었다. 남궁명은 옆에서 벌겋게 변한 얼굴로 씩씩거리는 중이었다.

아환은 심드렁한 눈으로 그를 쳐다보았다.

그는 지금 상황이 슬슬 귀찮아지고 있었다. 남궁명의 신위가 생각했던 것보다 대단치 않았던 탓에 잠깐 솟았던 투쟁심도 금세 꺼져 버렸다. 싸운다기보다는 약한 녀석을 괴롭히는 형국이 될 듯해서 마음이 편치 않았던 것이다.

"관둡시다, 관둬. 배당금은 필요 없으니까 원금만 돌려주시오. 동전 넉 냥."

아환이 손을 서으며 말했다.

도박장의 주인은 흠 하는 헛기침을 하고는 남궁 형제의

눈치를 살폈다. 남자는 한참 동안 전전긍긍했고, 아환은 피식 웃은 뒤 미련 없이 몸을 돌렸다.

"아니, 넉 냥은 그냥 닭싸움 구경한 셈으로 치겠소."

그는 등 뒤로 손을 휘휘 흔든 뒤 문을 향해 걸음을 옮겼다.

완전히 무시당해 버린 남궁박은 어처구니가 없어 헛웃음을 흘렸다.

남궁명은 거의 이성을 잃어버렸다.

스릉.

날카로운 쇳소리.

옷자락 안에 감춰 두었던 검을 뽑아 든 것이다.

아환은 우뚝 걸음을 멈추어 섰다. 남궁명의 검이 아환의 어깨 위로 건너와 그의 뺨 옆에서 번쩍거리고 있었다.

"이건 뭐냐?"

아환이 쓰게 웃으며 물었다.

그의 등 뒤에서 곧바로 대답이 날아들었다.

"당장 본 공자에게 사과하거라."

"사과? 뭐에 대해서?"

아환이 인상을 찡그리며 물었다. 딴에는 많이 양보했는데 상대가 자꾸 물고 늘어지자 귀찮다 못해 슬슬 화가 나기 시작했다.

"사이한 술수로 본 공자의 지인에게 피해를 끼쳤으니

그 죄가 첫째요……."

남궁명은 말하다 말고 헛바람을 들이켜며 몸을 급히 뺐다. 그 앞으로 희번덕한 빛이 스쳐 지나갔다.

"이 비겁한 놈이!"

"뭐라는 거야? 사과가 받고 싶다면서? 부탁을 들어주려는 거잖아. 뭔가 잘못을 해야 사과를 하던가 하지."

야환이 히죽거리며 그렇게 말했다. 그의 왼손에는 닳은 단검이 하나 들려 있었다.

'피한 게 아니야.'

두 사람을 지켜보던 남궁박의 눈이 경악으로 물들었다. 형의 움직임이 단검을 보고 반응한 것이 아님을 깨달은 것이다. 그저 단검에서 뿜어져 나온 살기에 몸이 밀리다시피 한 것에 불과했다.

남궁명은 이를 악물었다. 그는 가슴속에서 꿈틀거리기 시작한 두려움을 무시하려 애썼다. 그러기 위해서는 보다 과장된 행동이 필요했다.

"죽여 버리겠다!"

그가 검을 치켜들며 소리쳤다.

동시에 남궁박도 검을 빼 들었다. 지금은 세가의 명예를 따질 때가 아니었다. 이런 도박장에서 이름 모를 무인에게 패한 채로 정체가 드러나는 것만은 무슨 수를 써서라도 막아야 했다.

남궁명은 남궁박을 힐끔거렸다. 급한 성질만큼이나 자존심이 하늘을 찌르는 그였지만, 지금만큼은 동생과 생각이 비슷한 듯했다.

먼저 움직인 사람은 남궁박이었다. 그는 앞으로 쇄도하며 아환의 어깨를 노리고 검을 내려쳤다.

"두 놈이 덤빈다고 해서."

아환은 말하며 반 보 앞으로 갔다. 어깨를 살짝 비틀자 남궁박의 검은 아슬아슬하게 그 어깨를 스쳐 허공을 갈랐다.

남궁명이 뒤를 이어 아환을 공격하려 달려들었다. 하지만 어느새 단검이 그의 목을 향해 날아들고 있었다. 그는 급히 검을 거두며 뒤로 물러섰다.

촷!

단검이 지나가며 남궁명의 옷깃을 갈랐다.

"뭔가 될 줄."

아환은 몸을 살짝 굽히며 옆으로 돌았다.

챙.

아환의 머리 위에서 남궁 형제의 검이 서로 얽히며 부딪혔다. 서로가 서로의 공격을 방해한 꼴이 되어버린 셈이었다.

"알았느냐?"

아환은 히죽 웃으며 말을 맺었다. 동시에 남궁명의 다

리를 잡아채 허공으로 던져 버렸다.

남궁명은 허공에서 한 바퀴를 빙글 돌았다. 그리고는 낙법을 시전할 여유도 없이 바닥에 쓰러졌다.

철푸덕!

"퀵!"

소리도 적나라했지만 모양새는 더욱 볼품없었다. 사지를 죽 뻗고 쓰러진 모습이 말라죽은 개구리와도 같았다.

남궁박은 더 이상 공격할 엄두를 내지 못했다.

남궁명은 쓰러진 채로 입술을 깨물었다. 이가 파고들어 피가 줄줄 흘러나왔지만, 너무나 큰 치욕으로 인해 아프다는 느낌조차 들지 않았다.

아환은 느긋한 어조로 설교를 늘어놓았다.

"어디의 잡배인지는 모르겠다만 싸움을 걸려면 좀 생각쯤은 하고 살아야 하지 않겠느냐? 그리 살다 죽으면 기껏 키워준 부모님께 죄송스럽지 않겠느냐? 염라께는 뭐라 말하고 싶으냐? 도박을 좋아해서 도박장에 죽치고 앉았다가, 돈 딴 놈에게 돈푼이나 뜯어내 보려고 칼 들고 설치다가 그만 거꾸로 당해 버리고 말았다고 말할 생각이더냐?"

남궁 형제의 얼굴이 분노와 공포, 치욕으로 새하얗게 질렸다.

이만하면 충분히 알아들었으리라. 아환은 히죽 웃은 뒤

몸을 돌렸다.

그 무방비의 등을 보는 순간, 남궁명은 가까스로 유지하고 있던 한 가닥 이성의 끈을 완전히 놓아버렸다.

"으, 으아아아! 이 개자식! 죽여 버리겠다아아!"

그는 바닥을 박차며 일어섰다. 옆의 검을 주워들고는 화살처럼 아환의 등을 향해 달려들었다.

순간, 아환은 아수라의 가르침을 떠올렸다.

[무공의 기본이 뭐냐?]

"네?"

[기본 말이다.]

"무슨 말씀이신지……."

아수라는 한숨을 길게 내쉬고는 다시 설명했다.

[싸움에서 어떻게 해야 이기냐는 말이다.]

"에… 안 맞고 때리면 되지 않을까요?"

스스로가 말하고도 어처구니없는 듯 아환이 뒤통수를 긁적였다. 하지만 돌아온 대답은 의외였다.

[그렇다.]

"네?"

[안 맞고 이기면 당연히 이기는 것이지. 그렇기 때문에 신법이니 보법이니 하는 것이 있어서 좀 더 덜 맞고 이길 수 있도록 하는 것이다. 하지만 본문에는 그런 게 없다.

어째서인지 아느냐?]

"어째서입니까?"

[필요가 없기 때문이다. 상대의 살기가 움직이는 것을 읽고, 그 선을 피해 몸을 두기만 하면 되는 것. 그 본질을 생각지 않고, 이 경우에는 이쪽으로 몸을 움직여야 좋다느니 하는 것은 배우기도 힘들고, 그것이 몸에 익도록 하는 것 또한 공연한 시간 낭비일 뿐. 상대가 그 보법과 신법을 안다면 그 움직임은 뻔히 읽히는 것이니 수련의 시간이 오히려 독이 될 수도 있는 법!]

그 말이 맞았다. 아환은 남궁명이 뿜어내는 살기를 똑똑히 느낄 수 있었다. 아마 오른 눈의 안대를 빼고 돌아서면 그 살기의 궤적이 실처럼 보일 것이다.

아환은 허리를 비틀었다. 남궁명의 검이 그의 팔을 스쳐 갔다.

몇 방울의 피가 비산했다.

아환은 오른 주먹을 틀어쥐었다.

퍼억!

그의 주먹이 남궁명의 복부에 틀어박혔다.

남궁명은 내공을 일으켜 몸을 보호하지도, 비명을 지르지도 못했다. 민저 검이 그의 손에서 흘러내려 바닥으로 떨어졌고, 다음은 그의 신형이 힘없이 무너졌다.

"형님!"

남궁박이 비명을 지르며 남궁명에게 달려갔다.

이제는 아무도 아환의 앞을 막아서는 이가 없었다. 아환은 비로소 그 좁은 방을 나설 수 있었다.

그는 웃었다.

실제의 싸움은 생각했던 것보다도 훨씬 간단했다. 살기가 있는 곳에서 몸을 빼고, 적이 보이면 때리는 것.

그것이 아수라가 가르친 무공의 정수였다.

第三章
그 다음에

덩치가 우락부락한 사내가 있었다. 그는 벌컥거리며 술을 들이켰다. 미처 입으로 들어가지 못한 술이 덥수룩한 수염을 타고 흘렀다.

그의 손이 기녀의 옷 속을 거침없이 파고들었다.

"아흥."

기녀는 콧소리를 내며 몸을 비틀며 사내의 손을 피하려 했다. 하지만 사내는 음흉하게 웃으며 더욱 격하게 기녀의 몸을 더듬었다.

"진철 대협, 자꾸 이러시면……."

"으흐흐. 이러시면 뭐가 어떻다는 말이냐? 왜, 몸이 달아서 미칠 것 같으냐?"

진철이 웃었다.

그의 손길이 더욱 대담해졌다. 한 손으로는 계속해 기녀의 몸을 더듬고, 다른 한 손으로는 옷깃을 풀어 헤쳤다. 그대로 한바탕 거사라도 치를 듯한 태세였다.

"형님."

그때 문밖에서 낯선 목소리가 들려왔다.

진철의 인상이 일그러졌다. 그는 퉁명스러운 목소리로 문을 향해 외쳤다.

"무슨 일이냐? 지금 바쁘다. 그리고 이 새끼야, 내가 문주라고 부르랬지? 일급 이상 바쁜 거 아니면 방해도 하지 말랬지? 이 돌대가리 새끼는 말을 알아듣지를 못해요."

"아, 알겠슴다. 형… 아니, 문주님 일급임다."

곧바로 대답이 돌아왔다.

일의 중대사를 논하는 말이었다. 가장 위가 특급이고 바로 아래가 일급이었다.

진철의 표정이 변했다. 그는 눈을 찌푸리며 기녀를 바라보며 턱을 치켜들었다.

기녀는 눈치를 살피다가 조용히 일어나 문을 열고 나갔다.

대신해서 들어온 사람은 삼십대 초반 정도의 남자였다. 몸이 빼빼 마르고 눈이 죽 째진 것이 전형적인 협잡꾼 같은 외형이었다.

"씨바. 너 아무 일 아니면 뒈진다. 뭐냐?"

진철이 물었다.

남자는 문을 닫고 잠시 주위의 동정을 살폈다. 그리고는 천천히 진철의 곁으로 다가와 낮은 목소리로 말을 꺼냈다.

"남궁雙룡 말임다."

"그래, 그 개새끼들. 이틀 전에 와 가지고 계속 도박장에서 죽치고 있다고 하지 않았냐? 그게 왜? 그놈들이 도박장에서 시비가 붙어 깨지기라도 한 거냐?"

진철은 불만스런 감정을 얼굴 한가득 드러내면서 말했다.

"어떻게 아셨습까?"

남자가 눈을 휘둥그렇게 뜨며 반문했다.

이번에는 진철이 눈을 치켜뜰 차례였다.

"뭐라고?"

"문주님 말씀 대로입니다. 남궁雙룡이 깨졌습다."

"무슨 그런… 진짜야?"

"확실합니다. 그곳 관리하는 녀석이 직접 싸우는 광경까지 지켜보았답니다. 그런데 그 싸움이라는 게……."

남자가 말끝을 흐렸다. 자신이 직접 들었고, 다시 말을 선달하면서도 여전히 믿기가 어려웠던 듯이었다.

진철이 인상을 쓰며 말을 보챘다.

"간결하게 말을 해, 깔끔하고. 니들이 그러니까 우리 하남제일 하오문이 동네 양아치 소릴 듣는 거야."

"아, 아닙니다. 형, 아니, 문주님. 그러니까 그 싸움이라는 게 완전히 일방적이었다고 함다. 남궁쌍룡이 협공을 했지만 제대로 공격 한 번 못하고 깨졌다고 함다."

"이런 미친! 누구랑 싸웠는데? 아니, 그보다 그런 고수가 하남성에 들어왔으면 재깍재깍 보고를 올려야 할 것 아니냐! 씨바! 전에 그 녹광도(綠廣刀) 새끼가 여기 들어왔을 때 제대로 연락 안 했다고 소림에서 난리 친 거 잊었어?"

"그… 죄송함다. 형님. 누군지는 모르겠슴다."

"야, 이……! 그런 고수가 누군지 모른다는 게 말이 되냐? 외호를 대든지 뭘 했든지 했을 거 아냐!"

진철의 목에 핏대가 섰다. 이미 형님이라는 말에 신경 쓸 여유도 없었다. 그는 옆의 술병을 틀어쥐었고, 남자는 깜짝 놀라며 몸을 움츠렸다.

다행히 술병은 날아가지 않았다. 비싼 물건이었던 것이다.

진철은 터져 오르는 화를 누르느라 씩씩거렸다.

남자는 눈치를 살피며 조심스럽게 변명했다.

"그게 아무 소개도 없이 사고부터 친 걸 봐서 아무래도 신진고수가 아닌가 하고……."

"신진고수? 그놈이 몇 살인데?"

"최대한으로 보아도 약관을 넘지는 않을 것 같다고 합니다. 그리고 듣기로 애꾸라고……."

"약관도 안 되는 애꾸 꼬마가 남궁쌍룡을 제압했다고? 말이 되냐 그게? 눈 가리면 다 고수 되는 거야? 개나 소나 마장호야?"

"물론 장소도 장소고 하니 남궁쌍룡도 세가의 무공을 제대로 사용하지는 않은 듯하다고 하기는 합니다만……."

진철은 들고 있던 술병을 내려놓았다. 들은 말이 전부 다 사실이라면 부하를 타박할 것도 못 되었다. 애꾸라는 흔치 않은 특징까지 들었지만 그 역시도 전혀 정체를 짐작할 수가 없었던 것이다.

"멍청한 놈. 일급이 아니고 특급 정보잖아. 뭘 서 있어? 빨리 안 튀어 가? 당장 뭐 하는 놈인지 알아내! 애새끼들 다 풀란 말이야! 안 되면 거 뭐냐, 영조단(影鳥團)에 돈 찔러주고라도 어떻게든 해 봐! 금화 열 냥, 아니, 스무 냥까지는 써도 돼!"

진철이 손바닥으로 상을 내려치며 소리 질렀다.

●

아환은 숨을 들이쉬었다.

귀기는 통상적인 기처럼 호흡을 따라 움직이지만, 귀기의 움직임은 특별한 점이 있다. 아환의 경우는 더욱더 특별했다.

지금 아환의 몸에서 귀기가 통하는 곳은 오른쪽 얼굴과 상단전뿐이었다. 일반적인 기의 경우라면 아환처럼 한쪽 얼굴만 기가 통하는 몸으로는 살아남지도 못했을 것이다. 하지만 이것은 귀기. 몸을 통하면서도 몸을 통하지 않은 것이다.

일반인은 대부분 몸에 귀기가 통하지 않는다. 다들 귀기가 통한다면 귀신을 보았네, 죽은 사람의 목소리를 들었네 하여 사회가 멀쩡히 돌아갈 리가 없을 것이다. 그래서 귀기는 통하지 않아도 몸을 움직이는 데는 지장이 없다.

귀기가 통하는 오른쪽 얼굴에 이질감이 느껴졌다. 몇 년이나 해 온 일이지만, 익숙해지질 않았다.

눈으로 들어온 귀기는 태양혈(太陽穴)을 자극하고, 태양혈에서 들어오는 숨과 반응하여 그것을 끌어들인다. 그 반응한 기는 천령개(天靈蓋)에 갇혀서 돌게 된다.

천령개 아래에 모인 기는 계속 돌다가 백회혈(百會穴)로 들어오는 귀기와 반응하여 서서히 귀기로 변한다.

그동안 심장의 맥동과 호흡 그리고 상단전의 심상을 일치시키는 것이 중요하다.

그렇지 않으면 귀기가 쌓이지 않음은 물론, 심하게 어

굿나게 되면 마(魔)가 들릴 수도 있는 것이다.

그렇게 천령개 아래에서 완전히 귀기로 변한 기는 그 안쪽, 상단전(上丹田)에 쌓이게 되고, 그 다음에 숨을 내쉬면 그것이 일주천(周天)이 된다.

아환은 그렇게 일백여덟 번의 숨을 모았다가 내쉬어 귀기를 쌓았다.

한 번에 너무 많은 귀기를 쌓으면 혼백의 균형이 어긋나 산 채로 귀신이 되어버린다.

눈을 뜨자 천장에서 내려온 사람의 머리가 보였다. 목을 매고 죽은 귀(鬼)인 듯 혀를 빼물고서 쉴 새 없이 주절대었다.

[장가 놈의 서랍 안에 내 장부가 있는데… 장가 놈의 서랍 안에 내 장부가 있는데……]

"그래, 그래. 서랍 안에 장부가 있는데."

아환은 그 말에 별 생각 없이 맞장구를 치면서 안대를 집었다. 귀신이 되지 못한 귀들이 제대로 말이 통하는 경우는 잘 없었다. 그저 생전의 원한이나 집착이 남아 끝도 없이 이렇게 중얼댈 뿐이었다.

일주천 동안 귀기를 흡수했는데 사라지지 않고 견디는 것 역시 원한이 강함을 보여주고 있었다.

"무슨 원한이 그리도 강해서 아직까지 남았는시 원."

아환이 안대를 쓰자 귀의 모습은 사라졌다. 꽤나 강한

귀라고 생각했지만 오른 눈을 감고서도 보일 정도는 아닌
듯했다.

"휴우."

아환은 어쩐지 아쉬운 마음이 들어 한숨을 내쉬었다.

저녁에 있었던 싸움, 그것은 일방적인 아환의 승리였다.

"너무 약한 녀석이었어."

그가 고개를 저으며 혼자 중얼거렸다. 비록 삼백 년 전
천하를 떨게 했던 무공을 전수받았다지만, 그렇다고 경험
까지 는 것은 아니었다. 그는 말 그대로 강호 초출이었고
아직까지 자신의 무공 수위를 전혀 판단할 수가 없었다.

싸우다가 팔에 작게 긁힌 상처가 나기는 했지만 순전히
방심했던 탓이다. 만약에 안대를 벗고 싸웠더라면 더욱 간
단하게 이겼을 것이다.

아환은 거기까지 생각하다 피식 웃었다. 삼 년 전만 해
도 지긋지긋해 하던 능력이다. 이 때문에 어릴 때는 잠도
제대로 못 잘 정도로 무서워하기도 했다. 확실하지는 않았
지만 그 능력 탓에 어릴 적에 버려졌던 것인지도 모를 일
이었다.

"쓸데없는 생각은 관두자."

아환은 벌러덩 누워서 잠을 청하려 했다. 하지만 그리
쉽지는 않았다. 옆방에서 들리는 소리 때문이었다.

"춘앵이 이 예쁜 것. 네가 선녀로구나!"

"아잉. 나으리 어찌 그러시어요."

숙소의 방음은 그럭저럭 되어 있었다. 문제는 무공을 배우며 함께 예민해진 오감이 문제였다.

두터운 방 너머로 미세하게 들려오는 여인의 비음이 너무나 또렷하게 들렸다.

"으으……."

아환은 괴로워하다가 결국 참지 못하고 벌떡 일어났다.

달밤에 체조를 하든 달리기를 하든 한바탕 땀이라도 빼고 와야지 그렇지 않다가는 도무지 잠을 이룰 수 있을 것 같지가 않았다.

달은 밝았다.

딱히 할 일도 없었기에 아환은 이런저런 생각을 하며 뜰을 거닐었다.

문득 낮의 싸움이 떠올랐다.

쓰러져 있던 남궁명이 칼을 들고 기습하던 때. 몸을 틀어 피하기는 했지만 팔을 스치고 말았다.

"이렇게 피하는 게 나았으려나? 아니, 이렇게?"

그는 혼자 중얼거리며 이리저리 몸을 비틀어 보았다. 아수라에게 배운 것에는 신법이 없었고 살기가 몸을 둘 곳을 알려주지 않는 상황이라 여러모로 움직임이 어설펐다.

야밤에 달빛 아래에서 혼자 중얼거리며 이리저리 몸을 비틀고 있는 모습이란 누가 보기라도 한다면 광인으로 오해하기 딱 알맞은 상황이었다.

그리고 실제로도 그러했다.

"저, 저… 뭐 하는 거야? 미친놈 아닌가?"

십여 장 떨어진 곳. 나무 위에서 한 복면인이 중얼거렸다.

아닌 밤중에 갑자기 동원 명령이 떨어졌다.

남궁쌍룡을 제압한 신진고수.

젊은 나이와 애꾸라는 정보를 가지고 하남성 곳곳을 헤집고 다닌 지가 몇 시진이 지났다.

마침내 찾아냈다고 생각했는데, 돌아가는 상황을 보아 하니 아무래도 잘못 찾아온 듯했다.

"젠장! 더럽게 힘드네. 아무나 좋으니까 빨리 좀 찾아내고 잠 좀 자자, 잠 좀."

그가 투덜거렸다.

그때 저 멀리 있던 아환이 갑작스럽게 고개를 돌렸다.

복면인은 깜짝 놀라며 몸을 떨었다.

하지만 한밤중이다. 십여 장이나 떨어져 있었다. 자신은 검은 옷을 입었고, 더군다나 잎이 무성한 나무 속에 숨어 있었다.

발견했을 리가 없다. 이쪽을 바라본 것은 단순한 우연이었을 것이다.

그렇게 혼자 결론을 내리기가 무섭게······.

아환이 달려오기 시작했다. 그 시선은 한 치의 오차도 없이 복면인을 향해 있었다.

더 이상은 생각할 필요가 없었다. 발각되었다, 완벽하게.

"제기랄!"

복면인이 욕설을 뱉으며 나무에서 뛰어내렸다.

상대방은 혼자서 남궁쌍룡을 제압한 자다. 정면으로 붙어서는 절대로 승산이 없다.

남은 것은?

영조단 제일이라 자부하는 경공을 믿는 수밖에 없었다.

"거 참. 빠르네."

아환이 혼자 중얼거렸다. 처음부터 거리가 제법 있었던 까닭도 있지만 워낙에 복면인의 경공이 빨랐다.

이미 복면인의 뒷모습은 보이지 않았다. 아환은 더 이상 쫓아갈 생각을 하지 못했다.

"뭐 하는 놈이지?"

아환이 고개를 갸웃거리며 중얼거렸다.

잠깐 고민을 해보았지만 전혀 짐작을 할 수가 없었다.

사실 복면인이 자신을 보고 있었던 것인지, 다른 무엇을 보고 있었던 것인지도 확실하게 판단할 수가 없었다.

"도망가는 걸 보니 떳떳한 놈은 아닌 것 같지만… 에라, 알 게 뭐냐."

아환이 머리를 북북 긁었다.

어느 정도 기분 전환도 되었으니 슬슬 방으로 돌아가 잠이나 자자고 생각하던 찰나였다.

"꺄아아아아아아악! 귀, 귀신이다!"

밤이라 그 소리는 멀리까지 울렸다. 아환은 급히 소리가 난 곳으로 달려갔다.

소란의 출처는 자신이 묵고 있는 방, 아니, 정확히는 바로 그 옆방이었다.

이미 몇 명의 사람들이 그 앞으로 나와 두런거리고 있었다.

"뭐야, 불이라도 난 건가?"

"불이 아니고 귀신이라는데, 허헛."

몇 사람들이 헛웃음을 켰다.

"별것 아닙니다. 손님 중 한 분이 악몽을 꾸신 모양입니다. 자자, 다들 들어가서 주무세요. 밤바람이 찹니다."

종업원들은 주인의 지시를 받아 열심히 상황을 정리하고 있었다.

그중 한 사람이 아환의 등을 떠밀었다. 아환은 가볍게

손을 들어 종업원을 옆으로 보내고는 유심히 상황을 살펴보았다.

소동의 중심에는 한 남녀가 있었다.

아마도 아환의 옆방에 있던 남녀인 듯했다. 여인은 방쪽은 쳐다보지도 못하고, 눈물을 흘리며 몸을 떨었다. 남자는 여인의 어깨를 보듬고 있었지만, 그 역시 얼굴색이 허옇게 실려 있었다.

"자자, 손님들. 요즘 같은 세상에 귀신이라니요. 이런식으로 나오시면 저희 장사 다 말아먹습니다."

객잔의 주인장이 울 듯한 표정으로 말했다. 그래도 남녀의 반응이 시원치 않자, 그는 성큼성큼 걸어가 방문을 확 열어젖혔다.

"꺄악!"

거의 반사적으로 여자가 비명을 질렀다.

어스름한 달빛과 종업원들이 들고 있는 등롱(燈籠)이 방의 안쪽을 비추었다.

"보십시오, 손님들. 아무것도 없지 않습니까? 자자, 다른 분들도 그만 들어가서 주무세요."

주인장은 필사적으로 사람들을 설득했다. 처음에는 흥미 가득한 얼굴로 방 안을 기웃거리던 사람들도 이내 시큰둥한 표정이 되어서는 하나둘 자신의 방으로 걸음을 돌렸다.

아환은 오른쪽의 안대를 슬쩍 밀어 올린 채 방 안을 들여다보았다.

낯익은 귀 하나가 천장에 거꾸로 붙은 채로 쉴 새 없이 중얼거리고 있었다.

[장가 놈의 서랍… 내 장부가… 장가 놈의 서랍에…….]

"어… 저놈이 이쪽으로 옮겨왔네."

아환이 별 생각 없이 중얼거렸다.

대부분의 손님들은 이미 각각의 방으로 돌아간 뒤였지만 가까이 있던 주인장과 종업원 몇 명은 그 중얼거림을 똑똑히 들었다.

순식간에 분위기가 싸늘해졌다. 안 그래도 차가운 밤공기가 더욱 서늘하게 얼어붙었다.

먼저 정신을 차린 사람은 주인장이었다.

"뭐, 뭣들 하고 있는 거냐? 아무래도 이 두 손님은 이 방에서는 주무시기 찝찝하실 테니 다른 빈 방을 안내해드려라. 나머지는 모두 들어가서 자도록 하고, 내일 아침에도 일찍 일어나서 일을 해야 할 것 아니냐."

그는 두 팔을 휘저으며 황급히 종업원들과 두 남녀를 몰아냈다.

그리고는 무시무시한 표정으로 홀로 남은 아환에게 성큼성큼 걸어왔다.

아환은 난처한 표정을 지었다. 무심코 뱉은 한마디가

괜한 일을 만들어낸 것 같았다.

"손님."

주인장이 입을 열었다.

필경 장사를 훼방 놓았다고 따지기라도 할 것이리라. 아환은 그렇게 짐작했지만 이어지는 말은 전혀 예상 밖이었다.

"혹시 도사님이십니까?"

"도, 도사?"

"부탁드립니다. 귀신을 부리는 능력이 있으면 제발 소인을 좀 도와주십시오, 도사님."

그는 거의 울먹이면서 아환의 소맷자락에 매달렸다.

"아, 아니, 저기… 도사 같은 건 아닙니다만."

"아니십니까?"

주인장의 두 눈이 크게 흔들렸다. 그 불쌍한 표정을 보자니 냉정하게 외면하기가 무척 어려웠다.

그리고 아주 약간, 사연이 궁금하기도 했다.

"비슷한 거라고 해두고… 어디, 일단 말이나 좀 들어봅시다. 뭔가를 알고 있는 게 있으면 한번 말해보시죠. 이 방에서 누가 목을 메서 자살한 겁니까?"

아환은 말을 하면서 다시 안대를 살짝 내리며 방 안을 힐끗거렸다. 천장에는 여전히 귀가 붙어 있었다.

주인장은 아환의 정확한 지적에 놀란 듯 눈을 동그랗게

뜨고 급히 말을 쏟아냈다.

"아이고, 역시 도사님이시군요. 척 보니 바로 아시고. 말도 마십쇼, 이렇게 난리가 난 지 이 년 됐습니다. 성이 박씨고 사천 출신이라는데, 말투는 사천 말투가 아니었습니다. 어쩐지 개봉 말투 같기도 하고 그랬습니다요. 게다가 아무리 봐도 물건도 없고 행색도 좀 꾀죄죄한 것이 수상하더란 말이죠. 거기다 낮에 안 다니고 밤에만 다니고, 주위를 살피는 게 좀 범죄자 같기도 했습니다. 그래도 방값도 선불로 은 열다섯 냥이나 냈고 해서 내버려 뒀죠. 그러다가 한 스무 날쯤 됐을까? 며칠이나 오가는 걸 못 봤고 방에서 이상한 냄새도 나는 것 같아서 문을 열어 봤더니… 어이쿠, 혀를 길게 빼물고 눈을 시퍼렇게 뜨고 죽어 있는 모습이… 아직도 눈앞에 생생합니다."

그는 실제로 옛 기억이 되살아나는 듯 짧게 몸서리를 쳤다.

"그리고 그때부터였습니다. 짧게는 몇 주, 길게는 몇 달 간격으로 조금 전 같은 소동이 벌어지고는 했습니다. 지금까지는 간신히 사건을 무마해 오고는 있었지만… 이제는 슬슬 아랫것들도 이상하게 여기는 낌새고, 손님들도 조금씩 줄어들고는 있는 것이……. 아이고, 도사님. 제발 부탁드립니다. 하늘을 우러러 맹세하건데 불쌍한 사람을 등치거나 남을 속여먹은 적은 단 한 번도 없습니다. 자꾸 이런 일이 벌어지면 저는 길바닥에 나앉게 될 겁니다. 이제는 백 리 바깥에서 무덤이 파헤쳐진 것도 여기서 나온 혼령이 한 짓이라는 소문까지 돕니다요. 저 좀 살려주십시오."

그간 쌓인 한이 많았던 듯 어조가 꽤나 구슬펐다.

"무슨 일로 자결을 한 것인지는 모르는 겁니까?"

아환이 물었다.

"아이고. 그걸 알았으면 어떻게든 제를 올려드렸겠지요. 그걸 모르고 있으니까 지금까지 발만 굴리고 있었던 것 아니겠습니까. 내로라하는 도사님들이라고 불러와 봤더니 이게 순 사기꾼만 득시글하고, 처녀 귀신이 붙었다는 둥 조상 중에 화기가 많은 사람이 젯밥을 못 먹어 그렇다는 둥 헛소리나 해대고 말입니다. 도저히 이대로는 살 수가 없습니다."

"흠."

아환은 짧은 기침 소리를 내며 고개를 끄덕였다.

약간의 시간이 지났다. 아환이 별 말이 없자 주인장은 걱정스러운 표정으로 조심스럽게 말을 걸었다.

"저어, 도사님."

"음. 알겠습니다. 귀 하나 정도 처리하는 것은 어렵지 않은 일이니……."

"저, 정말이십니까?"

그제야 창백하던 그의 얼굴에 화색이 돌아왔다.

아환은 주인장을 돌려보냈다. 귀와 소통을 하기 위해서
는 안대를 벗어야 한 텐데 평범한 사람이 곁에 있어보아
야 하등 좋을 것이 없었다.

그는 원래 소동의 중심이 되었던 방으로 들어섰다. 방
문을 닫고 등롱에 불을 붙인 뒤, 적당한 곳에 자리를 잡고
앉았다.

그는 안대를 잡고 천천히 풀어냈다. 그의 오른쪽 눈이
완전히 드러났다. 그 눈은 왼쪽보다 더욱 검고 깊이 가라
앉아 있었다.

[내 장부가… 장가 놈의 서랍에 있는데… 내 장부의 안
쪽에……]

귀는 여전히 천장에 붙어서 끊임없이 중얼거리고 있었
다. 그래도 처음 보았을 때는 대충 알아들을 수 있었던 말
이었지만, 그동안 아환이 귀기를 많이 흡수한 탓인지 가뜩
이나 짧은 말이 더욱 두서없이 뒤섞여 있었다.

"대체 무슨 원한이 그렇게 깊어서 그러고 있는 것이오?
장가라는 사람은 누구고 장부는 또 뭐란 말이오?"

아환이 천장을 보며 물었다.

귀는 대답 대신 여전히 앞뒤 없는 말만 쏟아낼 뿐이었
다.

"사실 당신을 없애기는 아주 쉬운 일이오. 그냥 이 자리에 앉아서 몇 번 숨만 크게 들이쉬어도 된단 말이오. 알아듣겠소?"

아환은 질문을 건넨 뒤 혼자 쓰게 웃었다.

"알아들을 리가 없지."

앞서 했던 말은 거짓이 아니었다. 일을 해결하기 위해서는 그저 언제나처럼 심법 수련을 하면 되었다. 지금의 상태를 보아하면 일주천이 끝나기도 전에 천장의 귀는 형체를 잃고 사라질 것이다.

하지만 그 전에 할 일이 있었다. 대체 무슨 원한이기에 죽어서까지 저런 것인지 궁금증이 들었다.

"후읍."

그는 심호흡을 했다. 머릿속에서 무언가 새로운 생각이 만들어지고 있었다.

지금까지 살아오며 죽은 자와 제대로 된 대화를 나눠본 경험은 아수라가 유일했다.

어째서인가? 그는 스스로에게 질문했고 혼자서 답을 구해보았다.

아수라는 귀기가 강하여 혼과 백을 붙들어 놓는 힘이 강했기 때문일 것이다. 그렇다면 귀기가 약한 귀들에게 귀기를 불어넣으면 어떻게 될까?

아환은 이제 새로운 시도를 하려 하고 있었다.

음혼구귀초래법이 주위의 귀기를 흡수하는 심법이라면 그 원리를 역으로 이용할 수도 있을 터.

"후우우우."

아환이 기다랗게 숨을 뱉었다. 역으로 기를 운용하는 것은 간단한 일은 아니었다.

하지만 불가능한 일도 아니었다.

태양혈로 들어온 숨이 오른쪽 눈으로 들어온 귀기와 반응하고, 천령개 아래에서 천천히 귀기로 변할 때, 숨이 흐트러지면 그 균형이 깨져 귀기가 잘 쌓이지 않는다. 더구나 호흡과 심장의 맥동(脈動), 그리고 상단전의 심상(心想)의 확장(擴張). 이 셋의 균형이 잘 맞지 않으면 도리어 쌓인 귀기가 줄어드는 일도 있다.

그렇다는 말은 일부러 그 균형을 흐트러뜨리면 귀기를 통상의 기로 바꾸는 것이 가능하다는 말이다.

일반의 기는 그 심상이 귀기보다 훨씬 크다. 균형이 흐트러져 귀기가 줄어들고 일반의 기가 많아지는 동시에, 상단전의 심상을 축소시킨다면 과연 그 귀기는 어디로 흘러나올까? 태양혈에서는 기가 흡수되고 있으므로 당연히 오른쪽 눈을 통해 흘러나오지 않을까?

귀의 모습이 눈에 보일 정도로 흐트러졌다. 말소리도 알아들을 수 없게 변해갔다.

[장부… 장… 정…….]

아환은 평소와 달리 들이쉬는 호흡부터 시작했다. 호흡을 역으로 운용하는 것이다.

반응은 금방 왔다. 몸에 열이 오르고 머리가 아파오긴 했지만 쉽게 기와 귀기의 균형을 원하는 쪽으로 밀 수 있게 된 것이다.

귀기가 줄어들었지만 그것이 기로 변환되면서 상단전은 금방 꽉 찼다.

아환은 조심스레 상단전을 줄여나갔다. 태양혈로는 계속 기를 받아들였다.

그러자 눈에 엄청난 통증이 몰려들었다. 아환의 착각이었던 것이다. 이 호흡법과 심상의 변화는 눈으로 귀기를 받아들이는 데서부터 시작한다.

그런데 일부러 균형을 흐트러뜨리고 억지로 상단전을 짜내어 역으로 귀기를 바깥으로 보내려 하니, 눈에서 귀기가 충돌하여 통증이 오는 것이다.

아환은 급한 대로 숨을 멈추었다. 그러자 눈의 통증은 없어졌다. 귀기를 흡수하지 않고 그냥 흐름대로 맡기자 자연스레 귀기의 농도가 높은 아환의 상단전에서 귀 쪽으로 귀기가 흐르기 시작했다.

하지만 착오는 또 있었다. 귀는 그 머리통 하나만 있는 게 아니었던 것이다.

키장가이 개봉엑 서우우랍 내죽여장부 흐에에

아환의 귀기를 흡수하여 꼴을 갖추게 된 팔, 다리, 머리들이 마구 떠돌아다녔다. 복색이 최근의 것이 아닌 자들도 있었다. 그들이 마구 떠들어대는 소리에 아환은 머리가 아팠다. 거기다 숨을 오래 참고 있을 수가 없었다. 귀기를 역으로 운용하는 것은 몸에 상당한 부담이 갔다.

귀기를 귀 하나에 집중할 방법이 필요했다.

창(槍)!

갑자기 아환의 머리에 창이라는 심상이 떠올랐다. 동시에 그것이 무엇을 의미하는 건지도 생각났다.

아수라가 말했다.

[이 귀인창법(鬼刃槍法)은 귀기를 직접적으로 쏘아 보내어 몸을 상하게 하는 방법의 시작이다. 일단 이 재주를 쓰려면 귀기와 기를 자유자재로 몸 바깥에 모으는 재주가 필요하다. 네놈이 아직 성취가 부족하여 잘 이해할 수 없겠지만 귀기든 기든 일단 한 번 몸 안에 두었던 기운을 몸 바깥에 모으려면 강렬한 심상이 필요하다. 알겠느냐? 항상 이야기하는 바지만, 심(心)이 동(動)하면 기(氣)가 동(動)하고, 그러하면 자연스레 신(身) 또한 동(動)하는 것이다. 그러하니 집중해라. 그것이 기본이다. 그 다음에 네

기를 바깥으로 흘려보내면 그곳이 또 다른 단전이 되는 것이다. 응? 기를 어떻게 방출하느냐고? 이놈아! 걷지도 못하는 놈한테 어찌 뛰는 걸 가르치겠느냐!]

그는 미간 사이, 허공에 뜬 하나의 점에 마음을 집중하며, 심동(心動)하는 대로 기동(氣動) 하기를 기다렸다. 그 사이에도 귀들은 마구 지껄여댔다.

이키장가킹이 개봉씨엑 서우컵우랍 내죽처자여장부 흐에에흐에 아라오아이오이라

아환의 얼굴이 시뻘개졌을 무렵 하나의 칼날이 만들어졌다. 그것은 귀기로 된 창날이었다.

원래 이 재주는 귀기를 창날이나 칼날에 머물게 하여 더욱 예리함을 더하고, 귀기와 상대의 기를 반발시켜 상처를 더욱 크게 만드는 데 목적이 있었다. 하지만 아직 심동과 기동, 신동이 자연스레 합일하지 못한 아환은 성공을 확신할 수가 없었다. 그러나 무엇보다도 가장 큰 문제는 더 이상 숨을 참을 수 없었다는 것이다.

순간 아환의 머릿속에 한 가지 생각이 스쳐 갔다.

"살!"

그는 내뱉는 숨에 기를 실어 창날을 날려 보냈다. 그것

은 창이라기보다는 비도(飛刀)였다.

부르르.

소리가 들릴 리는 없었지만 귀기로 된 칼날에 격중된 귀는 머리통을 심하게 떨었다.

성공인가?

아환은 두근거리는 마음으로 그 귀에 신경을 집중했다. 아환이 다시 호흡을 시작하자 주변의 사소한 귀들은 모두 순식간에 흩어졌다. 하지만 아환의 기가 응집된 비도를 미간에 꽂은 그 귀의 머리통은 사라지지 않았다.

같은 귀기로 이루어진 것이니 상처는 없을 터였다. 그런 생각을 하는데 순식간에 귀의 몸이 불어났다. 머리통이 마차 바퀴만 해진 그 귀가 입을 열었다.

[내 장부가 장가의 서랍 안에 있소. 내 장부가 장가의 서랍 안에 있소. 내 장부가 장가의 서랍 안에 있소.]

하지만 말하는 내용은 크게 다르지 않았다.

"당신은 누구고 장가는 또 누굽니까? 그 장부는 대체 뭐 하는 거요?"

아환은 별 기대하지 않고 물었다. 하지만 그 마차 바퀴만한 머리는 눈을 휘둥그레 뜨더니 다른 말을 쏟아내었다.

[나는 괜찮소. 나는 괜찮소. 도망가야 해. 도망가야 해. 개봉에 있다간 죽을 거야. 개봉에 있다간 죽을 거야. 장가의 책방. 장가의 책방. 장가의 서랍에 장부를 숨기자. 장

가의 서랍에 장부를 숨기자. 거긴 책이 가득 있어. 장가의
서라……]

별안간 소리 없는 폭발이 일었다. 귀는 허공에서 산산
조각으로 부서지더니 그대로 사라져 버렸다.

무리하게 귀기를 불어넣은 것이 잠깐 혼백을 더 붙들고
있게는 했지만 결국엔 균형이 흐트러져 사라진 것이다.

어쨌든 새 시도는 성공했다. 거기다 귀기의 칼날을 만
드는 데도 성공했다. 객잔 주인의 바람대로 귀도 깔끔히
처리했다. 이 정도면 뿌듯함을 느끼기에 부족함이 없었다.

아환은 몸에 흡수되는 귀기를 느끼면서 개봉과 장가의
책방을 머릿속 한구석에 곱게 적어 넣었다.

하남제일 하오문.

이름이야 거창하지만 실상은 전형적인 뒷골목 조직이었
다. 그러나 그만큼 각양각색의 군상들이 모여드는 곳이었
고, 필연적으로 정보력 하나만큼은 뛰어났다. 실제로 하남
성 부근을 장악하고 있는 소림에서도 여러 가지 정보를
취득하기 위하여 은연중으로 그들의 도움을 받고 있었다.

그곳의 문주, 진철.

그는 남궁雙룡을 꺾은 약관의 신진고수 출현 소식을 들

은 뒤, 특급 정보로 분류하고 모든 인력을 동원하여 정보를 모을 것을 명했다. 그리고 근 일주일만에 진철에게 두툼한 서찰이 도착했다.

"어디 보자. 이름은 아환. 애꾸. 문파는 불명. 차림새나 씀씀이 등으로 보아 부유하게 살지 않았음. 일인전승 문파나 몰락한 문파에서 최근에 강호로 나온 것으로 추정. 그리고… 영환 도사로 추정? 객잔에 나타나던 자살한 귀신을 없애고, 폐가에 나타나던 처녀 귀신이 사실 살해당한 걸 밝혀내고, 혼자 살다 죽은 노인이 숨겨놓은 유언장을 찾았다고? 영환 도사? 추정?"

진철은 혼자 서찰을 읽으며 중얼거리다가 눈살을 찌푸렸다.

"어처구니없구만. 사기꾼이란 얘기야? 귀신은 무슨……. 어디 큰 부자 하나 잡으려고 작업하는구만. 그건 그렇고 은영문 이 새끼들은 다 추정이야. 뭔가 확실한 게 없어. 사기꾼 새끼들 같으니라고. 어이!"

진철이 서찰을 틀어쥐고 소리쳤다. 곧 눈이 째진 사내가 달려왔다.

"형… 아니, 문주님. 부르셨습니까?"

"그래. 너 이거 가지고 당장 소림에 가서, 아니다, 아무래도 내가 직접 가는 게 낫겠다. 약 친 지도 오래되었으니 또 치러 가야지. 이거랑 이 달 상납금 주면서 대충 얘기하면 박가파한테 백화루 보호권 가져온 정도는 넘어가 주겠지."

진철이 음흉하게 웃었다. 눈이 째진 사내도 따라 웃었다.

"곧장 다녀오마. 애들 데리고 회식 준비라도 하고 있어라. 수고 많았다."

진철은 급히 일어나 길을 나섰다. 말도 있었지만 일부러 타지 않았다.

아니, 탈 수 없었다.

숭산(嵩山) 바로 아래에 서 있는 사람 키 만한 돌 때문이었다. 그 돌에는 딱 세 자가 새겨져 있었다.

하마비(下馬碑).

진철은 숭산 초입에 세워진 하마비를 보고 바닥에 침을 뱉었다.

"중놈들이 지들이 최곤 줄 알아."

진철은 욕을 하며 걸음을 옮겼다.

하마비 근방에는 마차와 마부 등이 잔뜩 모여 주인을 기다리고 있었다. 남의 말을 맡아주고 돈을 받는 자들도 많이 있었다.

"땡중 놈들이 뭐라 하든 말든 말을 가지고 올 걸 그랬나."

진철은 중얼거리며 거기를 지나쳤다. 진철을 비롯한 근

처 중소문파의 자들도 마차나 말을 타고 오는 일이 많았는데, 주위의 소문을 신경 쓴 소림이 그나마도 전면적으로 금지를 시킨 것이었다.

평소에는 그 이유로 직접 소림을 방문하는 일이 드물었다. 걸어서 산을 오르기가 귀찮기도 했을 뿐더러, 무엇보다 하늘 높은 줄 모르는 소림의 콧대가 마음에 들지 않았던 것이다.

하지만 오늘은 달랐다. 발걸음도 경쾌했다. 소림사 산문이 보일 때까지 얼마 걸리지도 않았다.

진철은 참배객에 섞여 들어갔다가 살짝 그들과 떨어졌다. 큰 길에서 벗어난 오솔길을 따라 소림 깊숙한 곳으로 들어갔다.

참배객들이 올 생각도 않는 그곳은 소림 무승들의 영역이었다. 또한 그곳은 진철같이 겉으로는 소림과 연을 맺지 못하는 자들이 드나들 수 있는 곳이기도 했다.

마당을 쓸고 있던 어린 동자승 하나가 진철을 알아보았다.

"아미타불. 어쩐 일이십니까?"

"어쩐 일은. 급한 일이다. 원석 대사 계시느냐? 이 진철이 급한 소식을 하나 들고 왔다고 말씀 올리거라."

진철이 의기양양한 모습으로 크게 소리쳤다.

하남성(河南省) 등봉현(登封縣) 북쪽에는 산이 하나 있다. 높음이 오악 중 제일이며, 험준함이 하늘을 찌를듯하다고 하여 붙은 이름이 숭산(嵩山)이다.

산 중에는 세 첨봉이 있다. 동쪽이 태실봉(太室峰)이요, 중간이 쥬극봉(峻極峰), 서쪽을 소실봉(少室峰)이라 한다. 그중 소실봉의 중턱에는 절이 하나 있다.

소림사(少林寺).

명실상부 백도 무림의 중추이자 천하 무학의 근본이었다.

강호에서 꽤 이름을 알린 소림사의 신진고수들이 연이어 폐관 수련에 들어간 것이다. 그 이유는 명확하게 알려지지 않았다. 방장이 직접 나서서 입을 단속하고, 비밀 유지를 지시한 것이다. 하지만 그 탓에 오히려 쓸데없는 소문이 활발하게 만들어지기도 했다.

"악귀가 나타났다고 하던데……."

"혹시 혈문이 움직이는 것은 아닐까?"

"이번에 청진 사형도 크게 다쳐서 오셨는데… 난 청진 사형이 그렇게 다치신 건 처음 봤어. 어디 대단한 마두랑 싸우신 게 아니고서야……."

작은 뒤뜰에 모여 있던 동자승들도 그 사건에 대해서

저마다의 의견을 피력하고 있었다.

"예끼, 이놈들!"

별안간 우렁찬 고함 소리가 날아들었다.

"으악!"

"원진 사숙님이다!"

동자승들은 깜짝 놀라며 비명을 질렀다.

원진이 짐짓 눈을 부라렸다.

"청소가 끝났으면 얼른 가서 참선이나 할 것이지. 무슨 쓸데없는 이야기를 그렇게 나누고들 있는 거냐?"

"아, 아니에요."

"청소 방금 끝나서 안 그래도 이제 참선하러 가려던 참이었어요."

"진짜예요."

세 명의 동자승이 입을 모아 소리쳤다. 녀석들은 원진의 눈치를 살피다가 거의 도망치듯 자리를 떠나 버렸다.

"쯧. 이거 곳곳에서 떠들어대니 큰일은 큰일이로군."

원진이 혼자 남아 고개를 저으며 중얼거렸다.

그의 나이는 올해로 서른.

실질적으로 현 소림의 일을 모두 맡아보는 원자 배 항렬의 여섯 번째 제자였으며, 이미 강호에서는 상당히 이름을 알리고 있었다.

"흠. 청자 배 사질들에게 계속 맡겨두자니 일이 커질

것 같고… 주위에 소문이 크게 난다고 해도 내가 한 번 가보는 게 나을까? 이미 조용히 처리하기는 힘들 것 같고… 사형과 이야기를 나눠봐야겠군. 아미타불. 어찌 소림의 코앞에서 이런 흉흉한 소문이……."

원진이 그렇게 자책할 때였다. 달려갔던 동자승 하나가 다시 헐떡거리면서 돌아왔다.

원진이 눈을 크게 떴다.

"이 녀석이? 수련하러 간다더니 여기는 왜 또 돌아온 거냐? 사숙 말이 말 같지 않은 게냐?"

"아, 아니에요. 절대 그렇지 않아요. 그런 게 아니고, 원석 사숙님이 원진 사숙님을 찾고 계셔서 심부름으로 온 거라고요."

안 그래도 찾아보려던 참이었다. 원진은 고개를 끄덕이고 동자승을 따라 걸었다.

원진은 사람이 자주 다니지 않는 길에서 그를 기다리다가 손을 들어 인사를 했다. 그 옆에는 진철이 엉거주춤한 자세로 서 있었다.

"왔느냐?"

"예, 사형. 부르셨습니까? 그런데 진 대협도 계시는군요. 아미타불. 그간 잘 지내셨습니까? 하하. 얼굴이 좋아 보이십니다. 좋은 일이라도 있으신 겁니까?"

원진이 진철을 알아보며 인사를 건넸다.

"물론입니다. 애새끼들이 말을 안 쳐 듣는 거만 빼면…아, 크, 크흐흠! 무, 물론 잘 지냈습니다. 원진 대사님도 잘 지내셨습니까?"

진철이 반색하며 인사를 받았다.

사실 진철은 이곳 소림사 사람들이 영 마음에 차지 않았다. 자신들이 모아온 정보와 도박장의 수입 일부를 시주랍시고 받으면서도 도통 감사히 여길 줄을 몰랐다. 그러기는커녕, 은연중에 드러나는 눈빛들이 시정잡배를 쳐다보는 그것이라 진철 역시도 뒤에서는 빌어먹을 땡중들이라며 욕을 하고 다녔다.

하지만 그중에서 단 한 명 마음에 드는 이가 원진이었다. 그는 다른 중들과는 달리 격식이 별로 없었다. 더군다나 강호에서도 널리 이름이 알려져 있었다. 그런 이가 대협이라는 말까지 써 주며 반갑게 맞아주니 어찌 기분이 좋지 않을까.

원석은 원진에게만 보이도록 눈을 찌푸려 눈짓을 보냈다. 진철과는 반대로, 그는 원진의 모든 것이 마음에 들었지만 단 한 가지, 저런 격식 없는 모습만은 성에 차지 않았다. 가끔은 어린 동자승들이 보고 배울까 봐 겁이 날 때도 있었다. 소림의 승려가 시정잡배와 저리 친근하게 말을 나누는 걸 누가 본다면 입 놀리기 좋아하는 자들이 뭐라할 것인가. 결코 좋은 소리가 나오지는 않을 것이다.

"흠흠. 진 사제."

원석이 헛기침을 하며 말을 꺼냈다.

"예. 사형."

"부탁할 것이 하나 있어서 불렀네. 조금 급하니 자세한 건 돌아와서 설명하도록 하고, 지금 바로 진 시주를 따라가서 손님을 좀 모셔와 주게. 데려올 시주의 이름은 아환이라 한다는군."

"아환? 못 들어본 이름이군요. 뭐 하는 분인지 여쭈어봐도 됩니까?"

"아직 자세한 건 모르네만……."

원석이 말끝을 흐렸다.

원진이 의아해 하며 한 걸음 다가섰고 원석은 낮은 목소리로 말을 덧붙였다.

"수준 급의 무공을 지닌 영환 도사인 듯하네. 거기다 남궁쌍룡보다 신위가 위인 듯하이. 특별한 배경이나 소속 문파도 없고."

그의 말은 마지막에 가서는 거의 속삭임으로 바뀌었다.

순간 원진의 눈빛이 변했다. 그는 곧바로 고개를 끄덕였다.

"당장 다녀오겠습니다."

처음에는 원진이 진철의 뒤를 따라 달렸다. 하지만 얼

마 지나지 않아서 그는 약간 초조한 얼굴로 진철에게 용
모파기와 객잔의 위치를 물었다.

진철은 같이 가서 거들먹거릴 생각이었지만, 도저히 더
이상 달릴 수가 없었다.

"헉, 헉, 등, 등봉, 호란 주, 헉, 헉, 골목, 끝 명현, 헉,
명현 객, 헉, 헉 객잔입니다. 약관 정, 정도에, 애꾸라고,
헉, 합니, 헉, 합니다. 아, 아환. 이랍니다. 이름이. 헉.
헉."

"그럼 조금 바빠서… 진 대협, 소승은 먼저 가겠습니
다."

원진은 간단하게 한마디를 남기며 더욱 속력을 높였다.
순식간에 휭 하고 멀어져 버리는 그의 뒷모습을 보며 진
철은 멈춰 서서 입을 떡 벌렸다.

"니미… 졸라 빠르네. 저런 중이 나보고 진 대협이라
부른단 말이지."

괜히 우쭐한 느낌에 그는 혼자서 어깨를 으쓱거렸다.

한편, 앞서 나간 원진은 경공을 최대한으로 발휘하여
달렸다. 이런 시기에 나타난 영환 도사… 그것도 수준 높
은 무림인에 특별한 소속도 배경도 없는 자라니.

"마치 기다렸다는 듯 나타났군. 아미타불. 이것도 부처
님의 뜻이면 좋겠지만……."

그가 중얼거렸다. 거기에 맞추듯 등봉 거리가 보였다. 사람들이 많이 오가는 거리에서 경공을 써서 달릴 수는 없었기에 원진은 성문을 들어서면서 발을 멈췄다.

주위를 지나다니는 사람들이 모두 급하게 경공을 일으키며 달려온 원진을 쳐다보고 있었다.

원진은 멋쩍은 얼굴로 한 손을 들어 주위에 인사하며 걸음을 옮기려 했다.

바로 그때, 이쪽을 바라보는 젊은 청년과 눈이 마주쳤다. 약관 정도의 나이에 검은 안대로 오른쪽 눈을 가렸고 깔끔해 보이는 무복 차림을 하고 있었다.

원진은 급하게 기도를 갈무리한 듯 보이는 기색을 보고 그가 찾는 영환 도사라 확신했다. 등봉에 이 정도 기도를 가진 자가 들어왔다면 하남제일 하오문을 비롯한 중소 방파들이 소림에 와서 알리게 되어 있었다.

원진은 만면에 미소를 지으며 그 청년에게 다가섰다.

청년은 원진이 다가오자 눈살을 살짝 찌푸렸다. 약간 경계하는 듯한 기색이라 원진은 급히 인사하며 말했다.

"안녕하십니까, 시주. 본승은 원진이라 합니다."

청년은 마주 인사하지 않고 묘한 얼굴로 미소를 지었다. 원진은 인사가 무시당한 것에도 개의치 않고 여전히 웃으며 말을 걸었다.

"본승은 소림에서 왔습니다. 아 도사님이 맞으신지?"

다음 순간 청년은 얼굴 가득 미소를 지었다. 원진은 마주 웃으며 청년의 입이 열리는 것을 보았다. 하지만 거기서 흘러나온 것은 기대했던 말이 아니었다.

"유명한 원진 대사께서도 사람을 잘못 보시는구려. 나는 말코가 아니외다."

그러더니 청년은 바로 몸을 돌려 멀어져 갔고, 원진은 머쓱한 얼굴로 물러설 수밖에 없었다.

청년의 걸음걸이는 완벽히 몸을 수련한 자의 걸음이었다.

"허어. 저 나이에 저 정도나……."

원진은 그 등을 보면서 혼자 감탄하여 중얼거렸다. 저 정도의 젊은 고수가 숭산 근방에 왔는데도 소림이 모르고 있었다니, 아무래도 신경이 쓰였다. 하지만 일단은 다른 일이 더 급했다.

객잔에 도착하는 데는 일다경 정도가 더 걸렸다.

원진은 직접 찾아볼까 하다가 아까의 실수가 생각나 곧바로 종업원을 붙잡고 말을 걸었다.

"아미타불. 혹시 이 객잔에 아환이란 영환 도사님이 묵고 계신지요?"

"아아! 그 도사님! 그 도사님은… 어, 저기 계시는데요."

종업원이 식당 한쪽을 가리켰다. 거기엔 아환이 앉아

소면과 만두를 먹고 있었다. 막 떠나려는 참인 듯 등짐도
가지고 있었다.

"그런데 스님께서 왜 도사님을…… 스님도 귀신 쫓으
시려구요?"

종업원은 의아한 듯 물었다. 속인(俗人)도 아닌 중이 영
환 도사를 찾으니 이상한 것이다. 원진은 빙그레 웃으며
말을 돌렸다.

"선도(仙道)와 불도(佛道)가 같지 않으나, 또한 다르지
도 않은 것입니다."

종업원이 약간 멍한 얼굴로 아아 하는 소리를 내며 고
개를 끄덕이자 원진은 한 손을 세워 인사하고는 급히 그
쪽으로 갔다.

'스님?'

아환이 밥을 먹다가 자기에게 다가오는 원진을 보며 생
각했다.

순간 원진의 눈이 가볍게 빛났다. 그 청명한 눈빛이 자
신의 뇌리를 관통하는 듯한 착각에 아환은 저도 모르게
몸을 떨었다. 그의 몸 안에 쌓인 귀기가 원진의 법력과 반
응하며 본능적으로 거부감을 일으킨 것이다.

"아미타불……"

원진 또한 그 비슷한 느낌을 받았다. 그는 입술을 축이
며 거의 습관처럼 불호를 외우고는 아환에게 말을 걸었다.

"혹시 아 도사님 되십니까?"

"예? 무슨 말씀이신지……. 일단, 제 이름이 아환이 맞기는 합니다만."

아환은 당황하며 인사를 받았다.

원진도 어정쩡한 아환의 답변에 당황했지만 내색하지 않으며 말을 이었다.

"소승은 원진이라고 합니다."

원진은 슬쩍 아환의 눈치를 살폈지만 그는 별다른 반응을 보이지 않았다.

명성을 떨치기 위해 노력했던 것은 아니지만, 본인의 의사와는 관계없이 제법 이름이 알려져 있었던 원진이었다. 적어도 무림에 발을 담근 사람이라면 그의 이름을 모르지는 않을 것이다.

"아미타불."

원진은 여러 가지 의문을 일단은 눌러 담기로 결정했다.

"스님? 무슨 하실 말씀이시라도?"

"아. 소승이 정신이 없습니다. 아미타불. 고명한 영환 도사이신 아 도사님께 본사에서 도움을 청할 일이 있어서 이렇게 제가 찾아오게 되었습니다."

"본사라 하시면……."

아환이 고개를 갸웃거렸다. 영환 도사라는 것은 굳이

부정할 생각이 들지 않았다. 설마 스님이 귀신 문제로 영환 도사를 찾을 거라는 생각을 하지 않았던 것이다.

원진은 그 모습을 유심히 관찰했다. 아무리 보아도 거짓말을 하거나, 시치미를 떼는 것으로 보이지는 않았다. 그는 정말로 아무것도 모르는 듯했다.

"아미타불. 소승은 소림사에서 왔습니다."

원진이 말했다.

그제야 아환이 두 눈을 크게 떴다. 아무리 강호의 경험이 일천한 그였지만, 소림사의 이름을 모를 리는 없었던 것이다.

●

우락부락한 얼굴만큼이나 체격도 큼직했다. 그의 얼굴에서 연신 땀이 흘러 덥수룩한 수염 속으로 스며들었다.

"헉헉… 씨팔! 야, 내가 누군지 알아? 나 녹광도야!"

그가 반달 모양처럼 커다란 도를 틀어쥐며 욕설을 토해냈다.

그의 별호는 녹광도. 녹색으로 보일 정도로 서슬 퍼런 광도를 들고 미친 듯이 뛰어다닌다 하여 사람들이 붙여준 별호였나. 그는 그 별호가 꽤나 미음에 들었다. 주위 사람들도 모두 그 별호를 마음에 들어 했다.

하지만 눈앞에 있는 두 명의 남자는 견해가 많이 다른지 스산한 기운을 흘리며 느릿하게 몸을 움직일 뿐이었다.

"젠장. 장부 쪼가리 하나 찾는데 이상하게 돈을 많이 준다 했다. 씨팔! 그래 덤벼라! 금화 오백 냥에 오늘 목숨 한 번 걸어 보자!"

녹광도가 고함을 토하며 도를 들어 올렸다.

동시에 두 남자가 달려들었다.

녹광도는 눈을 부릅떴다.

남자들은 지나칠 정도로 정적인 느낌이 들었다. 게다가 죽립을 쓰고, 얼굴을 검은 면사로 가린 탓에 인간 같지 않은 느낌마저 들게 했다.

녹광도는 발을 박차며 하늘로 뛰어올랐다. 첫 번째 남자의 주먹이 바람을 갈랐다. 두 번째 남자는 하늘을 힐끗 살핀 뒤 함께 뛰었다.

화악!

남자의 손바닥이 나선을 그리며 녹광도의 가슴을 노렸다.

녹광도의 눈이 번뜩였다.

"일도천단(一刀天斷)!"

녹광도의 몸이 정점에서 더욱 위로 솟구쳤다. 양손에 쥐어진 거대한 도가 허리 뒤로 한껏 젖혀지고 이내 폭풍 같은 기세로 떨어졌다.

남자가 허공에서 몸을 비틀었다.

서컥!

녹광도의 도가 그의 어깻죽지를 파고들며 오른쪽 팔을 통째로 잘라냈다.

남자는 균형을 잃고 바닥에 추락했다.

녹광도는 한 번 더 몸을 퉁겨 멀찍이 거리를 벌린 후에 땅에 착지했다.

"후, 후. 이 몸의 절기가 어떠냐? 그래도 용케 피해서 팔 하나로 끝났구나. 어디 다시 덤벼봐라. 다음 번에는 몸 뚱이를 반으로 쪼개줄 테니까."

그는 의기양양하게 말하며 고개를 돌렸다. 하지만 그 기세는 오래가지 못했다.

"니미……."

그는 눈앞의 광경에 말을 잃고 말았다.

어깨부터 시작해서 한쪽 팔이 통째로 떨어져 나갔지만 남자는 전혀 고통스러운 기색이 아니었다. 그는 아무 일도 없었다는 듯이 태연하게 자리에서 일어나 녹광도를 바라보았다. 심지어는 피조차 흐르지 않았다.

"뭐 이런 게……."

상식을 벗어나도 한참 벗어나 버렸다. 그 말도 안 되는 광경에 녹광노는 일순 공포를 느끼며 짐긴 얼어붙었다.

그 틈에 두 남자가 다시 달려들었다.

녹광도는 퍼뜩 정신을 차리고 거의 반사적으로 도를 휘둘렀다.

은빛의 궤적이 그려지며 앞서 오던 남자의 목을 훑고 지나갔다.

녹광도는 남자의 목이 굴러 떨어지는 것을 보았다. 죽립이 벗겨진 그 남자의 미간에는 노란 종이 쪼가리가 붙어 있었다. 놀라 다시 고개를 들었을 때 눈에 들어온 것은 외팔이가 된 남자의 주먹이었다.

쾅!

그 주먹이 녹광도의 이마에 적중했다. 녹광도의 머리가 뒤로 튕겨 나갔다.

외팔이 남자의 주먹이 이번에는 정반대 궤적을 그리며 날아왔다.

녹광도는 눈을 부릅떴다. 뇌리에 너무 큰 충격을 받은 탓인지 몸이 움직이지 않았다.

콰직!

녹광도의 머리가 기괴한 각도로 돌아갔다. 그의 두 눈에서 초점이 풀렸다.

그의 무릎이 푹 꺾였고 그는 그대로 고꾸라졌다.

남자는 덤덤하게 서서 쓰러진 녹광도의 등을 바라보았다.

"지금 강시라고 말씀하신 겁니까?"

아환이 눈을 휘둥그렇게 뜨며 물었다. 아환의 머릿속에
는 딸랑거리는 종소리와 부적을 덕지덕지 붙인 채로 수레
에 실린 관짝들이 떠올랐다. 고향에 돌아가지 못하고 객지
에서 죽은 지들은 그 깊은 원한 때문에 강시가 되어 사람
들을 습격한다고 한다. 그 때문에 보통 타지에서 죽은 자
의 가족들은 많은 돈을 들여서라도 영환 도사를 고용해서
그 시체를 고향까지 옮겨온다. 그렇지 않다면 태워 버리든
지.

하지만 실제로 강시가 사람을 습격한 것을 보았다는 사
람은 보지 못했다. 강시란 결국 그런 정도의 이야기인 것
이다. 하지만 그런 떠도는 이야기라 해도 소림사의 무승
(武僧) 중에서도 원 자 항렬에게서 나온 것이라면 얘기가
달랐다.

원석이 진중한 얼굴로 고개를 끄덕였다.

"그렇습니다. 아미타불. 부디 아니기를 바랄 뿐이지
만……. 지금으로서는 그렇게밖에 생각할 수가 없습니다.
무덤이 파헤쳐진 것은 분명한 사실이고, 그곳에서 움직이
는 시체를 보았다는 사람늘, 습격낭했다가 도망진 사람들
도 분명히 있습니다."

아환은 헛웃음을 켜며 옆을 바라보았다. 그를 소림사까지 안내했던 원진 역시도 심각한 얼굴로 그를 마주 보았다.

아무래도 농담은 아닌 모양이었다.

"그간 이리저리 애를 써 봤지만 아무래도 몸이 튼튼한 젊은 제자들은 아직 부족한 바가 많아 삿된 것에 미혹당하고 길을 헤매거나 하다 돌아오고, 그쪽 방면에 조예가 깊은 제자들은 보통 무공에는 아무래도 취약해서 제대로 조사도 못하고 있는 상황입니다. 그러던 와중에 마침 무공도 고강하시고 영력도 높으신 영환 도사님이 이 근처에 머물고 계시단 말씀을 자주 오시는 시주님들께 들어서 이리 모시게 된 겁니다."

"으음......"

아환은 난감한 표정으로 입맛을 다셨다. 음혼구귀초래법을 익힌 이후로 귀신은 조금 부릴 수 있게 되었지만, 강시는 조금 성질이 달랐다. 무엇보다도 실제로 본 적이 없었다.

"그러니 부탁드립니다. 불안에 떨고 있는 민초를 위해 부디 선업을 쌓으시길."

"으음."

"아미타불."

원석이 나직이 불호를 외웠다.

아환에게는 그 소리가 빨리 결정을 하라는 압력처럼 느껴졌다.

"으음…… 일단 한 번 가보죠. 그 강시가 나온다는 곳에……"

이미 지난 일주간 의도한 바는 아니었지만 영환 도사 행세를 하면서 귀들을 쫓아내거나 그 말을 듣고 잃어버린 물건을 찾거나 하여 돈도 꽤 받은 참이었다.

이제 와서 '나는 영환 도사가 아니요'라고 말을 할 수는 없었다.

어쨌든 해결은 했으니 돈을 돌려줘야 하거나 사기꾼으로 소송을 당하지는 않겠지만 괜히 수상한 자로 몰리기는 싫었다.

이렇게 된 이상에는 '어떻게든 되겠지'라고 생각을 해 버리는 것이 속이라도 편했다. 일이 잘 되면 소림과 좋은 인연도 있을 테니 나쁜 일도 아니었다.

"아미타불. 훌륭한 결정입니다. 이는 삼생(三生)에 쌓을 만한 덕(德)이니 어찌 아니 좋겠습니까. 물론 본사가 특별히 재물을 쌓아두고 있지는 않지만 이렇게 선업(善業)을 쌓으시는 젊은 영웅에게 노자에 보탬도 되어주지 못한다면 그 무슨 부끄러운 일이겠습니까."

원식이 중답지 않은 말투로 아환을 추켜세웠다. 그리고는 밝은 표정을 지어 보이며 말을 이었다.

"마침 흉흉한 소문을 들은 독지가 한 분이 금화를 두 냥이나 주고 가셨습니다. 도와주신다면 이것으로 사례하겠습니다."

아환은 생각보다 금액이 조금 적은 듯했지만 아무리 소림이라도 절이니까 돈이 없겠지 하고 생각했다.

그때 갑자기 한 가지 생각이 났다.

"아, 보상이라 하시니 돈보다는… 한 가지 여쭈어보고 싶은 게 있는데요."

"말씀하시지요."

원석은 반색하며 말을 받았다. 돈을 거절하니 반가웠다.

"아무래도 소림사는 큰 문파니까 잘 아실 것 같아서… 혈문에 대한 겁니다."

그 말이 떨어지는 순간 주위의 공기가 싸늘하게 변했다.

"어떤 것을 알고 싶으신 겁니까?"

원진은 의아한 얼굴로 물었다. 눈썹이 살짝 찌푸려진 것이 은은히 노기가 흘렀다.

아환은 애써 당황한 기색을 숨겼다. 사실 혈문이라는 이름은 보통의 사람들이라면 두려움에 떨며 입에 올리는 것조차 진저리를 치게 마련이었다. 그래도 소림이니까 괜찮겠지 싶어서 별 생각 없이 꺼낸 질문이었는데 그것이 오히려 더욱 큰 의심을 불러온 듯했다.

모든 것이 아환의 강호 경험이 일천하였던 탓에 일어난 일이었다.

아환은 마른 입술을 축이고 어떻게든 말을 수습하려 노력했다.

"그러니까… 혈문이 참 사악하다는 건 알고 있습니다. 알고 있는데… 제가 알고 싶은 것은 혈문의 규모라든지, 움직임이라든지, 대강 그런 것들이기는 한데……. 으음. 별로 급하거나 중요한 건 아니니까요. 일단 강시 문제가 해결되고 그때 답변해 주셔도 될 것 같습니다."

원진과 원석이 힐끔거리며 눈으로 대화를 주고받았다. 도저히 아환의 속내를 파악하기가 어려웠던 탓이다.

정보를 얻기 위한 것이라면 정보를 주로 다루는 방파에 가서 물어보면 될 일이었다. 거기다 아무리 흑도와 백도가 대립하고 있다지만 이렇게 대 놓고 타 문파의 내부 사정을 물어보다니? 상식적으로 이해할 수 없는 행동이었다. 거기다 얼버무리는 모습이 더욱 수상했다.

원석은 원진에게 전음입밀(傳音入密)의 수법으로 말을 걸었다.

"진 사제. 아무래도 이 젊은 시주가 여기 온 것은 우연이 아닌 듯하이."

"무슨 말씀입니까?"

"그러면 장소 안내를 해 주시겠습니까?"

아환은 그들이 전음으로 이야기를 나눈다고는 생각지
못하고 자리에서 일어나며 그렇게 물었다.

원석은 손을 내저어 아환을 자리에 앉혔다. 그는 고승
다운 인자하고 품격 있는 미소를 지으며 아환에게 물었다.

"그러고 보니 통성명만 했을 뿐 아 도사님의 사문도 알
지 못하는군요. 이렇게나 훌륭한 동량이시니 틀림없이 고
명한 신선께 가르침을 받았겠지요. 결례가 되지 않는다면
듣고 싶습니다만."

"일단 사문을 알아내 보세나. 그 다음은 이자가 왜 여
기 왔는지, 뭘 원하고 있는 건지, 혈문과 어떤 관계에 있
는 건지를 알아야 할 게야. 어째서 우리에게 그런 어처구
니없는 이야기를 꺼내어 반응을 살피려 했는지도. 필요하
다면 손을 조금 쓰게 되더라도 말이지."

원석은 아환에게 말을 함과 동시에 원진에게 전음을 보
냈다.

아환은 그 속사정이야 알 길이 없었지만 분위기가 점점
더 이상하게 흘러간다는 것 정도는 알 수 있었다.

그는 지난 삼 년 동안 아수라와의 생활을 떠올렸다.

그동안 그가 보여주었던 언동들이 대충 그의 살아생전
을 짐작할 수 있게 했다. 삼백 년 전의 그는 분명히 대마
두였을 것이다. 그리고 그가 죽였다는 십대무존(十大武尊)
이라는 거창한 인물들의 이름이 삼백 년 만에 잊혀 졌을

거라고는 믿기 어려웠다. 어쩌면 그 속에 소림의 인물이 포함되어 있을지도 몰랐다.

솔직하게 말을 하면 아무래도 좋은 일보다 화가 더 많을 거라는 판단이 들었다. 아환은 순간적인 기지로 최대한 슬퍼 보이는 표정을 지으며 입을 열었다.

"스승님의 유언이셨습니다. 제 성취가 아직 미약하여 사문의 이름에 누가 되니, 당신께서 당년에 얻으셨던 만큼의 성취를 얻을 때까지는 사문의 이름은 물론, 당신의 함자 하나라도 대는 것은 허(許)하지 못하신다고……. 당신께서 살아 계실 때 그분의 전인에 어울리는 모습을 보여 드리지 못한 것이 한스러울 따름입니다."

말끝에 아환이 가볍게 한숨까지 쉬어주자 원석과 원진은 말이 막혔다.

"당했군. 이래서야 더 물어볼 수도 없지 않겠나."

"일부러 사문을 숨기기 위해 하는 말일까요?"

"도대체 어느 정도의 고인이라 저 나이에 남궁쌍룡을 제압한 고수가 실력이 모자라 남에게 사문을 밝히기 부끄럽다는 말인가! 정신 나간 마두 정도가 아니고서야……."

"그렇지만 더 캐묻다가는 결례가 될 판이니……."

원진의 말에 원석은 얕은 침음성을 뱉었다.

아환이 고개를 갸웃거리며 이상하다는 표정을 지었다. 결국 원석과 원진은 비밀 대화를 중단할 수밖에 없었다.

대화 사이에 진실의 조각이 살짝 있었지만 그건 아무도 모를 일이었다.

"그러시군요. 하지만 스승님께서도 지금의 아 도사님을 보신다면 그런 생각을 하지 않으실 겁니다."

이 상황에서 원석이 할 수 있는 말은 결국 그 정도였다.

아환은 여전히 한스러운 표정을 유지하며 고개를 끄덕였다. 지금 그는 이 자리를 빨리 피해야겠다는 생각뿐이었다.

그가 말했다.

"그렇게 말씀해 주시니 감사합니다. 그나저나 그건 그 일이고 지금은 우선 말씀하신 일을 돕는 것이 우선이겠군요."

그렇게 세 사람은 서로 간의 본심을 숨긴 채 형식적으로 대화를 마무리 지었다.

第四章
그것이 아니라

"이거… 으스스한 것이 어째 느낌이 영 좋지 않은걸. 꼭 뭐라도 나타날 것 같단 말이야."

남자는 말을 하며 어깨에 차고 있는 활을 매만졌다.

그의 동료가 고개를 끄덕이며 동의했다.

"내 말이 그 말일세. 가뜩이나 요사이 흉흉한 소문도 도는 마당에……. 아무래도 오늘은 건너 화사곡 쪽으로 갈 걸 그랬나 봐. 오늘따라 당최 사냥감도 보이지 않고."

바스락.

말이 끝나기가 무섭게 풀잎 스치는 소리가 났다.

두 사냥꾼은 눈을 번뜩였다. 한 녕은 어깨의 활을 뽑아들었고, 다른 한 명은 기다란 창을 틀어쥐었다.

"어느 쪽이지?"

"쉿!"

두 사람은 신경을 바짝 곤두세웠다.

한 명은 화살을 뽑아 활에 쟀고, 한 명은 창 끝을 앞으로 내민 채 주위를 경계했다.

바삭.

재차 소리가 나는 순간 두 사냥꾼이 일제히 몸을 돌렸다.

수풀이 크게 흔들린다 싶더니 사이로 토끼 한 마리가 불쑥 튀어나왔다.

"허……."

맥 빠진 탄성 소리가 흘러나왔다.

"쉿. 저거라도 잡아야 할 것 아닌가. 옳지, 거기 그대로 가만히 있어라. 착하다."

활을 든 남자가 천천히 시위를 잡아당겼다.

토끼는 멀찍하게 떨어져 있는 거리를 믿는 듯 사람을 보면서도 좀처럼 달아날 생각을 하지 않았다.

핑.

화살이 날아갔다.

토끼는 반사적으로 뛰어올랐지만 조금 늦고 말았다. 화살이 토끼의 옆구리를 관통했다.

토끼는 그대로 땅으로 쓰러졌다.

"오오. 명중인데?"

"당연하지, 누가 쏜 화살인데. 자네 맥 빠진 창질 같은 줄 아나?"

"자네 물건 쓰는 것보다야 내 창질이 낫지."

"예끼!"

두 남자가 키득대며 걸음을 옮겼다.

그때 깜짝 놀랄 일이 벌어졌다.

토끼가 벌떡 일어선 것이다.

"으, 으악?"

"우와악!"

두 남자는 사냥꾼 체면도 잊어버리고 기겁하며 비명을 질렀다.

토끼는 제자리에서 폴짝 뛰어오른 뒤, 두 귀를 쫑긋거렸다. 몸뚱이에는 여전히 화살이 박혀 있었다.

"무, 무슨 토끼가 저러냐? 어이, 이봐."

활잡이 사냥꾼이 중얼거렸다.

다른 남자는 마른 입술을 축이며 창을 두 손으로 붙들었다.

"이 녀석 대체 어디로 사라진 거야?"

그때 새로운 목소리와 함께 방울 소리가 들려왔다. 맑고 멀리까지 들리는 소리였다.

두 사냥꾼이 급히 소리가 들린 쪽으로 고개를 돌렸다.

스무 살 전후, 젊고 아름다운 여인이 있었다. 검은 가죽
신을 신은 발은 작았고, 부드럽게 늘어진 검은 치마에는
먼지 한 톨 붙어 있지 않았다. 작은 금방울을 든 손은 희
고, 무심코 손을 뻗을 정도로 고왔다. 새하얀 얼굴에 약간
얇은 입술은 수줍은 듯 미소를 그렸고, 초승달처럼 가늘고
기다란 눈썹 아래, 검고 짙은 눈은 촉촉한 물기를 머금고
있었다. 어디를 보나 이런 깊은 산에서 볼 만한 인물은 결
코 아니었다.

　"어어……."

　두 사람은 어떤 행동을 취해야 할지 갈피를 잡지 못했
다.

　토끼는 여전히 화살을 몸에 꽂은 채로 껑충껑충 뛰어
그들의 앞을 지났다. 두 남자는 당황하며 두 팔을 휘저었
다.

　"마, 말도 안 돼."

　"아니, 그것보다… 소저는 대체 누구슈? 이런 산속에서
무얼 하고 있는 거요?"

　두 남자가 한껏 경계를 하며 물었다.

　여인은 폴짝거리며 다가오는 토끼를 안아들었다. 그녀
는 살짝 미간을 찌푸리더니, 화살을 붙잡고 토끼의 배에서
뽑아냈다. 상처에서는 피도 흐르지 않았다.

　토끼는 여인의 품속을 파고들었다. 방금 화살을 뽑아내

는 광경을 보지 못했다면 그냥 기르는 토끼라고 해도 믿을 수 있을 것이다.

활잡이가 덜덜 떨리는 목소리로 물었다.

"이보시오. 지금 묻고 있지 않, 않소. 소저의 정체는 무엇이오? 귀신이오, 사람이오? 그 토끼는 또……."

"제 정체 말인가요?"

여인의 입이 열렸다. 그 청아한 음색에 두 남자는 일순간 넋을 잃고 말았다.

여인이 생긋 웃으며 말을 이었다. 마치 밤에 퍼지는 만리향 향기 같은 웃음이었다.

"그건 알 필요 없어요."

말과 함께 그녀가 손을 들었다. 밤처럼 검은 소맷자락이 펄럭이고, 두 남자는 그 소맷자락 말고는 아무것도 보이지 않았다.

"생각보다 일이 커진 감이 없잖아 있지만 어쩌겠나, 이것이 모두 부처님의 뜻인 것을. 아미타불."

원석이 나지막이 불호를 외며 사제들을 바라보았다.

"그 시주를 믿어도 되겠습니까? 이 모두가 누군가의 음모일 수도 있습니다."

원강이 약간 불안한 표정으로 그렇게 말했다.

"저도 원강의 말에 동의합니다. 청자 배에게 맡겨두는 것은 조금 위험한 것 같습니다. 제가 그 시주와 동행하겠습니다."

"어허, 배 사제. 자네가 움직이면 소문이 너무 크게 난다네. 우리가 왜 외부인에게 일을 맡기려고 했는지 잊었나?"

원석이 약간 나무라듯 얘기했지만 말투는 부드러웠다. 그도 어느 정도 동의하는 내용이었던 것이다.

"아이들이 다쳐서 오는 것보다야 낫지 않겠습니까? 그리고 어차피 소문을 막기에는 늦었습니다. 거기다 지금은 그 시주의 의도를 아는 것이 강시니 뭐니 하는 것보다 중요하지 않겠습니까? 그 정도 화후를 가진 젊은 고수의 출현이라니 지금 같은 때에 너무 수상합니다. 물론 정말로 이름을 알리고 소림과 줄을 대고 싶어서 안달 난 그런 인사라면야 일이 끝난 다음 돈 몇 푼 쥐어주고 보내면 될 일이지만, 아니라면 어떡합니까?"

원배는 강경하게 주장했다.

원강이 끼어들었다.

"곤란한 일이 생기면 살인멸구를 하든 유폐를 하든 하면 됩니다. 그런 중소 문파에서 강호행을 나서는 자들이 한둘입니까? 그중에 남궁쌍룡 정도 신위가 되는 자들은 흔해 빠졌습니다. 개중에 살아남는 자들이 얼마나 되겠습니까? 그 둘도 남궁가의 이름이 없었다면 지금 어디 묻혀도 묻혀 버렸을 겁니다. 그렇다고는 해도 원배 사형이 움직이기는 너무 눈에 띄는 감이 있습니다. 당장 내일부터 손님들을 누가 맞을 것이며 또 왜 원배 사형이 맞으러 오지 않았는지 묻는 시주들에게 무어라 할 것입니까?"

"그렇다면 제가 가는 것이 좋겠군요. 그렇지 않습니까, 사형? 허허. 성정이 게을러 아무 일도 하지 않은 게 이럴 때 도움이 되는군요."

원진의 말에 좌중이 깜짝 놀랐다. 여섯째라고는 하지만 원진의 화후는 원석과 맞먹을 정도다. 배분으로 보나 무엇으로 보나 어지간한 소문파의 장문인 급이다. 그 정도가 움직인다는 것을 알게 되면 전 무림의 주시를 받게 된다.

"아니, 사형께서 가신다는……."

"그래. 그게 좋겠네."

하지만 원석은 굳은 표정으로 고개를 크게 끄덕였다.

"이미 청자 배 아이들에게 맡겨두기엔 일이 너무 커져 버렸어. 그렇다고 손님 접대를 맡고 있는 배 사제를 보내기도, 아이들의 교육을 맡고 있는 강 사제를 보내기도 곤란한 일이야. 폐관 수련을 하고 있는 다른 사형제를 부르기도 어렵고, 그렇다고 내가 갈 수도 없는 노릇 아닌가. 어떻게든 핑계거리를 마련해서 진 사제를 보내는 것이 제일 무난한 일이네."

"제 생각도 그렇습니다, 사형."

"그렇다면 청허와 청민을 함께 보내지요. 그 아이들이 남아 있는 아이들 중 가장 영민하고 몸이 튼튼합니다."

원강의 말에 원석이 고개를 저었다.

"강시의 일도 물론 중요하지만 그 아환이라는 젊은 시주의 배경을 알아내는 것이 더 중요하네. 그러자면 사람을 여럿 보내서 경계하게 만드는 것보다는 진 사제 혼자 가는 것이 나을 것이야."

"하아. 어째서 일이 이렇게 되었는지… 아미타불."

원배가 고개를 설레설레 저으며 불호를 외웠다. 원석이 침중하게 그 말을 받았다.

"우리의 성급함이 일을 이리 만든 것이지. 소림의 코앞에서 이런 흉흉한 소문이 돌아 체면 상하지 않고 일을 덮으려는 마음이 이런 우환거리를 만든 게야. 처음부터 우리가 나섰으면 별일이 없었을 것을. 지금으로서는 정말로 그 젊은 시주의 말이 전부 참말이기를 바라는 수밖에 없겠군. 어쨌거나 부탁하네, 진 사제. 필요하다면 살계를 열어서라도 일이 커지지 않도록 하게."

원진은 고개를 끄덕였다. 그 믿음직한 표정을 보자, 사형제들은 조금은 마음이 편해진 것 같았다.

원진은 곧바로 아환과 함께 길을 나섰다. 그는 성격상

꾸물거리고 있는 것을 별로 좋아하지 않았다. 게다가 수상 쩍은 아환의 언사도 문제였고, 처음 아환을 보았을 때 느꼈던 그 본능적인 이질감도 마음에 걸렸다.

한참을 걸어가던 중, 아환이 원진의 시선을 느끼고는 고개를 돌려 물었다.

"무슨 할 말이라도 있으신 겁니까, 원진 대사님?"

원진은 깜짝 놀라고는 웃으며 말을 돌렸다.

"아닙니다, 아 도사님. 그건 그렇고 소승은 대사라고 불릴 만한 사람이 아닙니다. 그냥 원진이라고 불러주시지요."

"그럼 원진 스님이라고 부르겠습니다."

"편하실 대로 하시지요, 아미타불."

원진은 간단히 대꾸했다. 그러면서 그는 은근히 걸음의 속도를 높여보았다. 경공의 묘가 가미된 그 걸음은 오히려 뜀박질보다도 속도가 빨랐다. 차라리 뛰었으면 모를까 걷는 것으로 그 정도의 속도를 낼 수 있는 사람은 적어도 같은 연배 중에는 없을 거라고 여겨왔었다.

그런데 같은 연배는커녕, 그보다 열 살은 더 어려 보이는 아환이 보조를 맞추어 걸음을 옮기고 있었다. 딱히 힘들어 하는 기색도 없었다. 하지만 가장 신기한 것은, 특별히 경공을 배운 것처럼은 보이지 않는다는 것이다.

경공이라는 것은 기를 이용하여 몸을 가볍게 하고 다리

에 힘을 더해주는 것이라 성취가 대성에 가깝지 않으면 필연적으로 보통의 걸음걸이와 다르게 된다. 몸의 무게는 가벼워졌는데 다리의 힘이 강해지니 당연히 통통 튀듯 걷게 되는 것이다.

하지만 아환의 걸음걸이는 아주 자연스러웠다. 그 말은 아환의 경공은 이미 대성의 단계든가, 경공을 전혀 쓰고 있지 않거나 둘 중의 하나라는 말이었다.

어느 쪽이든 이해할 수 없기는 마찬가지였다.

원진은 조그맣게 불호를 외웠다.

"아미타불."

반나절이 흘렀다. 그동안 두 사람이 걸어온 거리는 사백 리에 가까웠다.

아환의 실력을 가늠하기 위하여 원진이 한껏 속력을 높여 걸어왔던 덕분이었다.

해는 조금씩 서쪽으로 기울고 있었지만 완전히 떨어지려면 아직 시간이 더 필요해 보였다. 저녁 먹기에는 조금 이른 시간이었고, 마중을 나오기로 되어 있던 소림의 속가제자는 아직 모습을 보이지 않고 있었다.

"이거, 너무 일찍 도착했나 보군요."

원진은 멋쩍은 표정을 지으며 웃었다. 아환도 마주 웃었지만 사실 조금 불편했다.

걸어오는 내내 원진이 말을 걸고 아환이 대답하는 식으로 대화가 이어졌다. 원진의 질문의 대다수는 직간접적으로 아환의 신상에 관련된 것들이었고, 그 탓에 아환은 둘러대느라 애를 먹었다. 어서 마을에 도착해 조사를 핑계로 원진과 좀 떨어져서 움직이고 싶었는데 마중 나온 사람도 없으니 그 사람이 올 때까지 원진과 또 기다려야 하는 것이다.

"아미타불. 사람이 올 때까지 이곳에서 기다리도록 하지요. 길이 엇갈릴 수도 있을 테니까."

원진이 말했다.

그의 곁에 있으면 또 질문을 할까봐 아환은 급히 주위를 살피는 척을 했다.

그런데 정말로 주변에 사람이 있었다. 그것도 급히 아환과 원진 쪽으로 달려오는 중이었다. 차림새로 보아 사냥꾼인 듯했는데 안력을 돋우어 보니 공포에 질린 얼굴이었다.

"가 봅시다."

원진은 말보다 먼저 쏘아지듯 달려 나갔다. 아환은 그 속도에 적잖이 감탄하며 뒤를 쫓았다.

"스, 스님!"

"아이구, 살았네, 살았어. 감사합니다. 부처님. 감사합니다."

두 사냥꾼은 원진을 알아보자마자 그 앞에 쓰러지듯 앉아서는 절을 해댔다.

원진은 부드러운 미소를 지으며 그들에게 말을 걸었다.

"자, 자. 진정하시고……."

"감사합니다. 여래님. 부처님. 아이구, 살았네, 살았어."

"감사합니다. 감사합니다."

"아니, 저……."

"감사합니다. 감사합니다. 여래님. 부처님. 아이구, 살았네, 살았어."

"감사합니다. 감사합니다. 감사합니다."

원진이 그들을 진정시키는 데는 일다경 정도가 걸렸다.

그 사이에 박이랑이라고 하는 소림의 속가제자가 도착하였다.

"그래, 그러니까 정리를 해 보자면 두 분 시주님이 산에 올랐는데 토끼가 화살을 맞고도 멀쩡히 일어났다는 말씀이시죠?"

"그렇습니다요."

"어찌나 놀랐는지 그 토끼란 놈이 보통은 그 화살 한 대면 이렇게 깨꼬닥! 하면서 쓰러지거든요, 깨꼬닥. 그런데 그놈이 발딱 하고 일어나더란 말이죠, 발딱. 저희가 어찌나 놀랐는지 저녁 먹은 게 다 튀어나올 정도였습니다요."

"그러시군요."

아환은 부드러운 미소를 지으며 말을 받아주는 원진을 보고는 감탄했다.

'열두 번도 더 들은 얘기를 처음 들은 것처럼… 역시 고승이구나.'

원진은 부드러운 말투로 이야기를 계속 정리했다.

"그리고 검은 옷을 입은 어 시주님이 그 토끼를 안아 들었구요."

"네이, 그렇습니다요, 스님. 흠. 그런데 정말 미인이었 습니다요."

"그 말대롭니다요. 그렇게 예쁜 여자는 처음 봤습니다 요."

"네이. 네이. 그렇습니다요."

"그렇군요."

아환은 피식하고 웃을 수밖에 없었다. 대체 얼마나 미인이길래 공포에 질려 있던 사람들이 저리 열정적으로 말할까 싶기도 했다.

"그 다음에 시야가 까맣게 변하더니 정신을 잃었고, 깨어나 보니 지금이더란 말이죠?"

"그렇습죠."

두 명의 사냥꾼이 한 목소리가 되어 고개를 끄덕였다. 원진은 심각한 얼굴로 아환을 돌아보았다. 아환은 별로 할 말이 없어서 시선을 피하며 사냥꾼들이 내려온 방향을 쳐다보았다.

원진은 박이랑에게 말했다.

"자네는 이 시주님들을 모시고 마을로 가게나. 소림에 이미 보고된 일 말고는 또 다른 일이 없나?"

"지금 이 일 말고는 더 이상 사건이 일어나지는 않았습니다."

아환은 그 말을 들으며 먼 산을 바라보았다. 막상 여기까지 오니까 뭘 해야 할지 막막한 상황이었다. 강시 따위는 믿지도 않았고 귀 따위가 사람을 놀래키는 일이었다면 그냥 안대를 풀고 숨 몇 번 쉬어주면 될 일이었는데, 얘기를 들어보니 이건 무슨 구미호나 요괴 같은 것이 나온다지 않는가.

환술 따위에 걸릴 것 같지는 않았지만 그래도 어떻게 해야 할지 모르는 일이니 선뜻 나설 수가 없었다.

그런 아환의 생각을 알 리 없는 원진은 아환에게 굳은 얼굴로 말했다.

"아 도사님. 역시, 지금 바로 가야 하는 것이겠지요? 거의 하루가 지나긴 했지만……."

아환은 고민했다. 하지만 변할 것은 없었다.

아환은 초심을 되새겼다. 어떻게든 되겠지라는 생각이었다.

"가 보죠."

아환은 비장하게 말했지만 그들은 바로 움직일 수 없었다. 박이랑이 들고 있던 보따리를 내밀며 말했기 때문이다.

"사숙님, 도사님, 요기라도 하고 가시는 게 어떻겠습니까? 혹시나 하여 여기 떡과 차를 조금 싸 왔습니다."

원진괴 아환은 잠시 눈을 마주친 뒤 떡으로 요기를 했다.

아환은 떡을 먹으면서 주위를 보았다. 아까는 깨닫지 못했었지만 다시 살펴보니 뒤쪽의 산은 천연적으로 귀기가 잘 모여드는 지형이었다.

[중원의 귀기는 북동쪽에서 남서로 흐른다. 그러니 귀기를 모을 수 있는 지형의 요건은 첫째로 산이 북동을 마주하고 있을 것이다. 또한 두 번째 요건은 공동묘지가 산에 모인 귀기가 내려오는 길목에 있으며 민가보다 아래에 있을 것, 세 번째는 민가가 귀기가 지나는 길을 막지 않을 것이다. 이 정도면 귀기가 모이는 기본적인 요건은 갖춘 것이지. 하지만 그렇다고 해서 귀기가 쉽게 모이진 않는데 왜냐하면……]

"아 도사님."

부름 소리에 아환이 퍼뜩 상념에서 깨어났다.

"네?"

"슬슬 움직여도 되지 않겠습니까? 무언가 이상한 점이라도……."

아환은 퍼뜩 하늘을 보았다. 해는 곧 넘어갈 것 같았고, 차와 떡은 이미 다 먹어치운 후였다. 생각을 하면서도 충실히 먹기는 한 모양이었다.

"그렇군요. 아무것도 아닙니다. 가시죠."

아환은 썩 내키지는 않지만 앞장서 걸었다. 어쨌든 자신이 영환 도사니까 앞장서지 않으면 꼴이 조금 이상했다.

아환은 당당히 앞서 걸으며 머릿속으로 이야기를 정리했다. 사냥꾼들이 본 여자는 아마 귀신일 것이다. 또한 그토끼도. 그렇다면 간단히 설명이 가능했다. 무덤이 파헤쳐진 것은 오래 굶었거나 귀가 들린 산짐승의 짓일 터였다.

그렇게 생각하자 마음 한구석의 부담이 싹 가셨다.

그러다 아환은 저도 모르게 오른쪽 눈의 안대를 매만졌다.

산속에 들어설수록 사방의 귀기가 조금씩 더 강해지고 있었기 때문이다. 상황에 따라서는 안대를 벗어야 할지도 모르는 일이었다.

하지만 곁의 원진이 이상하게 부담스러웠다. 원진은 소림의 승려이니 아환의 눈을 보면 무언가 알아낼지도 모른다. 괜한 말썽은 사절이었다.

"아 도사님 무슨 일이 있습니까?"

아환의 걸음이 눈에 띄게 느려지자 원진이 의아한 듯
물었다.

아환이 머뭇거리다가 입을 열었다.

"사이한 기운이 가득한 곳입니다. 괜찮으시면 저 혼자
잠깐 앞을 둘러보고 오는 게 좋을 것 같습니다만……."

"무슨 말씀이십니까? 소승이 비록 가진 바 재주가 보잘
것없지만 소림의 앞마당에서 벌어진 일을 나 몰라라 하고
남에게 맡겨야 할 만큼은 아닙니다. 아미타불. 소승의 걱
정은 마시지요. 절대로 방해를 끼치지는 않겠습니다."

"아니, 그게 아니라……."

아환은 당황했다. 원진의 반응이 생각보다 더 격렬했던
탓이다.

"물론, 소승이 아 도사님만큼 이런 일에 밝지는 않지만,
삿된 것에 홀릴 만큼 허술히 수련을 해오지는 않았습니
다."

그렇게까지 말하는 데야 별수 없었다.

아환은 고개를 끄덕이고는 앞장서 걸었다. 걸음을 옮길
수록 귀기가 강해지는 것이 안대를 벗지 않아도 뭔가 보
일 것 같은 기분이었다.

해는 완전히 저물지 않았지만 산의 특성상 이미 주위에

는 짙게 어둠이 내려앉아 있었다.

사실 아환에게 있어 어둠은 별문제가 되지 않았다. 음혼구귀초래법이 이성을 넘어선 순간부터는 눈이 밝아져 빛이 조금이라도 있으면 사방을 살피는 데 무리가 없었다.

아환은 힐끔 원진을 살펴보았다.

"원진 스님. 사위는 잘 보이십니까?"

"걱정 마십시오. 소림의 가르침은 낮에만 이루어지지 않습니다."

원진이 자신만만하게 대답했다. 그리고 걸음걸이도 거침이 없는 것이 빈 소리는 아닌 듯했다.

아환은 고개를 끄덕이며 다시 앞을 보았다.

"응?"

순간, 아환이 작은 소리를 내며 눈을 찌푸렸다.

눈앞에 보이는 큼지막한 나무의 모습이 살짝 흔들렸던 것이다. 그는 눈매를 좁히며 앞을 노려보았다. 아주 미약하게 나무의 모습이 아지랑이처럼 흔들렸다. 그와 동시에 귀기의 움직임도 느껴졌다.

"아 도사님?"

원진이 이상함을 느끼며 그를 돌아보았다.

아환은 검지를 입가에 가져가며 그의 입을 막았다. 그는 한껏 정신을 집중했다. 원진 또한 금세 분위기를 읽고 사방을 경계했다.

부스럭.

희미하게 나뭇가지 밟는 소리가 났다.

아환과 원진이 동시에 서로를 쳐다보았고 잘못 들은 것이 아님을 확신했다.

"무언가 있군요."

아환은 그렇게 말하며 옆에서 나뭇가지 하나를 주워들었다. 그는 잠시 앞을 노려보다가 나뭇가지를 집어 던졌다.

탁.

분명히 정면으로 던졌지만 가지는 왼쪽으로 떨어졌다.

"진(陣)이구나!"

원진이 작은 목소리로 외치고는 급히 주위를 살폈다. 사람의 움직임은 보이지 않았다.

아환은 마른 입술을 축였다. 언젠가 아수라가 했던 말이 생생하게 되살아났다.

[세간에서 말하는 진(陣)이란 건 사실 별거 아니다. 그냥 돌 쪼가리, 나뭇가지 좀 늘어놔서 물건을 가리거나 엉뚱한 물건으로 보이게 해서 멍청한 것들이 길을 잃게 하는 것이지. 어느 정도 수준이 된 자라면 그런 것에 혹하지도 않는다. 응? 파훼법? 그런 게 필요할 리가 있나! 본문의 무공을 배운 자가 그런 것에 걸릴 리가 없지 않으냐!]

아수라는 자부심이 가득한 얼굴로 그런 말을 했었다.

아환은 눈을 가늘게 뜨고 앞을 노려보았다. 하지만 좀처럼 허상을 구별해 낼 수가 없었다.

'별수 없군.'

아환은 원진의 눈치를 살폈다. 그는 혹시라도 누군가 기습이라도 할까봐서인지 연신 사방을 살피며 경계하고 있었다.

아환은 그에게서 몸을 틀면서 안대를 살짝 밀어 올렸다.

휘오오.

주위의 귀기가 아환을 중심으로 요동치기 시작했다.

커다란 나무가 크게 일렁거렸다. 그러다가 그 모습이 흐릿하게 변하더니 그 뒤쪽의 풍경이 드러났다. 한 남자가 쓰러져 있었고, 검은 옷의 여자가 그에게 손을 내밀고 있었다.

그 순간 원진이 큰소리로 불호를 외우며 발을 굴렀다.

"아미타불!"

금을 입힌 것 같은 소리가 퍼져 나가며 땅이 울렸다.

어린아이 머리 만한 돌덩이가 하늘로 튀어 오르고, 나무가 뿌리째로 크게 흔들렸다.

주위의 귀기가 응집력을 잃고, 일순간 사방으로 흩어졌

다.

동시에 진이 깨어졌다.

"허……."

아환이 헛바람을 삼켰다. 원진의 법력(法力)과 공력(功力)에 놀란 것이다.

진이 깨어지고 주위의 풍경이 바뀌었다. 두 사람의 앞에는 조금 진 아환이 보았던 두 남녀가 나타나 있었다. 남자는 비틀거리는 움직임으로 보아 멀쩡한 상태는 아닌 듯했다. 여인은 두 팔을 이리저리 휘저었고, 그 움직임에 따라 남자가 비틀거리며 걷고 있었다.

"시주는 손을 멈추시오!"

원진이 눈을 부릅뜨며 일갈했다.

그 소리에 여인은 깜짝 놀라며 몸을 멈추고 소리가 난 쪽을 돌아보았다.

아환과 여인의 눈이 허공에서 마주쳤다.

순간, 아환은 갑자기 칼날이 가슴 언저리를 찌르고 지나가는 느낌을 받았다.

"이런 사이한 진을 치고서 무엇을 하고 있는 것이오!"

원진이 다시 한 번 소리쳤지만 그녀는 들은 척도 않고 아환에게서 시선을 떼지 않았다.

그녀의 입가로 희미한 미소가 그려졌다.

왠지 정신이 아찔해지는 느낌이라 아환이 눈을 질끈 감

았다가 떴다. 그는 참지 못하고 입을 열었다. 입이 바싹
말라 있었다.

"소저는 뉘시오?"

"알 것 없다!"

소리는 하늘에서 들려왔다.

동시에 새로운 인물이 검을 치켜들고, 아환의 머리를
노리며 날아왔다.

아환은 본능적으로 몸을 틀어 검을 피해내고 곧바로 주
먹을 뻗어 반격을 시도했다.

거의 동시에 검은 야행복(夜行服)에 복면을 한 사내 여
럿이 사방에서 튀어나와 아환과 원진을 향해 달려들었다.

"갈(喝)!"

원진이 노호를 터트리며 몸으로 날아든 칼날을 잡았다.

카앙!

맨손인데도 쇠끼리 부딪치는 소리가 나며 칼날이 잡혔
다.

복면인 중 하나가 놀란 듯 소리쳤다.

"철사장(鐵砂掌)!"

"자초지종은 차후에 듣도록 하고 부득불 손부터 쓰겠소
이다!"

퍽!

원진은 말과는 달리 발로 복면인들을 걷어찼다. 그들은

멀리 나가떨어지긴 했지만 곧 다시 일어나는 모습이 일부러 나가떨어져 충격을 줄인 것 같았다.

하지만 어쨌든 계속해서 공격을 하고 상대방을 압박하는 쪽은 원진이었다.

문제는 아환의 상황이었다.

"큭!"

아환이 신음을 삼켰다. 어깨 부근에서 옷자락이 찢어지며 함께 피가 튀어 올랐다.

그에게 달려들고 있는 복면인은 모두 넷. 그 합공이 너무나 체계적이라 아환은 제대로 반격 한 번 해보지 못하고 피하기에만 급급했다. 그나마도 완전히 피해내지 못하고 몸 여기저기에 크고 작은 상처가 생겨 있었다.

"으윽!"

아환이 입술을 깨물었다.

차라리 적들이 분노를 잔뜩 머금고 미친 듯이 달려들었다면 오히려 편했을 것이다. 하지만 복면인들은 검을 들고 싸우는 와중에도 마치 인형처럼 별다른 감정의 기복이 느껴지지 않았다. 그 탓에 살기를 읽어내기가 더욱 어려웠고 자연히 공세를 제대로 피해내기가 어려웠다.

"하늘 아래 부끄러움이 없다면 그 복면부터 벗으시오!"

옆에서 원진이 다시 소리쳤다. 동시에 그가 주먹으로 한 복면인의 배를 후려쳤다.

퍼억!

이번에는 상당한 타격이었던 모양이다. 얻어맞은 이는 멀찍이 날아가 떨어졌고 좀처럼 다시 일어서지 못했다.

이제 원진의 주위에 남은 복면인은 두 명이 되었다.

'안대를 벗을까?'

아환이 생각했다. 하지만 망설였던 것은 역시나 원진 때문이었다.

또다시 검 하나가 그의 다리를 스치고 지나갔다.

뜨끔한 통증이 밀려왔다.

"젠장!"

아픔보다는 오히려 분노가 솟구쳤다. 아환은 저도 모르게 안대를 틀어쥐었다.

그가 안대를 벗겨 내리던 찰나, 그의 뇌리 속에 각인 되어 있던 아수라의 목소리가 다시 되살아났다.

[네놈이 지금 강호에 나간다면 비슷한 실력에서 문제가 될 상대는 두 가지가 있다. 전문 살수(殺手)와 경공에 뛰어난 자다. 전문 살수는 살인에 무감각하니 살기를 읽기가 어렵기 때문이고, 경공에 뛰어난 자는 아직 네가 음혼구귀 초래법의 성취가 낮아 몸이 그만큼 날래지 못하기 때문이다. 첫 번째나 두 번째 모두 네가 노력하여 해결할 수 있는 문제긴 하나, 혹여 여의치 못할 상황을 대비해 그 비결

을 말해주자면, 일단 살수, 특히 여럿과 싸울 때는……]

눈앞에 번뜩이는 검의 궤적이 보였다. 아환은 안대에서 손을 놓으며 소리쳤다.

"일단 한 놈을 잡는 것이 우선이다!"

그는 목을 찔러오는 검 끝을 보면서 두 발 앞으로 나갔다. 이환의 목 피부가 길게 베였다.

불에 덴 듯한 통증이 그의 신경을 더욱 날카롭게 만들었다. 그는 상대방에게 바짝 붙어서 그의 목을 끌어안고 몸을 틀며 소리쳤다.

"네놈들은!"

아환의 등을 노리고 공격하던 복면인이 깜짝 놀라며 몸을 떨었다. 하지만 휘두르던 검을 거두지 못했고, 그의 검은 동료의 몸을 가르며 지나갔다.

"대관절!"

아환은 잡았던 남자를 놓으며 주먹으로 그 턱을 후려쳤다. 그리고는 동료를 베고 당황하는 복면인에게 달려들어 가슴에 정권을 찔러 넣었다.

"뭐 하는 놈들이냐!"

아환이 마지막 남았던 한마디를 토해냈다.

그와 동시에 그는 그의 등 뒤로 다가오는 살기를 느꼈다. 지금까지와는 사뭇 다르게 끈적거리는 느낌마저 들게 하는 짙은 살기였다.

아환은 입술을 비틀어 웃었다.

공포, 분노, 음(陰)한 감정이 실린 상태로 움직이는 검에는 살기가 실린다. 검에 살기가 실린 이상 피해내는 것은 그리 어렵지 않았다.

그는 옆으로 빙글 몸을 돌렸다. 눈앞에 복면인의 등이 나타났고, 그는 발을 내뻗었다.

퍽!

복면인은 자기가 만든 살기의 길을 따라 앞으로 밀리며 넘어졌다.

아환은 달려들어 그 목을 밟고 칼을 쥔 손을 걷어차 부러뜨렸다.

"컥!"

쓰러진 복면인의 입에서 처절한 비명이 터져 나왔다.

동시에 옆쪽에서는 원진이 기합을 토했다.

"합!"

그는 손바닥으로 복면인 하나를 쳐 날렸다.

이제 두 다리로 서 있는 복면인은 두 명밖에 남지 않았다.

둘은 서로 힐끔거리며 눈짓을 교환했다. 그리고 아환과 원진에게 각각 한 명씩 덤벼드는가 싶더니 펑 소리와 함께 짙은 연기가 피어올라 사방을 메웠다.

연막탄을 터트린 것이다.

"이런!"

아환은 짧은 방심을 탓했다. 연기가 어찌나 짙은지 음혼구귀초래법이 삼성의 성취에 달했음에도 불구하고 한 치 앞조차 분간하기가 어려웠다.

이제는 다른 수가 없었다.

그는 안대를 밀어 올렸다. 자욱한 연기 속에서 그의 오른쪽 눈이 밖으로 나왔다.

그 순간 그는 굳어버렸다.

세계는 너무나도 고요했다. 왼쪽 눈으로 보는 세계를 말하는 것이 아니라, 오른쪽 눈으로 보는 세계를 말하는 것이었다.

귀기가 통하는 자만이 볼 수 있는 세계.

귀들이 떠돌고 음습한 중얼거림이 항상 들려오는 그런 세계가 그 순간만은 조용했다. 귀기는 이렇게나 진한데도, 귀라고는 찌꺼기도 보이지 않았다.

이것은 아수라가 있던 동굴에서도 겪어보지 못한 그런 고요함이었다.

그 고요함 중앙에는 아까 보았던 여자가 있었다.

검은 옷을 입었고 하얀 얼굴에, 검은 눈으로 웃고 있었다. 그녀의 눈은 아환을 똑바로 쳐다보고 있었다.

그 여자의 주위로 귀기가 꽃처럼 피어났다.

아환은 일순간 넋을 잃었다가 곧게 뻗어오는 살기의 선을 보고는 퍼뜩 정신을 차렸다. 그는 거의 반사적으로 몸을 돌렸고, 그 앞으로 복면인의 검이 매섭게 지나갔다.

여인은 희미하게 미소를 지으며 아환에게 목례했다. 그리고는 빙글 몸을 돌려 자리를 떠났다.

"자, 잠깐!"

아환이 다급하게 소리치며 그 뒤를 쫓으려 했다. 하지만 또다시 살기가 다가왔다.

"이런 젠장!"

아환은 욕설을 토하며 동시에 주먹을 틀어쥐고 복면인의 얼굴을 휘갈겼다.

빠각.

손에 느낌이 왔다. 상대는 필경 아래턱이 부서졌을 것이다.

아환은 급히 옆을 돌아보았다. 이미 여인의 모습은 보이지 않았다.

그는 어금니를 깨물며 복면인을 노려보았다.

"지금 내가 네놈하고 놀아줄 정도로 한가하게 보이느냐?"

복면인은 비틀거리면서도 검을 들고 아환에게 달려들었다. 대단한 근성이기는 하지만 지금 아환은 그런 것을 칭찬해 주고픈 기분이 아니었다.

스스로도 정확한 이유는 몰랐지만, 지금 그는 화가 머리끝까지 치솟은 상태였다.

그는 검극을 피해내며 검을 쥐고 있던 복면인의 손을 노렸다.

딱.

한 번의 주먹질에 복면인의 손가락 모두가 부러졌다.

복면인이 눈을 부릅떴다. 비명은 가까스로 되삼킨 모양이었다. 검은 쥐어져 있다기보다는 매달려 있는 쪽에 가까웠다.

아환이 잔뜩 화가 난 표정으로 재차 주먹을 휘둘렀다.

이번에는 복면인의 손목에 그 주먹이 적중했다. 뚜둑거리는 소리와 함께 손목이 크게 뒤틀리고 검은 바닥으로 떨어졌다.

"끄으……."

복면인의 입에서 신음이 새어 나왔다.

아환은 이번에는 다리를 들었다. 그리고는 한껏 힘을 모아 그의 무릎을 걷어찼다.

콰직!

무릎 뼈가 으스러지는 소리였다.

"으아아아!"

복면인은 그제야 비명을 토해내며 바닥으로 쓰러졌다.

혹시나 하는 마음에 아환은 다시 한 번 주위를 살펴보

았다. 하지만 여전히 여인의 모습은 보이지 않았다.

"흐응."

아환이 부리부리한 눈으로 아래를 노려보았다. 복면인은 몸을 꿈틀거리며 괴로워하고 있었지만, 조금도 동정심이 생기지 않았다.

"생면부지인 사람에게 칼 들고 달려들었으면 그 정도 각오는 하고 있어야 하지 않겠느냐? 자, 그럼 어디 이제 슬슬 이유나 들어보자꾸나."

아환이 살벌하게 웃으며 말했다.

"끄으……."

복면인이 신음을 흘렸다. 그는 손목이 부러지고 무릎이 박살난 탓에 제대로 움직이지도 못했다.

"이놈 갑자기 엄살이 심해졌네? 이놈아, 내 말이 말 같지 않느냐? 혓바닥은 멀쩡할 게 아니냐. 왜 말이 없는 게냐? 아차, 그렇군. 턱이 부서졌구나."

아환은 문득 그 사실을 상기해 내고는 머리를 북북 긁었다.

이제 어떻게 할까? 그가 잠시 고민하고 있을 때 뒤에서 원진의 고함 소리가 들려왔다.

"아 도사님! 괜찮으십니까?"

아환은 화들짝 놀랐다. 돌아보기 전에 벗고 있던 안대에 생각이 미친 것이 천만다행이었다.

그는 급히 안대를 다시 쓰고 몸을 돌렸다.

이제 연기는 제법 걷혀서 얼추 사방이 보였다. 원진에게 달려들었던 복면인도 바닥에 쓰러져 있는 것이 보였다.

원진이 아환의 상황을 살펴보고는 작은 탄성을 뱉었다.

"아미타불. 굉장한 신위입니다, 아 도사님. 이들의 재주가 그리 만만하지는 않았는데 앞이 보이지 않는 상황에서도 이렇게……."

그렇게 말을 하는 원진은 가사에 먼지가 묻은 것을 빼고는 싸운 흔적도 보이지 않았다. 여기저기 베인 아환과는 대조적이었다.

아환은 쓰게 웃었다.

"운이 좋았을 따름입니다."

그는 말을 돌리며 주위를 살펴보았다. 사방에는 쓰러져 있는 복면인들만 가득했다.

아환은 입맛을 다셨다.

"아미타불. 그리고 보니 그 여 시주가 보이지 않는군요."

원진 역시도 처음 보았던 여자가 생각난 듯했다. 그는 아환과 마찬가지로 주의 깊게 사방을 살펴보았다.

여자뿐만 아니라 제일 처음 쓰러져 있던 남자도 보이지 않았다.

"어디로 간 것인지……."

원진의 말이 채 끝나기 전이었다.

딸랑.

희미한 소리가 났다.

아환과 원진이 다시 서로를 마주 보았다.

딸랑딸랑.

소리가 조금 더 커졌다.

"방울 소리?"

"그런 것 같습니다."

아환이 중얼거렸고 원진이 고개를 끄덕이며 동의했다.

딸랑딸랑.

방울 소리는 그들을 향해 다가오고 있었다. 소리는 꽤나 탁했지만 높았고, 멀리까지 퍼져 나갔다.

그리고 잠시 후 사방에서 찌릿한 살기가 느껴졌다.

원진 또한 그것을 느꼈는지 주위를 둘러보았다.

쿵.

쿵. 쿵. 쿵.

가볍게 뛰는 발소리가 들렸다. 하지만 묘하게 울림이 길었다.

아환과 원진은 자연스럽게 등을 맞대고 주위를 경계했다.

별안간 다리가 부러졌던 복면인 하나가 크게 몸을 떨더니, 혼이 나간 듯한 비명을 지르기 시작했다.

"흐, 흐아아아!"

그는 고개를 사방으로 돌리며 멀쩡한 왼손으로 땅을 긁어댔다. 이 자리에서 벗어나려는 시도였다. 눈에 공포가 가득 찼다.

몇 차례나 뼈가 부서지면서도 비명을 참아냈던 자다. 그런 자가 저렇게나 겁에 질리다니?

아환은 긴장하며 주먹을 틀어쥐었다.

원진의 두 눈썹이 곤두섰다.

"아미타불!"

그는 큰 소리로 불호를 외우면서 아까처럼 발을 굴렀다.

쿠우웅!

커다란 진동이 웅웅거리며 지면을 타고 흘렀다.

순간 방울 소리가 뚝 멎었다. 쿵쿵거리는 발소리도 더 이상 들리지 않았다.

"으, 흐어……."

땅을 긁던 복면인이 손을 멈추고 아환을 올려다보았다.

서컥.

아환과 눈이 마주치는 순간 희미한 소리가 났다.

좌우로 흔들리던 복면인의 눈이 멈췄다.

툭.

그의 머리가 목에서 떨어져서 바닥을 굴렀다. 굳어버린

아환에게 무언가가 달려들었다.

아환은 급히 팔을 교차시켜 앞을 가렸다.

쾅!

묵직한 충격이 팔을 넘어서 몸 전체를 강타했다.

아환은 비명을 삼키고 몸을 돌리며 발을 휘둘렀다. 퍼억하고 발끝에 무언가가 닿았다. 마치 나뭇등걸을 걷어차는 느낌이었다.

"아 도사님! 위험합니다!"

원진의 고함 소리와 함께 진득한 살기의 궤적이 느껴졌다.

아환은 옆으로 몸을 날렸다. 그 와중에 균형을 잃어버렸고 바닥을 뒹굴어야 했다.

"으윽!"

아환이 분노를 삼키며 급히 일어섰다. 팔에서 욱신거리는 통증이 느껴졌다. 잘은 모르지만 뼈에 금이라도 간 듯싶었다.

그는 앞을 노려보았다. 자기를 공격했던 것의 정체가 보였다.

남자였다. 얼굴은 창백하고 퀭한 눈을 하고 있었다. 그리고 미간에 손가락 두 개 굵기의 부적이 붙어 있었다.

몇 장 떨어진 곳에서 원진이 다른 남자와 대치하고 있었다.

그 남자의 미간에도 부적이 한 장 붙어 있었다.

남자가 먼저 달려들었다. 남자의 손이 원진의 얼굴 앞으로 지나갔다.

날카롭게 다가오는 풍압에 원진의 이마로 식은땀이 흘렀다.

원진의 손가락이 갈고리처럼 구부러졌다.

원진은 재차 날아드는 남자의 주먹을 흘려냈다. 그리고 그 사이로 원진의 손이 파고들었다.

금룡헌조(金龍獻爪)의 수.

퍼억!

원진의 공격이 남자의 가슴에 적중했다. 남자는 흙먼지를 일으키며 바닥에 처박혔다.

하지만 그다지 아파하는 기색도 없이 다시 몸을 일으켰다.

"아미타불. 정녕 강시인 것인가……."

원진이 당혹한 얼굴로 불호를 외웠다.

야환은 이를 악물었다. 진득한 살기가 온 사방에서 느껴지고 들어찬 귀기가 머리를 어지럽게 만들었다.

안대로 가리고는 있지만 숨을 쉴 때마다 태양혈로 독기가 스며들었다. 주변의 귀기가 너무 강해 태양혈로 들어오는 기에 귀기가 섞여 들었다.

"갈!"

옆에서 원진의 호통 소리가 들려왔다.

바람이 갈라지는 소리와 묵직묵직한 타격음이 연이어 터져 나왔다.

아환은 필사적으로 정신을 다잡으려 노력했다. 자신의 앞에도 적이 있었다.

그 적이 달려들었다.

"큭!"

제대로 적의 공격을 보고 있기도 힘들었다. 아환은 무작정 뒤쪽으로 뛰어올랐다.

남자도 함께 솟구치며 주먹을 내뻗었다.

공중에서는 피할 방도도 없었다.

퍽!

아환은 방어할 틈도 없이 정면으로 가슴을 얻어맞고, 몇 장을 날아 숲 속에 떨어졌다.

"아 도사님! 커억!"

원진의 목소리가 들리는가 싶더니 끝에 가서는 비명 소리로 바뀌었다. 한눈을 팔다가 공격이라도 허용한 듯했다.

"으윽!"

아환이 입술을 깨물었다. 송곳니가 파고들며 피가 새어 나왔다.

귀기로 가득 찬 세상 한 가운데서 강시가 천천히 다가왔다. 이마에 붙은 부적이 너울거렸다.

아환은 안대를 움켜쥐었다.

"한 번 죽어보자!"

그는 고함을 지르며 거칠게 안대를 풀었다.

오른쪽 눈을 뜨자마자 거대한 살기의 기둥이 그를 향해 덮쳐 왔다.

카킨살히이호드돈캬키는부도젠 명세박쿠다겠세부서러 가 나워왔나는도데 호글리이쓰 하잘롭어고 캬젠와호서다 오

사이하기 짝이 없는 소리가 뇌리에서 울려 퍼졌다.

아환은 숨을 몰아쉬었다. 그의 몸을 기점으로 귀기가 소용돌이처럼 휘몰아치기 시작했다.

강시가 날아올랐다.

아환은 눈을 부릅떴다. 살기의 궤도가 그의 오른쪽 눈에 또렷하게 그려졌다. 그는 거의 무의식적인 상태로 몸을 흘려 궤도에서 벗어났다.

두근.

그의 심장이 맥동했다.

강시가 다시 달려들었다.

아환은 점점 정신이 멍해지는 것을 느꼈다. 하시만 그와는 반대로 그의 움직임은 점점 더 기민해지고 있었다.

[네 성취가 어지간히 높아지지 않으면 항상 귀기가 많은 곳에서는 싸움을 조심하거라. 살심(殺心)은 감정(感情)의 가장 원초적인 표현. 귀와 살심은 떼어놓을 수 없는 관계니, 네 움직임에 살기가 들리면 들릴수록 귀들이 네 살심을 부추기고 종국에는 네 몸에 들러붙게 될 거다.]

아수라가 말을 하고 있었다.

동시에 머릿속으로는 여전히 알아듣지 못할 소리가 끝도 없이 흘러 나왔다.

주위의 시간이 늘어진 듯했다. 느릿하게 다가오는 강시를 보며 아환이 입술을 비틀며 웃었다.

[쾌(快)를 잡기 위해서는 너는 정(停)이어야 한다. 네가 멈추면 세상이 멈추고, 네가 움직이면 세상이 움직일 것이다. 그것이 네 움직임에 항상 있어야 하는 원리이며, 귀혼장이 항상 적중하는 것은 그 때문이다.]

아수라의 목소리를 따라서 아환의 몸이 저절로 반응했다. 그의 발이 우측으로 미끄러졌다. 강시의 손이 그의 옆구리를 스치며 지나갔다. 그 팔과 교묘하게 얽혀들며 아환의 손바닥이 강시의 몸에 가 닿았다.

음혼구귀초래법(陰魂九鬼招來法) 제일식(第一式)
귀혼장(鬼混掌).

쾌아앙!

세찬 굉음이 터졌다.

강시는 몇 장이나 허공을 날아가 바닥에 떨어졌다. 흙
먼지가 짙게 피어올랐다. 조금 전에 터진 폭음으로 인해
아직까지도 주위의 공기가 웅웅거리며 떨렸다.

"후욱. 후욱."

아환이 숨을 몰아쉬었다.

그는 사방을 살폈다. 원진과 강시가 여전히 싸우고 있
었다. 원진 쪽이 보다 수세에 몰려 있었다.

그는 품에서 안대를 꺼냈다. 다시 오른 눈을 가리고 원
진을 도와주려던 생각이었는데…….

쐐액!

바람이 갈라졌다.

아환은 옆으로 몸을 날렸다. 무언가가 세차게 등을 스
쳐 갔다.

설마 하는 생각이었다.

아환은 다시 안대를 품에 집어넣으며 뒤를 돌아보았다.
전신에 흙먼지가 자욱하게 묻은 강시가 두 팔을 들어 올

리며 공격할 준비를 취하고 있었다.

"하……. 사실은 나 엄청 약한 거였나?"

아환이 중얼거렸다. 스스로 생각하기로는 꽤나 위력적인 공격이라 여겨졌는데 별다른 효과를 거두지 못하자 자신감이 줄어든 것이다. 더군다나 남궁쌍룡과 벌였던 주먹다짐을 제외한다면 제대로 된 실전은 이번이 처음이었다.

으득.

그가 이를 갈았다. 원인이야 어찌 되었던 현 상황에 화가 솟구치는 건 명백했다.

"강시니 뭐니 모르겠지만 일단 그 부적이 거슬린다고."

아환이 말함과 동시에 강시가 달려들었다.

휘우웅!

사람이라면 조금은 지칠 법도 하지만 그 공세는 조금도 위력이 떨어진 것 같지가 않았다.

아환은 살기의 궤적을 읽으며 그 옆을 파고들었다.

"이걸 떼면 어떻게 되는 거냐? 다시 죽기라도 하는 것이더냐?"

그가 소리쳤다. 그와 함께 그 손이 강시의 얼굴에 붙은 노란 부적을 움켜쥐었다.

그 소동 속에서도 굳건하게 붙어 있던 부적이었지만, 아환이 손을 대자 너무나도 간단히 떨어졌다. 그리고 부적이 이마에서 떨어지는 순간, 강시의 몸이 움찔하며 멈추었다.

"어, 설마 진짜냐?"

아환이 황당해 하며 입을 벌렸다.

그때 강시의 몸이 한차례 크게 펄떡거렸다. 그와 동시에 아환의 오른쪽 눈동자가 두 배 정도 급격하게 커졌다.

파앗!

강시의 전신에서 숨 막히게 짙은 귀기가 일시에 터져나왔다.

아환이 눈을 질끈 감았다. 정신이 아뜩해졌다.

원진은 꽤나 고전하고 있었다. 공격의 효율도 기의 흐름도 전혀 무시한 채로 이어지는 강시의 공격에 좀처럼 갈피를 잡을 수가 없었다. 이제껏 싸워온 사람들과는 그 방식이 전혀 달랐던 것이다.

그러다가 순간 그 움직임을 놓쳐 버렸다.

다시 시선을 틀었을 때 눈에 들어온 것은 맹렬한 기세로 다가오는 강시의 주먹이었다.

피하기는 늦었다.

원진은 충격을 각오하며 이를 악물었다.

그런데 별안간 강시의 몸이 허공에서 꿈틀거리며 튀어올랐다. 워낙에 갑작스러웠던 탓에 훤하게 드러난 허점을 보면서도 원진은 꼼짝도 하지 못했다. 무슨 함정이라도 있는 건가라는 생각마저 들었다.

그때였다.

원진은 이질감을 느끼며 저도 모르게 옆을 돌아보았다. 멀찍이 아환의 모습이 보였고, 그 앞에 서 있는 강시도 보였다.

두 사람 주위로 이제까지 단 한 번도 느껴보지 못했던, 무시무시한 기의 폭풍이 휘몰아치고 있었다.

팔랑.

원진이 깜짝 놀라며 다시 고개를 돌렸다.

노란 부적이 너울거리며 떨어지고 있었다. 그 뒤로 강시의 얼굴이 드러났다.

핏기도, 표정도 하나 없어 그야말로 죽은 자의 얼굴이었다.

멈출 때와 마찬가지로 너무나도 갑작스럽게 강시가 다시 움직였다.

콰앙!

그 주먹이 원진의 가슴에 적중했다.

원진은 몇 바퀴나 땅바닥을 구른 뒤 겨우 정신을 차리며 몸을 일으켰다.

속에서 검은 피가 한 움큼 역류하여 입 밖으로 쏟아졌다.

아환의 의식은 부유(浮游)하고 있었다.

주위에는 귀기가 가득 흘러 다녔다. 그 사이로 갖가지 모양을 한 귀들이 둥둥 떠다녔다. 머리만 있는 것도 있었고, 어떤 것들은 팔이나 다리만 동동 떠다니기도 했다. 심지어는 손가락 같은 것들만 남아 있는 귀들도 있었다.

[저건 뭐지?]
[머리다. 머리가 있어.]
[손도 있다.]
[저건 다리다.]

평소라면 그런 귀의 조각들이 내는 소리는 제대로 알아듣지 못했을 것이다.

하지만 그때는 달랐다.

주위에 차 있는 수많은 귀들이 조잘거리는 사념(思念)들이 아무런 제재도 받지 않고 직접 아환의 의식까지 다가왔다.

[난 알아. 저건 귀신이다.]
[귀신이야! 귀신이야!]

[부럽다! 부럽다!]
[눈. 나도 눈을 줘!]
[나는 팔이 필요해!]
[다리! 다리는 내가 가질 거야!]

귀들이 비명에 가까운 소리를 질러대며 아환을 향해 미친 듯이 달려들었다. 그의 몸 구석구석에 수십이 넘는 귀들이 달라와 붙었다. 순간, 아환의 몸이 크게 튀어 올랐다.

[몸이다!]
[움직이자!]
[죽여죽여죽여죽여!]

귀들의 소리는 더욱 시끄러워져 아환은 아무런 생각을 할 수가 없었다. 머리가 깨질 듯이 아팠다.

"끄으으……."

아환의 입에서 신음 소리가 흘러나왔다.

온몸에서 몰려드는 고통과 머리를 쨍쨍 울리는 소리들 때문에 그는 지금 자신이 살아 있는 것인지 죽어 있는 것인지도 판단하지 못했다.

툭. 투툭.

아환의 왼쪽 주먹과 팔뚝을 타고, 시퍼런 핏줄이 불거졌다. 근육 또한 팽팽하게 부풀어 올라 금방이라도 터져 버릴 듯했다.

부적이 떨어진 강시가 아환을 향해 주먹을 휘둘렀다.

원진과 싸우고 있던 강시 역시도 아환 쪽으로 몸을 날렸다. 아환을 중심으로 화산이 폭발하듯 귀기가 터져 나오며 주위의 다른 기운을 모두 가려 버린 것이다.

카앙!

아환이 왼팔을 휘둘러 다가오는 강시의 팔을 쳐냈다. 쇳소리 같은 것이 나며 강시의 몸이 허공으로 떠올랐다.

아환의 왼팔이 한껏 젖혀졌다가 정반대의 궤적을 그리며 강시에게로 날아들었다.

퍽!

강시의 머리가 허공에서 터지며 살점과 뼛조각들이 사방으로 튀어 나갔다.

남은 강시는 조금의 주춤거림도 없이 일직선으로 아환을 향해 달려들었다.

강시의 손에서 아지랑이 같은 것이 피어올랐다. 귀기가 한껏 응집되어 시각화된 것이다.

콰직!

강시의 주먹이 아환의 오른쪽 어깨를 강타했다. 아환이 비틀거리며 물러섰다. 어깨는 관절이 빠지기라도 한 것인지 크게 뒤틀려 있었다.

아환이 몸을 빙글 돌렸다. 오른쪽 팔이 덜렁거리며 흔들렸다.

그의 왼 손바닥이 앞으로 나아갔다.

강시가 뒤쪽으로 몸을 날렸다.

하지만 거리는 벌어지지 않았다. 아환이 발을 성큼 들이밀었던 탓이다.

그는 눈을 부릅떴다. 손바닥이 강시의 가슴에 닿는 순간 응축되어 있던 귀기가 단숨에 터져 나갔다.

음혼구귀초래법의 제일식 귀혼장이 다시 한 번 시전된 것이다.

하지만 그 위력은 조금 전과 천양지차였다. 조금 전부터 주위를 가득 채우고 있던 짙은 귀기가 귀혼장이 시전됨과 동시에 함께 터져 버린 탓이었다.

꿰에에에에!

귀곡성이 길게 울려 퍼졌다.

아환의 몸에 잔뜩 달라붙어 있던 수십의 귀들이 폭발에 휩쓸리며 일제히 소멸해 버린 것이다.

"헉… 허억!"

아환이 숨을 헐떡거렸다.

강시의 가슴에는 주먹 세 개 정도 크기의 구멍이 퀭하게 뚫려 있었다.

주위의 귀기는 이제 느끼기 어려울 정도로 옅어져 있었다. 강시는 휘청거리다가 그대로 쓰러졌다.

"크윽!"

아환이 신음을 삼키며 비틀거렸다. 왼쪽 다리부터 왼팔까지 지독한 통증이 밀려왔다. 오른쪽 눈은 화상을 입은 것처럼 화끈거렸다. 하지만 그 덕에 잠깐 정신이 맑아지기는 했다.

"아… 아미타불."

원진의 목소리였다.

아환이 반사적으로 고개를 돌렸다. 조금 떨어진 곳에서, 원진이 거의 넋을 잃은 표정으로 그를 바라보고 있었다.

"이, 이게 대체… 그리고 아 도사님. 그 눈은……?"

원진이 더듬거리며 물었다.

그 순간 다시 아환의 몸으로 귀기가 밀려들었다. 한 번의 폭발로 일순간 공백이 된 곳에 주위의 귀기가 더욱 강렬히 몰려드는 것이었다.

"아 도사님……?"

원진이 당황하여 아환에게 다가섰다.

아환은 급격하게 밀려오는 귀기에 정신을 차리기가 힘들었다. 그러던 중 무언가가 다가오는 것이 보였고 거의 본능적으로 장을 휘둘렀다.

원진은 깜짝 놀라며 팔을 끌어당겼다. 아환의 손바닥이

그의 팔에 적중했고, 원진은 비틀거리며 몇 걸음을 물러섰다.

"으윽! 이게 무슨 짓이오!"

원진의 호통 소리에 아환은 간신히 정신을 차렸다. 무작정 휘둘렀던 일장에 귀혼장의 묘가 섞여들었던지 원진의 팔에 시꺼먼 손자국이 나 있었다.

원진은 아환을 주시하며 주먹을 쥐었다. 여차하면 그대로 달려들 듯했다.

"아……."

아환의 눈동자가 갑작스럽게 흔들렸다.

하늘에서부터 소리 없이 두 개의 살기가 뻗어왔다.

아환이 눈을 부릅떴다. 움직이려 했지만 몸이 말을 듣지 않았다.

"헛!"

원진도 마찬가지였다. 진즉 내상을 입기도 했고 온 신경을 아환에게 집중시키고 있었던 탓에 제대로 반응을 하지 못했다.

푸욱.

두 개의 기다란 바늘이 각각 아환의 가슴 부근과 원진의 옆구리 부근에 틀어박혔다.

"윽!"

원진이 이를 악물며 옆구리에 박힌 바늘을 뽑아 들었

다. 순간 눈앞의 세상이 빙글 돌았다. 바늘의 겉에는 시커 멓게 독이 묻어 있었다.

원진은 신음을 삼키며 몸을 빙글 돌렸다. 그리고는 바 늘이 날아왔으리라 짐작되는 나무를 향해 바늘을 날려 보 냈다.

나뭇가지가 크게 흔들리더니 한 사람이 아래로 뛰어내 렸다.

등이 구부정하게 굽은 꼽추였다. 그는 입술 끝을 씰룩 이며 누런 이를 드러냈며 말했다.

"네놈들 때문에 일이 틀어져 버렸다. 거기다 이 몸의 인형들까지 부숴 버리다니⋯⋯."

원진은 주먹을 쥐고 발을 내디뎠다. 달려가서 단숨에 남자를 제압하려던 생각이었지만 내공이 움직이지 않았 다. 대신 세상이 더욱 어지럽게 흔들렸다.

그는 당황하며 옆을 힐끔거렸다. 아환 역시도 별반 다 르지 않은 상황인 듯 파리한 얼굴로 비틀거리고 있었다.

꼽추 남자가 웃었다.

"내공이 안 모이지? 이 몸은 강시에만 조예가 있는 것 이 아니거든. 사천당가도 내 앞에서는 고개를 조아려야 하 지. 클클."

"비겁한⋯⋯."

원진이 이를 갈았지만 남자는 전혀 개의치 않았다.

"너는 소림사의 중이렷다? 저쪽 애꾸도 범상치 않고…… 글클. 너희 둘이 내 인형을 부쉈으니 대신 새로운 인형이 되어주어야겠다. 클클클클."

남자는 느긋하게 말했다.

아환과 원진은 그의 말을 끝까지 듣지 못했다. 한계에 이른 것이다.

먼저 원진이 쓰러졌고 곧바로 아환이 그 뒤를 따랐다.

남자는 꽤나 조심성이 많은 듯 그 후로도 한참이나 멀찍이서 상태를 살폈다. 혹시라도 죽은 척을 했다가 달려들까 염려하는 듯했다.

그러다가 얼마 후, 드디어 확신이 섰던지 그는 웃으며 쓰러진 아환과 원진에게 다가왔다.

"재미있어. 중놈도 중놈이지만… 이놈이 정말 특이한 놈이야. 재미있는 인형을 만들 수 있겠어. 크크."

부스럭.

풀잎 스치는 소리였다.

남자는 소스라치게 놀라며 반사적으로 품속의 바늘을 꺼내어 날렸다.

"허……."

꼽추 남자는 헛웃음을 켜야만 했다. 조그마한 토끼 한 마리가 바늘에 관통되어 죽어 있었다.

"쯧. 아까운 독만 날렸구나."

그가 혀를 찼다.

그런데 그때 정말로 놀랄 일이 벌어졌다. 죽었다고 생각했던 토끼가 벌떡 일어난 것이다.

"뭐, 뭐야?"

남자는 저도 모르게 한 걸음 물러섰다.

토끼는 벌떡 일어나 귀를 쫑긋거렸다. 바늘은 여전히 몸을 관통한 채로 꽂혀 있었다.

토끼가 깡총거리며 남자의 옆을 스쳐 갔다. 꼽추 남자의 눈이 경악으로 물들었다.

第五章
그 문제는 차치하고서도

　진철은 운이 좋다고 생각했다. 도박장에서 좀 큰 손실이 있을 뻔했지만, 자기의 재빠른 판단과 강한 운이 그 상황을 도리어 큰 이익으로 바꾸었다는 기쁨이 있었다.

　분명히 오늘 아침까지는 그랬다.

　쾅!

　부하가 얼굴이 아주 뭉개진 채로 탁자 위에 널브러지자 진철은 무릎을 꿇고 엎드렸다.

　"죄송합니다! 대인! 제가 눈깔이 썩어 귀인(貴人)께 실례를 했습니다! 목숨만 살려주신다면 그 은혜……."

　흰색 장포의 중년인이 발을 굴러 그 말을 막고는 말했다.

"그건 됐고. 자아. 이제 제대로 된 대화를 할 마음이 생겼나?"

"무, 물론입니다요!"

숫제 머리를 바닥에 찧으며 진철이 말했다. 그는 살짝 눈을 돌려 사방을 둘러보았다. 방에 있던 스무 명의 부하들 중, 서 있는 자는 하나도 없었다. 태반은 얼굴이 뭉개졌고, 몇몇은 팔다리가 부러지는 수준이었으나, 그나마도 다행이라 할 일인지도 모른다. 저 철권(鐵拳) 남궁혁에게 막말을 한 대가로는 말이다.

"그래. 그럼 우리 귀여운 동생들에게 시비를 걸었다는 그 불한당은 어디에 있는가?"

남궁혁은 처음 들어왔을 때처럼 넉넉한 웃음을 얼굴에 짓고 있었다. 얼굴만 봐서는 유복한 집안의 중년 유학자(儒學者)처럼 보였다. 한평생 공맹(孔孟)의 도를 공부하며 남에게 싫은 소리 한 번 하지 않을 것같이 생긴 남자였지만, 실상은 저 소림의 금강불괴(金剛不壞)로 이름 높은 원배 대사를 붕권 한 방에 쓰러트린 권사(拳士)이자, 그 악독한 성정으로 뒤에서는 모두들 권견(拳犬)이라고들 쑥덕대는 남궁세가 가주의 둘째 아들이었다.

"소, 소림에서 데리고 갔습니다요. 전에, 전에 무술을 쓰는 영환 도사가 피, 필요하다고 했습니다요. 그, 그래서, 그래서 그자가 객잔의 귀신을 없앴답니다요. 그래서, 그래서, 거기서 원진 대사가 내려와 내, 내려와서 직접 데리고 갔다고 합니다요."

진철은 엎드린 채로 횡설수설하며 묻지도 않은 말까지 다 했다. 그런 그의 시야 가장자리에 남궁명과 남궁박의 모습이 들어왔다.

'네놈들이 먼저 들어오기만 했어도! 이 쥐새끼 같은 것들!'

진철은 속으로 이를 갈았다. 그들이 먼저 들어오기만 했어도 남궁혁을 몰라 본 그의 부하들이 오늘은 이 주루가 장사하지 않으니 썩 꺼지라는 말 따위는 하지 않았을 것이다.

그랬다면 지금 이 부하들이 피를 흘리며 누워 있는 사태도 없을 것이고, 자기가 여기서 엎드려 빌고 있지도 않을 것이다.

'니들이 무슨 애새끼냐! 맞고 왔다고 집안 어른을 부르다니! 부끄럽지도 않냐!'

진철은 속으로만 그렇게 욕을 하며 열심히 머리를 조아리고 용서를 빌었다.

하지만 실상은 그가 추측하는 것과 조금 달랐다. 남궁혁의 등장은 남궁명과 남궁박이 의도했던 일이 아니었다. 아니, 오히려 그 둘로서도 남궁혁의 등장은 영 반갑지가 않았다.

어째서인가 하니…….

"그래, 소림이란 말이지. 그럼 어디 가보자."

"네?"

남궁박이 눈을 동그랗게 뜨고 물었다.

"그자가 소림에 있다고 하니 거기에 가서 그자에 대해 물어야 하지 않겠느냐?"

남궁혁은 뭘 다시 묻느냐는 듯 천연덕스럽게 대답했다. 하지만 듣는 사람은 그렇지 않았다.

소림이 어디인가, 그냥 태산북두라고 불리는 곳이 아니다.

백도 무림의 거두, 아무런 이익 사업을 하지 않음에도 불구하고 시주만으로도 타 문파 모두를 압도하는 금력, 말 한마디에 전국의 속가제자가 움직이는 결속력.

황가와도 연줄이 있어서 일 년에 몇 번씩이나 황제의 사자가 예물을 들고 찾아오는 그런 곳이 소림이다.

그런 곳에 찾아가서 그 손님을 내놓으라 하겠다고?

내 줄 리가 없었다.

남궁명과 남궁박은 황급히 남궁혁을 말렸다.

"혀, 형님. 소림에 가시겠다는 말씀입니까?"

"소림에 가셔서 어쩌시려고…"

"왜 자꾸 묻느냐. 가는 거야 당연한 것이 아니더냐. 가서는 오랜만이니 원배 대사와 무(武)에 대해 논할 기회가 있다면 더욱 좋겠고. 그렇지 않다 해도 다른 대사님들이 시간을 내어 주시지 않겠느냐?"

남궁혁의 말에 두 사람의 얼굴이 새하얗게 질렸다. 가서 난장을 치겠다는 말이나 진배없었다.

"아, 아니, 형님……."

남궁명은 말이 막혔다. 그는 동생을 바라보았다. 항상 이런 경우는 동생이 유려한 언변으로 해결해 왔던 것이다.

남궁박은 크게 숨을 들이쉬고 한 번에 말을 쏟아내었다.

"형님, 물론 소림에 당연히 가야 하는 것이긴 합니다. 하지만 남궁가의 다음 세대를 대표하시는 형님께서 아무 연락도 없이 급작스레 소림에 당도하시면 아무래도 그쪽에서도 당황하지 않겠습니까? 역시 이런 경우는, 미리 기별을 넣어 그쪽에서도 형님을 맞을 준비를 하도록 도와주시는 게……."

남궁명이 고개를 크게 끄덕여 동의를 표했다.

어찌 되었든 남궁 세가는 대륙에서도 알아주는 명가였다. 남궁혁은 그 남궁 세가를 대표하는 인물 중의 한 명이라 볼 수 있었고, 남궁명과 남궁박 또한 제법 강호에서 이름을 알려 남궁쌍룡이라는 별호까지 가지고 있었다. 그런 그들이 소림에 방문하는 것은 어디까지나 공식적이고 당당한 일이어야 했다.

적어도 이런 형태로 뜬금없이 방문하는 것은 곤란한 일이었다. 게다가 그 원인이라는 것이 더욱 문제였다. 남궁혁에게 간신히 둘러대기는 했지만, 만의 하나라도 거짓말이 탄로 날 경우에는 어떤 일이 벌어질지 상상하기도 싫었다.

이 정도 핑계면 되었으리라. 그렇게 생각하며 남궁명과 남궁박은 득의의 웃음을 띠었다. 하지만 그것은 오산이었다.

"무인이 무에 대해 논하는데 무슨 준비가 필요하더냐! 자, 가자!"

남궁혁은 조금도 의견을 굽히지 않았다.

"역시 숭산은 언제 와도 좋구나. 어떠냐, 명아, 박아. 부처님의 가호가 온 누리에 펼쳐진 것 같지 않으냐? 너희는 여기 처음 오는 것이지?"

남궁혁은 얼굴 가득 웃음을 지으며 남궁명과 남궁박을 돌아보았다. 그 모습이 어찌나 한가롭고 즐거워 보이는지, 모르는 사람이 봤으면 늦둥이가 태어나 절에 감사 불공을 드리러 가는 남자쯤으로 보았을지도 모르는 일이다.

'부처님의 가호는 개뿔······.'

남궁명과 남궁박은 한마음으로 욕을 해댔다, 속으로만. 그들이 오르고 있는 산은 숭산. 소림사가 있는 곳이었다.

"슬슬 마중 올 때가 되었는데……."

남궁혁이 중얼거리자마자 저 멀리서 두 명의 무승이 달려 내려오는 것이 보였다.

남궁명과 남궁박은 바싹 긴장했다.

"오호, 역시 소림사! 본인은 남궁가의 혁이라 하오! 별 것 없는 무명 소졸을 이리 환대해 주어 감사하오이다!"

남궁혁은 포권하며 쩌렁쩌렁한 목소리로 그렇게 말했다. 소리가 쉬이 없어지지 않고 은은히 감도는 것이 내공이 가득 담긴 소리였다.

달려오던 무승들의 얼굴이 굳었다.

"남궁혁 시주님이시군요. 저는 청허라고 합니다. 멀리서도 기도가 청아하고 곧은 것이, 명성 높으신 분이 분명할 거라 생각했습니다. 오늘 귀하신 분이 올 거라는 방장 스님의 말씀이 있었는데, 시주님을 말씀하신 것인가 봅니다."

"저는 청민이라 합니다. 남궁 대협께서 어떤 용무로 오신 것인지 말씀해 주시면 제가 미리 가서 준비를 해 두겠습니다."

청허와 청민은 한 손을 세우고 허리를 숙여 인사했다. 하지만 남궁명과 남궁박의 눈에도 그들이 경계하고 있다는 것은 분명했다. 소림에 오면서 남궁혁처럼 패도적인 기운을 뿌리며 돌아다니는 자는 그리 많지 않을 것이다. 거기다 인사말에 저리도 기운을 실어 보내다니, 흑도의 방파라면 다짜고짜 칼을 뽑아 들지도 모르는 일이었다.

하지만 남궁혁은 느긋한 웃음을 지으며 청민의 손을 맞잡았다.

청민의 몸이 굳었다.

"어이쿠, 스님들이 신경 쓰실 일은 아닙니다. 별 게 아니니 그냥 저희와 천천히 같이 올라가시지요."

"아, 아니, 저희는 남궁 대협께서 편히 용무를 보고 가실 수 있도록 미리 알려 준비하게……."

청민은 말을 더듬었다. 손을 뿌리치려 했지만 꽉 쥐고 있는 것 같지도 않은데 달라붙은 듯 움직이지도 않았다.

남궁혁은 그 상태로 느긋하게 걸음을 옮겼다.

"괜찮습니다. 아, 역시 숭산은 좋군요. 소림의 고승들은 이런 곳에 사시니 몸이 튼튼한 것이겠지요?"

남궁명과 남궁박은 애가 탔다. 이런 식으로 대접해도 싸움이 나지 않는 것은 이 무승들이 수행이 깊어서가 아니라 남궁혁의 무위가 고강해서라는 건 뻔했다. 그렇다면 본산에 올라 다른 무승들이 이 꼴을 보면 어떤 반응을 보일 것인가.

필경 큰일이 생길 것이다. 거기에 생각이 미친 남궁박

이 조심스레 남궁혁에게 말했다.

"저, 형님. 계속 손을 잡고 걷는 건 보기가 좀……."

"아하, 그렇군. 이거 실례했소이다."

남궁혁은 마치 지금 알았다는 듯 손을 떼었다.

청민은 손이 떨어지는 순간 크게 휘청거렸다. 손을 통해 들어오는 남궁혁의 기도에 압도당하지 않으려고 전신의 기를 모아 대항하고 있었던 것인데, 그 힘이 일시에 사라지니 순간 몸의 균형을 잃은 것이다. 그런 청민을 남궁혁이 두 손으로 부축했다. 남궁혁의 손이 청민의 팔꿈치 안쪽 혈도를 눌렀고, 청민의 무릎이 풀렸다.

"어이쿠! 식사라도 거르신 게요? 이거 안 되겠구만. 자, 박아. 네가 업어드리거라."

"무슨 짓입니까!"

천연덕스런 그의 말에 청허가 버럭 소리를 질렀다. 방금 혈도를 누르는 것을 분명히 보았건만 저 뻔뻔한 태도라니! 게다가 이곳이 어디인가? 숭산. 천하의 모두가 고개를 숙이는 소림의 본사가 있는 곳이다.

청허는 입술을 깨물며 주먹을 틀어쥐었다.

분위기가 더욱 흉흉하게 변했다.

"무슨 짓이냐니요, 보시다시피 걷기가 힘든 스님을 업어서 옮기려는 것이 아니겠소?"

남궁혁이 능청스레 대꾸했다.

"방금 혈도를 누르지 않았습니까!"

"어허. 스님께서 잘못 보신 게지요. 그런 건 됐으니 어서 올라갑시다. 아니면, 여기서 본인과 드잡이질이라도 해 보자는 것이오?"

남궁혁의 미소가 짙어졌다.

청허는 입술을 깨물었다. 강호에 널리 권견으로 불리는 남궁혁의 성정이야 익히 들어 알고 있었지만, 이건 생각보다 더욱 심각하지 않은가?

그는 혼자 주먹을 틀어쥐었다. 분하지만 지금 당장은 어찌 할 도리가 없었다.

"올라가시지요."

청허가 말했다. 비록 자세를 한 수 굽힌 것이지만 두 눈에 드러난 적의를 애써 숨기지는 않았다.

남궁혁은 만족스런 웃음을 지으며 그의 뒤를 따랐다. 남궁명과 남궁박도 함께 걸었다. 두 사람의 얼굴은 거의 사색이 되어 있었다.

"원배 스님! 계시오이까! 남궁혁이 왔소이다!"

소림의 산문을 들어서자마자 남궁혁이 그렇게 외쳤다. 내공이 가득 담긴 그 기운은 숭산 전체에 울려 퍼졌다. 가까운 곳을 지나가던 참배객들이 쓰러질 정도였다.

"혁, 형님!"

완전히 질린 남궁명이 소리 질렀다. 사방에서 무승들이 뛰쳐나오는 것이 보였다. 지금 나오는 정도의 자들은 남궁명과 남궁박 둘 만으로도 어떻게든 할 수 있는 수준이겠지만, 지금 상황은 이 정도로 끝나지 않을 것임이 분명했다.

멀리서 웅혼하고 부드러운 목소리가 들렸다.

"남궁 시주 아니오이까, 이번에는 또 무슨 일로 오셨는지?"

분명히 아주 멀리서 흘러나온 목소리였지만 바로 옆에서 말하는 것같이 흔들림이 없고 또렷하게 전달되었다. 게다가 사람들에게 아무런 피해도 끼치지 않는 것이, 그 수법의 오묘함을 확실히 보여주었다.

"혹 원강 스님이십니까? 오랜만에 뵙습니다. 허허."

남궁혁은 목소리가 들린 방향과 반대 방향으로 포권하며 그리 말했다. 보고 있던 남궁명과 남궁박은 이상한 생각이 들었지만 이유는 금방 알게 되었다. 남궁혁이 포권한 방향에서 스님 하나가 달려온 것이었다. 그 얼굴에는 은은한 노기가 어려 있었다.

남궁혁은 천연덕스레 말했다.

"소림의 천리전음(千里傳音)은 언제나 감탄스럽습니다그려."

"그래, 우리 사질이 신세를 진 모양이군요. 아미타불."

"식사가 부실한 모양입니다. 갑자기 쓰러지셔서 모셔왔습니다."

"허허. 남궁 시주의 마음 씀에는 항상 감사하고 있습니다."

웃음을 지은 채로 오가는 대화였지만, 그 분위기가 절대 화기애애하지 않음은 세 살배기 어린아이라도 알 수 있을 터였다.

남궁명과 남궁박은 저도 모르게 칼을 더듬었다가, 다시 손을 올려 꼼지락거리기를 반복했다. 그들은 남궁혁의 행동을 도저히 이해할 수도 없었다. 하지만 거짓말을 해둔 게 있어 적극적으로 말리지도 못했다. 그저 최악의 상황만은 오지 않기를 열심히 빌 뿐이었다.

남궁혁이 다시 말했다.

"원배 스님은 강녕하신지 궁금하군요."

대답은 뒤에서 돌아왔다.

"남궁 시주에게 걱정을 끼칠 정도는 아니외다."

기골이 장대한 원배가 일단의 무림인을 이끌고 왔다. 소림을 방문하고 있던 방문객인 듯싶었다. 그들 모두가 남궁혁에게 곱지 않은 시선을 보내고 있었다. 두런거리는 모습이 좋은 얘기는 하고 있지 않은 듯했다.

남궁혁은 그런 시선에 아랑곳 않고 포권하며 인사했다.

"오랜만입니다, 원배 스님. 이 남궁 모가 좋은 차를 가지고 왔습니다."

"내 처소를 모르시지도 않을 테니 조용히 오시면 될 일을 꼭 이리 사방에 시주가 오셨다 떠들어야겠소?"

원배는 살벌한 표정을 지으며 물었다.

남궁혁은 허허 웃으며 그 말을 받았다.

"스님만 뵙고 돌아갈 일은 아니니 어쩔 수 없지 않겠습니까?"

"그래, 그럼 나를 찾아온 것이겠군요. 안녕하시오, 남궁 시주."

멀리서 또 다른 목소리가 들렸다.

남궁명과 남궁박은 그 목소리에 담긴 내공에 놀랐다. 목소리로만 유추하기에도 어쩌면 남궁혁보다 더 고강할지도 모르는 고수였다.

남궁혁도 그에 질세라 내공을 실어 그쪽에 말을 걸었다.

"인사가 늦어 죄송합니다, 원석 스님. 이 남궁 모가 그쪽으로 가서 뵈어도 되겠습니까?"

"이대로 있다간 소림을 찾아온 손님들이 다 귀청이 찢어질 판이니 어서 오시오. 남궁 시주가 마실 만한 것인지는 모르겠지만 차도 있소이다."

남궁혁은 그 말을 듣자마자 사방에 살짝 읍을 하고는 몸을 날렸다. 남궁명과 남궁박은 어정쩡하게 서 있다가,

조심스레 등에 업은 스님을 내려놓고 따라서 몸을 날렸다.

남궁명과 남궁박이 원석의 처소에 도착했을 때는 이미 원배와 원강이 남궁혁을 가로막고 서 있었다.

"허허. 여기서 얘기를 해도 되겠습니까? 벽에 귀가 있을 것 같습니다만⋯⋯."

"들어오시오. 배 사제, 강 사제. 손님들께 별일 아니라고 전해주시게."

방 안에서 원석의 목소리가 들렸다.

"하지만 사형⋯⋯."

"별일 아니라고 말했네!"

"예, 알겠습니다."

뜻이 분명한 원석의 목소리에 원배와 원강은 별수 없이 고개를 숙이며 물러났다.

원석의 목소리가 다시 흘러나왔다.

"남궁 시주, 들어오시오. 이리 크게 일을 벌였다면 무슨 일이 있어도 있는 것이겠지요."

"감사합니다. 너희는 여기서 기다리거라."

남궁혁은 아까와는 달리 공손한 태도로 그렇게 말했다. 남궁명과 남궁박은 분위기가 어떻게 돌아가는지 이해할 수 없어 얼떨떨하게 고개를 끄덕였다.

남궁혁이 방 안으로 들어서고, 문이 닫히자마자 원석은

굳은 얼굴로 입을 열었다.

"남궁 시주가 소문과 같은 인물이 아니란 건 잘 아오. 이렇게 타초경사(打草驚蛇)해야 할 이유가 있는 거겠지요? 풀을 이리 쳐서 뱀이 튀어나오면 잡을 수도 있지만 물릴 수도 있지 않소."

원석의 말에 남궁혁이 고개를 끄덕였다.

"단도직입적으로 말하겠습니다. 정황은 다 알고 있습니다. 우리 명이와 박이를 간단히 쓰러트릴 정도의 고수가 아직까지 무명이었다는 게 말이나 된다고 생각하십니까? 거기다 시정잡배도 아닌 그런 고수가 자기 신위를 자랑할 목적이 아니라면 굳이 우리 동생들에게 시비를 걸어 핍박을 할 이유가 있습니까?"

원석의 얼굴이 보다 심각하게 변했다. 남궁혁은 말을 계속했다.

"뿐만입니까? 뜬금없이 강시라니… 대체 누가 무슨 목적으로 세간에 그런 요사한 소문을 퍼트렸겠습니까? 거기다 소문으로만 치부할 수도 없게 되어 소림에서 영환 도사를 찾기 시작하자마자 모든 조건을 갖춘 인물이 등장을 했지요. 너무 상황이 좋다고 생각지 않으십니까?"

"과연 남궁세가외다. 벌써 모든 걸 알고 오셨구려."

원석이 미간을 찌푸렸다. 가능한 비밀리에 처리하고 싶었던 일들을 이미 남궁혁이 모두 알고 있었던 탓이다. 게

다가 남궁혁의 말도 틀린 것이 하나 없었다. 오히려 그로서도 염려하던 부분이라 가슴 속에서 알 수 없는 불안이 싹트기 시작했다.

남궁혁이 짧게 숨을 들이쉬었다. 이제는 그의 표정도 변했다. 지금까지의 여유롭던 미소는 사라지고, 원석만큼이나 굳은 표정을 하고서 말을 이었다.

"마장호가 이 근처에 와 있다는 소문을 들었습니다. 이 사람이 예까지 온 것은 그 때문이지요."

"마장호라면, 철마장(鐵摩掌)의 마장호 말씀이시오? 혈문의?"

원석이 놀라며 되물었다.

남궁혁이 말했다.

"이 권견이 관심이 있을 마장호라면 그 마장호밖에 더 있겠습니까?"

"하지만 그는 이미 나이가… 아니, 살아 있는 것은 확실한 것이오? 그가 강호의 일에 나서지 않은지 벌써 오년이 넘었소이다. 마지막으로 나섰던 그 화산 대회의 때 이미 아흔이 넘지 않았소."

남궁혁은 의심스러워하는 원석의 눈길을 맞아 차분히 말했다.

"가끔 있지요. 무가 수준에 이르러 몸이 그 수위에 맞도록 변하게 되는 자들이."

"지금 남궁 시주께서는 그가 반로환동(返老還童)이라도 했다는 말씀이시오?"

"제가 조사한 바로는 가능성이 높습니다."

"아미타불."

원석이 신음에 가깝게 불호를 외웠다.

"그런데 그것과 시주가 소림을 이렇게 오신 것에는 무슨……."

원석은 말을 하다가 갑자기 떠오른 생각의 조각에 말이 멈췄다.

그것은 아닐 것이다.

원석은 필사적으로 머릿속에 떠오른 생각을 부정했다. 한숨처럼 남궁혁이 숨을 내쉬더니 지나가는 말처럼 말했다.

"마장호가 세상에 자기 상대가 흔치 않다 하여 일부러 오른 눈을 가리고 다닌다는 걸 모르는 자는 없지 않습니까."

원석의 눈이 흔들렸다. 아환의 얼굴이 떠올랐다. 오른 눈의 안대도. 남궁혁은 흔들리는 원석의 눈을 바라보며 물었다.

"대사께 여쭙겠습니다. 지금 그 영환 도사는 어디에 있습니까?"

원석이 입술을 깨물었다. 조각들이 맞춰졌다. 원석이 결코 원하지 않았던 그림이었다.

"아미타불."

원석은 이마를 짚으며 불호를 외웠다.

●

하루가 지나고 날이 밝았지만, 산으로 들어간 아환과 원진에게서는 아무런 연락이 오지 않았다.

거기다 새벽녘에 약초꾼 강 씨가 반쯤 정신이 나간 상태로 마을로 돌아와서 구미호를 보았다느니 하는 헛소리를 해대서 계속 신경이 쓰였다.

박이랑은 고민하다가 다시 한 번 산을 올라가 보기로 했다. 설마하니 소림의 원자 배 항렬이 누군가에게 당했을 거라고는 믿기 어려웠지만, 혹 예전의 자신처럼 길이라도 헤매고 있는 게 아닐까 싶었던 것이다.

그는 만약의 상황에 대비해 각종 약초와 붕대, 요깃거리를 챙겨 산을 올랐다.

그런데 어쩐지 예전과는 그 느낌이 조금 달랐다.

예전에는 음습한 기운이 가득 들어서 있어, 산에 오르는 것만으로도 신경이 바짝 곤두섰는데 지금은 별다른 느낌이 들지 않았다.

"원진 사숙님께서 일을 잘 해결하신 건가?"

그렇게 생각하며 그는 혼자 가슴을 내밀었다. 소림사의 속가제자라는 사실이 새삼 뿌듯했던 것이다.

어쩌면 원진과 아환은 밤새 조사를 하고서 지금쯤 휴식을 취하고 있을지도 몰랐다. 어쩌면 그가 챙겨 가는 금창약과 붕대가 도움이 될 수도 있었다. 아니면 강시랑 싸운 이야기를 들을 수 있을지도 모른다는 생각이 들자 웃음이 나왔다.

그는 실실 웃으며 보다 걸음을 빨리 했다.

곧 어제 원진, 아환과 헤어졌던 장소가 나타났다.

"보자… 어제 분명히 이쪽으로 가셨지?"

그는 기억을 더듬으며 방향을 잡았다.

그리고 얼마 후 그는 깜짝 놀라며 멈추어 섰다. 검은 복면을 쓴 시체들 몇 구가 널브러져 있었다.

박이랑은 침을 꿀꺽 삼키며 주먹을 틀어쥐고 주변을 경계했다. 하지만 특별히 인기척이 느껴지지는 않았다.

그는 조심스레 다시 움직였다.

주위의 풍경은 점점 더 황량하게 변해갔다. 나무들이 부러지고, 쓰러져 있고, 땅 곳곳이 피로 물들어 있었다. 복면인들의 시체가 몇 구 더 나타났다.

개중 하나, 복장이 다른 시체가 섞여 있었다.

박이랑은 전전히 다가가 시체를 살펴보았다. 중년의 남자였고 등이 구부러진 꼽추였다.

죽으며 무얼 보았는지 감지 못한 두 눈에는 아직도 극심한 공포가 남아 있었다.

　"대체……."

　박이랑이 침을 꿀꺽 삼켰다.

　시체 속에 홀로 서 있게 되자 주위의 정적이 굉장히 불길하게 다가왔다.

　그는 목소리를 키워서 소리치기 시작했다.

　"원진 사숙님! 어디 계십니까? 아 도사님! 대답하십시오! 박이랑이 왔습니다! 원진 사숙님!"

　대답은 돌아오지 않았다. 그저 근처의 새들이 그 비명에 놀라며 푸드득 날아오를 뿐이었다.

　그러다 문득 낯익은 승복이 그의 시야에 들어왔다. 꼽추 남자의 시신과 그리 멀지 않은 곳에 승복을 입은 사람이 쓰러져 있었다.

　원진이었다.

　"워, 원진 사숙님!"

　박이랑이 비명을 지르며 달려갔다. 그는 급히 원진을 안아 일으켰다.

　하지만 이미 그의 숨은 끊어져 있었다.

　박이랑이 몸을 덜덜 떨었다. 원진의 얼굴은 시커멓게 변해 있었고, 팔에도 시커먼 손자국이 남아 있었다.

기다란 머리는 산발이 된 채로 바람에 어지러이 흩날렸다. 얼굴에는 주름이 가득했고, 옷차림은 허름하기 그지없었다. 체격 또한 왜소했지만, 걸음걸이 하나만은 달랐다. 발을 내디딜 때마다 통통 튀어서 순식간에 몇 장씩이나 날아가는 깃이, 틀림없이 경공의 묘가 가미된 걸음이었다.

노인은 이른 아침의 산길을 걷고 있었다.

그런데 이상한 일이다. 그는 분명 혼자 걷고 있었고, 주위에는 전혀 사람의 흔적이 보이지 않았다. 하지만 그는 연신 사방을 둘러보며 무어라고 중얼거리고 있었다.

"오냐, 오냐. 내가 바로 계무득(桂無得)이다. 너는 무얼 하고 있느냐?"

마치 누군가에게 말을 건네기라도 하는 듯했다. 하지만 분명 그의 곁에는 아무도 없었다.

그가 통통 튀며 계속 걸어갔다.

"좋구나. 그 팔을 보아하니 살아생전에 힘깨나 썼던 자로고. 이 계 어르신도 팔 힘이라면 빠지지 않지. 오죽하면 그 검은 누님… 아차차, 그렇게 부르면 화를 내었지. 여하간에 그 누님이고 이 누님이고… 응? 누구냐 넌?"

노인이 걸음을 멈추었다. 그 앞에 보이는 나무 아래에는 한 청년이 쓰러져 있었다.

옷이 너덜거리고 몸 여기저기 멍 자국이나 생채기 같은 얕은 상처가 많이 보였다.

"웬 거지가 쌈박질을 하고 길거리에서 잠을 자는 모양이구나. 이봐, 소형제. 소형제는 죽은 건가, 살은 건가? 대답이 없으면 죽은 거겠지."

노인이 빠른 속도로 말을 쏟아냈다.

청년은 금방 눈을 떴다. 노인의 목소리가 그만큼 시끄러웠던 것이다.

"여기는 어딥니까? 노인장은 누구시죠?"

쓰러져 있던 청년은 아환이었다.

아환은 얼떨떨한 얼굴로 일어나 그것부터 물었다. 온몸 구석구석이 아팠지만 누워 있을 상황은 아니었다. 질문을 받은 노인은 눈을 휘둥그레 뜨더니 헛기침을 하며 빼기기 시작했다.

"나? 나 말인가? 엣헴! 본인, 아니지, 아니지. 나도 이제 나이를 많이 먹었으니 본좌라고 불러야 한다고 했단 말이지. 그래, 본좌는 계무득이야."

"계 어르신이군요."

아환은 말을 하며 주위를 둘러보았다.

산속은 산속인데 어디에 있는지 알 길이 없었다. 복면인들도, 꼽추 남자도, 신기루처럼 여겨졌던 그 여인도, 아무것도 남아 있지 않았다.

아환은 멍한 표정으로 기억을 더듬었다. 그러다가 가슴에 독침을 맞았던 것을 떠올리고는 급히 몸을 더듬어보았다.

가슴에는 붕대가 메어져 있었다.

"어르신께서 저를 구해주신 겁니까?"

아환이 조심스럽게 물었다.

노인은 고개를 갸우뚱거렸다.

"나? 내가 구한 건가? 응. 그래 그렇지. 소형제가 누워 있는 걸 내가 깨웠지. 응. 엣헴. 엣헴. 그래. 내가 구했다."

아환은 혼잣말을 하는 노인을 보며 쓰게 웃었다. 분명 악인은 아닌 듯한데, 행동거지로 보아 정신이 온전하지는 않은 듯했다.

그는 정중히 포권하고 읍하며 말했다.

"감사드립니다, 어르신 덕분에 목숨을 건졌습니다. 보답으로 필요하신 것이 있다면 최선을 다해 돕겠습니다. 그런데 저와 함께 있던 스님을 보지 못하셨습니까? 아니면 저희를 공격했던 자라든가……."

아환의 말에 노인은 고개를 저었다.

"소형제뿐이었어. 나는 소형제를 깨웠지. 중이나 악당은 보지 못했어. 그래. 너도 보지 못했지?"

아환은 아쉬운 얼굴로 한숨을 내쉬었다. 그런데 그 순

간 이상한 것을 느꼈다.

노인의 태양혈이 솟아 있었다. 내공이 심후하다는 증거였다. 거기다 사방의 귀기가 미약한데도, 노인 쪽에서 귀기가 확연히 많이 느껴졌다.

아환은 의아히 여기며 안대를 살짝 들어 올렸다. 그 다음 순간 소스라치게 놀랐다.

기다렸다는 듯이 귀들의 목소리가 달려들었던 탓이다.

[내 다리…. 내 다리…. 내 다리…. 내 다리….]

[봤어…. 못 봤어…. 봤어…. 못 봤어….]

[이건 다 내 거야. 이건 다 내 거야. 이건 다 내 거야. 이건 다 내 거야. 아무도 못 줘. 아무도 못 줘.]

떠다니는 것들은 팔, 다리, 머리로 다양했다. 어떤 것은 사람이 아닌 것처럼 보이는 것도 있었다.

온갖 귀들이 둥실둥실 떠다니며 괴이한 소리를 내었다. 아환이 입을 벌렸다. 귀를 보는 것에는 익숙해져 있었지만 이런 곳에서 이만한 수의 귀를 볼 거라고는 예상치 못했다. 주위의 풍경으로 보아 절대로 귀기가 많이 모여들 지형이 아니었던 것이다.

아환의 심정이 약간 흐트러지자, 짙은 귀기가 그의 오른 눈을 통하여 빨려 들어가기 시작했다.

노인의 안색이 변했다.

"소형제, 그러면 안 돼!"

그는 크게 호통을 치며 소맷자락을 휘둘렀다.

휘웅하고 예사롭지 않은 바람이 일었다. 아환은 비틀거리며 두어 걸음을 물러섰다.

그는 급히 주먹을 틀어쥐고 다음 공격을 대비했다.

하지만 노인은 다시 달려들지 않았다. 대신 그는 당황한 얼굴로 허공에 대고 몇 차례 소매를 펄럭거렸다.

주변으로 귀기가 넘실거리며 퍼져 나갔다. 아환에게 귀기를 빼앗기고 형체가 흐트러졌던 귀들이, 다시 또렷해지며 제 모습을 찾았다.

"옳지, 옳아. 이제 되었다. 이봐, 소형제. 다시는 그러면 안 돼. 알겠지?"

노인이 흡족한 듯 웃었다.

아환은 얼이 빠진 표정으로 그를 지켜보았다.

"어르신은 누구십니까?"

그는 간신히 그 질문을 생각해 냈다.

노인은 자부심이 가득한 얼굴로 가슴을 쑥 내밀었다.

"본인의… 아니지. 본좌의 이름이 바로 계무득이야."

"계무득……."

아환이 멍하니 그 이름을 되뇌었다. 하지만 안타깝게도 그의 의문은 하나도 풀리지 않았다. 노인은 뭐가 그리 좋은지 싱글벙글 웃으며 아환의 눈을 마주 보고 다시 한 번 자기 이름을 말했다.

"그렇지 계무득. 본좌의 이름은 계무득이야. 엣헴."

"계무득……."

"그렇지 계무득. 본좌의 이름은 계무……."

"계무……."

무심코 따라하다가 아환은 퍼뜩 정신을 차렸다. 노인은 아환의 심령(心靈)을 제압하려 하고 있었다.

아환이 급히 거리를 벌리고 자세를 잡았다. 등 뒤로 식은땀이 흘러내렸다.

계무득은 뭐가 그리도 좋은지 박수를 치며 웃었다.

"당했다! 당했다! 어때 소형제, 내 성취가? 으하하! 내가 이 수법으로 항상 밥도 공짜로 먹는단 말이지. 엣헴. 소형제도 열심히 수련하면 본좌만큼 할 수 있을 게야. 그렇지. 응."

처음과 마찬가지로 악의라고는 전혀 보이지 않는 모습이었다. 하지만 호의를 지니고 심령을 제압하려고 한다는 것은 어불성설이라, 아환은 한껏 경계심을 끌어올렸다.

한편으로는 무척 당황하기도 했다. 비록 안대를 차고는 있었다지만……. 아수라의 말로는 분명히 귀와 심령에 관해 이 음혼구귀초래법을 능가할 것은 없다고 했다.

하지만 그것은 이미 삼백 년 전 이야기. 그동안 어떤 심법과 무공이 나왔는지, 아수라도 아환도 알 길이 없었다.

아환은 안대를 만졌다. 여차하면 그대로 벗으려 생각하며 조심스럽게 입을 열었다.

"계 어르신."

"본좌의 이름은 계무득이지. 그런데 본좌는 어르신이 아니다. 어르신은 늙은이를 부르는 말이잖아? 본좌는 아직 젊어. 백 년도 살지 않았는걸."

정신에 약간 문제가 있는 것이 거의 확실해 보였다. 아환은 어떻게 말을 할까 고민하며 입술을 축였다.

계무득이 다시 말을 이었다.

"그런데 소형제는 무얼 물어보고 싶은 거지? 자, 물어봐. 물어보지 않으면 나는 다시 가겠어."

"아… 그럼 여쭙겠습니다. 여기가 어딥니까?"

아환은 여전히 경계를 풀지 않은 채로 물었다. 물어보고 싶은 건 많았지만 그게 먼저였다.

계무득이 머리를 갸웃거렸다.

"응? 여기? 여긴 산이지 어디긴 어디야. 소형제, 머리를 다친 건가? 아니면 바보인 건가? 그건 곤란한데. 소형제는 젊고 잘생겼으니 여자들이 달라붙을 텐데, 바보라고 하면 그들이 모두 침을 뱉고서 다시 떠나갈 거란 말이야. 그럼 안 돼. 바보라도 바보처럼 행동하면 안 되는 거란 말이지. 그래. 그래. 다들 그렇게 생각하는 거구나."

아환은 멍하니 계무득을 바라보았다.

그 순간, 갑자기 핑 하고 머리가 도는 느낌이 들었다. 아환은 크게 휘청거리다 옆의 나무를 잡으며 간신히 균형을 잡았다. 눈앞이 아찔해지며 세계가 뿌옇게 흐려졌다.

계무득이 의아해 하며 눈을 치켜떴다.

"왜 그러는 거야? 소형제, 진짜 바보인……."

"계 동생, 어디 있나요?"

갑자기 여자의 목소리가 끼어들었다. 멀리서 들리는 소리였지만 바로 옆에서 하는 말 같았다.

아환은 더 서 있지 못하고 바닥에 주저앉았다. 호흡이 가빠왔다.

계무득은 두 손을 휘저으며 진저리를 쳤다.

"누님은 가까이 오지 말아요! 누님이 오면 애들이 다 도망간단 말이에요!"

그는 그렇게 어린아이 같은 말투로 소리치더니 몸을 돌려 달아나기 시작했다. 한 발자국에 몇 장이나 쑥쑥 나가더니 순식간에 저 멀리로 모습을 감추어 버렸다.

"으윽!"

아환은 간신히 몸을 추슬러 양 발바닥을 땅에 대고 나무에 기대어 앉았다.

독기가 온몸을 휘감고 있었다. 그 기운이 굉장한 것이 방금 전까지 깨닫지 못하고 있었던 게 신기할 정도였다.

저 멀리에서 인영이 보인다 싶더니, 순식간에 가까워졌다. 헐렁한 황포를 입었고, 죽립과 면사로 얼굴을 가리고 있었다.

"무슨 일이 있으신 건가요? 설마, 방금 지나간 노인이 무슨 폐라도 끼친… 어머나?"

그녀가 아환을 보며 말했다. 조금 전, 멀찍이서 들려왔던 그 목소리와 같았다.

아환은 그녀를 쳐다보지도 못했다. 몸 안의 독기가 더욱 들끓었기 때문이다. 그는 두 눈을 지그시 감은 채로 숨을 들이쉬고 내뱉었다.

아환의 이마에 땀이 송골거리며 맺혔다.

"스으읍. 후우우."

아환의 호흡이 서서히 심장의 맥동과 얽혀들었다. 그는 동시에 단전의 심상을 떠올렸다.

보통 때라면 상단전에 집중하겠지만, 지금은 독기가 몸을 침범하고 있는 상태라 육체를 다스리는 것이 먼저였다.

아환은 가만히 눈을 감고 코로 숨을 들이쉬어, 그 기운을 발바닥의 용천혈(湧泉穴)까지 끌어왔다.

용천에 도달한 기는 지기(地氣)를 끌어들여 다시 하늘로 올라갈 힘을 얻는다. 그 힘으로 온몸에 퍼진 독기를 끌어가게 된다. 그것이 토납해독법(吐納解毒法)의 원리였다.

그런데 그 독기를 끌어가는데 문제가 생겼다. 독기가

생각처럼 끌려와 주지 않고, 자꾸만 그의 몸속으로 스며드는 것이다.

아환은 당황했다. 이렇게 되면 온몸의 세맥(細脈)까지 기를 운행해 거기서부터 독을 빼내어야 했다.

하지만 들끓는 독기는 아환에게 그럴 시간을 주지 않았다.

"컥!"

속에서부터 피가 역류해 와 그의 입 밖으로 튀어나왔다. 갑자기 눈앞이 캄캄해졌다.

"이런… 당황하지 마세요. 그건 독이 아니니까."

등 뒤에서 여자의 목소리가 들렸다.

아환은 무어라 대답을 해줄 상황이 아니었다. 다음 순간, 어깨에 가볍게 손이 닿는가 싶더니 거기서부터 청량한 감각이 느껴졌다.

그녀가 차분한 목소리로 설명을 시작했다.

"녹휴청분(綠携淸粉)은 독은 아니지만, 빨리 처치하지 않으면 칠 일 정도는 제대로 움직일 수 없게 되죠. 어디서 이걸 들이마신 거죠? 아니, 대답하지 마시고 운기는 하던 대로 하세요. 이건 기공으로 해결할 수 있는 문제가 아니니까요."

그러더니 그녀는 갑자기 잘 알아들을 수 없는 말을 시작했다. 노래인 것 같기도 하고 무슨 주문 같기도 했다.

"…複寫輻射懦寫放榜榜㻼陋寫滂滂複輻射所滂複紵複寫複瘀滂複寫放癲 急急如律令 急急如律令."

　그 청아한 목소리를 듣자 아환의 몸이 편안해졌다. 세맥에 흡수되려던 것이 독기가 아니라 마치 영약인 양 시원한 느낌이었다.

　아환은 그대로 천천히 기를 운용했다. 그렇게 일주천을 끝내자 몸이 개운해진 느낌이 들었다. 예의 독 기운도 느껴지지 않았고 오히려 전보다 몸이 가벼워진 듯했다.

　아환은 급히 일어나 읍하며 말했다. 뭐가 뭔지 모르지만 도와준 것에 감사는 표해야 한다는 생각이었다.

　"은혜를 입었습니다. 저는 아환이라 합니다. 은인께서는……."

　"그런 인사를 받을 일은 아니에요. 그것보다 어디에서 그 녹휴청분을 마시게 되었는지 말씀해 주세요. 아니, 그녀와 아는 사이인가요? 지금 그녀는 어디에 있나요?"

　그녀는 아환의 말을 가로막고서 다급히 말했다.

　아환은 무슨 말인지 몰라 망설이고 있는데 갑자기 머리 위에서 어눌한 말소리가 들렸다.

　"바보. 바보. 바보."

　그 목소리의 주인공은 하늘을 날고 있었다. 그것은 사람이 아니었다.

　"까마귀?"

아환이 황당해 하며 말했다. 훈련받은 까마귀가 사람 말을 흉내 낸다는 말을 들어본 적은 있었지만, 실제로 보기는 처음이었다.

"喝!"

　여인이 갑자기 소리치며 하늘을 향해 손을 뻗어 튕겼다.

　그러자 까마귀가 날갯짓을 멈추고 바닥으로 떨어졌다.

"바보. 바보. 바보."

　까마귀는 바닥에 떨어진 상태에서도 몸을 꿈틀거리며, 계속해서 바보라는 말을 지껄여댔다.

"喝!"

　그녀가 한 번 더 소리치며 손을 튕기려 하던 참이었다.

　까마귀의 몸이 축 늘어졌다. 그와 동시에 그 주위로 수상쩍은 연기가 피어올랐다.

"들이마시지 말아요!"

　여인이 다급히 소리쳤고, 아환은 옷자락으로 코를 막았다.

　그녀는 소매를 휘둘러 그 연기를 털어내려 했지만, 연기는 마치 아교처럼 끈끈하게 소매에 들러붙었다.

"이익!"

　그녀가 몇 번이나 소매를 털었지만, 그 안개는 순식간에 황포에 스며들었다.

치이익.

타는 냄새가 나면서 황포에 검은 글씨가 떠올랐다. 아환은 멍한 얼굴로 그 글씨를 읽었다.

바보.

까마귀가 외쳐댔던 말 그대로였다.

"喝!"

여인이 소리치며 박수를 한 번 치자 글씨는 사라졌지만, 황포의 소매는 완전히 너덜너덜해져서 팔이 어깨까지 다 드러났다.

아환은 그녀의 드러난 맨살을 보고 급히 고개를 돌렸다. 가슴이 세차게 뛰었다.

아환은 괜히 초조한 기분이 되어 뒷짐을 지고 허공을 바라보았다. 등 뒤에서 분을 이기지 못하고 식식대는 숨소리에 섞여 옷감이 부스럭대는 소리를 듣자 진정이 되질 않았다.

"험. 험."

얼마나 기다렸을까, 아환이 몇 번 헛기침을 하자 그녀가 말했다.

"좋지 못한 꼴을 보였군요."

아환이 조심스레 곁눈질하자, 보자기와 붕대 등으로 팔

과 어깨를 가린 여자가 보였다. 죽립과 면사는 아예 내팽개쳐져 있었다.

"크흠."

아환은 멋쩍어서 괜히 크게 헛기침을 하며 몸을 돌렸다.

그렇게 몸을 돌리고 그녀와 얼굴이 마주친 순간, 아환은 저도 모르게 약간 몸을 떨었다.

그녀는 엄청난 미인이었다.

어제 만났던 흑의 여인이 완연한 성숙미를 흘렸다면, 눈앞의 여인은 풋풋하고 생동감이 넘치는 아름다움을 지니고 있었다.

드러난 얼굴은 아환과 동년배로 보였지만, 또 어떻게 보기에는 대여섯 살 많아 보이기도 하고 다시 보면 두어 살은 어려 보이기도 했다.

노기 때문인지 맨살을 보인 부끄러움 때문인지 볼이 화장한 것처럼 발그스레했다. 그녀가 입술을 살짝 깨물며 아환에게 성큼 다가섰다.

"다시 한 번 묻겠어요."

그렇게 말하는 그녀의 목소리에는 아직 노기가 남아 있었다.

"서은령. 그녀는 지금 어디에 있죠? 속일 생각 말아요."

"서은령? 무슨 착오라도 있는 듯한데, 지금 본인은 누구에 대해 말씀하시는 건지 모르겠습니다."

아환이 한 걸음을 물러서며 대답했다.

여인은 곧바로 크게 두 걸음 다가왔다. 이제 거리는 지척이 되었다. 숨결이 느껴질 만한 거리에서 여인이 아환의 두 눈을 응시했다.

아환의 입에 침이 고였다. 하지만 그는 소리가 날 새라 침을 삼키지도 못했다. 아니, 거친 숨소리가 날까봐 숨조차 쉴 수가 없었다.

다행히 얼마 안 있어 여인이 뒤로 물러섰다. 아환은 그제야 참았던 숨을 몰래 내쉴 수 있었다.

"거짓말을 하는 것은 아니군요. 심령에 금제가 걸린 것도 아니고. 그런데 덕분에 재미있는 사실을 발견했어요."

그녀는 그렇게 말하곤 노기를 지우고 장난기가 살짝 보이는 얼굴로 한마디 말을 툭 던졌다.

"그 눈, 보이는군요?"

움찔!

아환이 깜짝 놀라며 안대를 붙잡았다. 사실상 대답이나 다름없는 행동이었다.

여인은 그 반응을 보고 맑게 웃었다.

"다시 인사하죠. 본녀의 이름은 초연이라고 해요. 아 소협은 안심해도 괜찮아요. 아 소협의 눈에 사기(邪氣)가 돌고 있지 않으니 본녀도 사연을 캐묻거나 하지는 않을 테니까. 대신 어떻게 녹휴청분을 마시게 되었는지는 가르쳐 주셔야겠어요. 그 정도는 도와드린 답례로 들을 수 있는 거겠죠? 어제나 오늘, 젊은 여인을 보지 않았나요? 아마도 검은 옷을 입고 있었을 텐데요."

그 웃음을 보고 있자니 도저히 답을 하지 않을 수가 없었다.

아환은 잠시 고민하다가 그냥 말해줄 수 있는 것은 다 말해주기로 했다.

"솔직히 말씀드려 아직도 은인의 말을 거의 이해하지 못하겠습니다만… 아는 대로 말씀드리겠습니다. 어제 검은 옷을 입은 이십대 초반의 아름다운 여인을 한 분 보기는 했습니다."

초연이 인상을 찌푸리며 콧방귀를 뀌었다.

"흥! 칠 일 동안 이런 산속에 버려져 있었을 뻔했으면서 잘도 아름답다는 말이 나오는군요. 이래서 사내들이란……. 그래서 지금 그 아름다우시고 내 옷에 멋지게 낙서를 한 여인은 어디서 만나셨나요?"

"그것이……."

아환이 말꼬리를 흐렸다. 상황을 요약하기가 퍽 어려웠던 탓이다. 더군다나 강시 이야기는 소림에서도 상위의 스님들만 알고서 조용히 처리하고자 한 것이니 함부로 말할 수가 없었다.

"모른다는 건가요?"

그녀가 재촉하듯 물었다.

아환이 주저하며 입을 열었다. 뺄 것이 너무 많아서 막상 얘기하자니 양이 적었다.

"죄송하지만 저도 잘 모릅니다. 간단히 말씀드리자면 이 산이 맞는지는 모르겠지만, 공덕산 서쪽 기슭을 올라왔다가 수상한 사들과 한바탕 싸움이 있었고 그 외중에 독에 당했습니다. 그래서 정신을 잃었다가 조금 전에야 겨우 깨어났습니다. 말씀드린 여인은 그 과정에 얼핏 본 게 전부입니다."

"그럼 누가 아 소협을 구해준 거죠?"

"저도 잘은 모르지만, 아마도 계 어르신께서……."

"계 어르신?"

초연이 아환의 말을 끊고서 중얼거렸다. 그녀는 더 이상 묻지 않고 짧게 한숨을 쉬었다. 그녀가 손을 뻗자 아까 내동댕이친 죽립과 면사가 그녀의 손으로 빨려들었다.

'허공섭물!'

아환이 감탄하며 눈을 치켜떴다.

초연은 크게 숨을 들이마시더니 주위를 향해 크게 고함을 질렀다.

"계 동생! 거기 숨어 있는 거 아니까, 빨리 나와요! 나오지 않으면 이 누님이 동생 친구를 모조리 없애 버릴 거예요!"

그 외침이 끝남과 동시에 멀리 떨어진 숲 속에서 비명
소리가 터져 나왔다.

"으악! 그러지 말아요, 누님! 이쪽으로 오지 말아요!"

초연이 희미하게 실소를 흘렸다. 그 다음에 그녀는 아
환에게 고개를 깊이 숙여 인사를 했다.

"그럼 아 소협. 다음에 연(緣)이 닿아 만난다면 오늘 일
을 설명해 줄게요. 긴 이야기라 지금은 곤란하네요. 우리
의 은원에 잠시나마 말려들게 해서 죄송해요."

초연은 말을 끝냄과 동시에 목소리가 들려왔던 방향으
로 달려 나갔다. 엄청난 수준의 경공이었다.

아환은 멍하니 그 뒷모습을 바라보다가 문득 깨달은 사
실을 중얼거렸다.

"그런데… 여긴 어디지?"

결국 아환의 의문은 하나도 해결되지 않았다.

소림사.

명실공히 정파 무림의 태산이라 황궁에서도 그 위세를
낮추어 보지 못했다.

그런데 그런 소림에 전에 없이 무거운 공기가 내려앉았

다. 찾아와 있던 참배객들까지도 그 흉흉한 분위기를 느끼고 성급히 떠날 정도였다.

산문은 열려 있었지만 아무도 오가지 않았다.

그 문으로 원진의 시신이 실려 들어왔다.

"아미타불."

원석이 불호를 읊조렸다. 그의 눈앞에는 원진의 시신이 놓여 있었다. 얼굴이 검게 변해 있었고, 팔 부근에도 시커먼 손자국이 나 있었다.

검시를 한 흔적은 천으로 가렸지만, 그 참혹함이 이루 말할 수 없었다.

원강이 입술을 질끈 깨물며 입을 열었다.

"직접적인 사인은 독이라 합니다. 하지만 그 전에, 원강 사형의 팔에 남은 검은 손자국은 철마장의 전형적인 흔적입니다. 그리고 주위에서 혈문으로 추정되는 복면인들의 시신이 일곱 구가 나왔으며, 신원을 알 수 없는 오래된 시신이 두 구, 그리고 꼽추 노인의 시신도 발견되었습니다. 좀 더 알아봐야 확실하겠지만, 아마도 독수혈신(毒手血神) 괴풍위라고 여겨집니다."

"괴풍위! 그자가……!"

원배가 놀라며 소리쳤다.

원강이 말을 이었다.

"그의 사인은 내가장법에 의한 것입니다. 피부에 남은

흔적이 적어 누구의 공격이었는지 특정할 수는 없지만, 적어도 원진 사형 정도의 내공을 가진 것으로 추정됩니다."

원강은 더욱 세게 입술을 깨물었다. 그는 좌중을 둘러보며 분노가 가득한 목소리로 말했다.

"그리고 그 아환이란 영환 도사는 종적을 알 수 없었습니다. 현재 청호와 청정, 청경이 현장에서 조사를 하고 있으며 청명을 책임자로 해서 그자의 행적을 추적하고 있습니다."

"아미타불."

이번에는 원석이 흘린 소리가 아니었다. 그 불호 소리에 좌중은 일제히 고개를 돌렸다.

현 소림사의 방장, 무허가 천천히 입을 열었다.

"허어. 어찌하여 이런 일이 벌어지는 것인지… 처음부터 모든 일들을 너무 쉽게만 생각했어."

"드릴 말씀이 없습니다. 모두 제 잘못입니다."

원석이 침통한 얼굴로 고개를 숙였다.

무허가 손을 저었다.

"탓하는 게 아니다. 그래, 이제는 어찌 해야 할까. 생각들이 있으면 말해 보아라."

"무슨 생각이 필요하겠습니까? 이미 원진 사형이 때 이르게 입적하셨습니다. 그 흉악한 마두를 잡아들이지 못한다면 천하가 소림을 우습게 여길 것입니다."

원강이 단호한 얼굴로 말했다.

"아미타불. 아미타불."

무허는 어두운 얼굴로 몇 번이나 불호를 외웠다. 그러더니 조용히 말했다.

"중이 체면을 차리고 복수를 해야 한다는 말이더냐."

"이것은 복수가 아닙니다! 소림의 체면 때문도 아닙니다! 이자를 놓아주면 후에 어찌 되겠습니까! 또다시 악랄한 짓을 저지르지 않겠습니까!"

원강은 격정에 못 이겨 주먹까지 불끈 쥐었다.

무허는 천천히 고개를 끄덕였다.

"…민초를 위해서라도 흉악한 마두는 잡아들여야 하겠지."

"그렇습니다. 지금 참회동에는 빈자리도 충분합니다."

"원석아."

별안간 무허가 원석을 불렀다.

원석은 깜짝 놀라면서도 공손하게 머리를 숙였다.

"그 젊은 도사가 마장호인 것이 확실하더냐?"

"확실하다 뿐입니까! 둘이 갔는데 하나는 죽고, 하나는 사라졌으니 대체 더 이상 무슨 증거가 필요하다는 말씀이십니까!"

원강은 거의 비명을 지르듯 소리쳤다.

옆에서 원배가 급히 그를 만류했고, 원강은 그제야 목소리가 높았음을 깨닫고 고개를 숙였다.

원석이 한참을 생각하다가 입을 열었다.

"확실한 것은 없습니다. 거기 있던 것으로 추정되는 약초꾼도 구미호가 자기를 홀려서 헤매고 왔다는 헛소리를 할 뿐 아무것도 알지 못한다 합니다."

"사형!"

원강이 재차 고함을 질렀다.

원석은 잠깐 고개를 숙였다가 다시 무허를 바라보며 말을 이었다.

"하지만 여러 가지 정황으로 보아 그 아환이라는 시주가 마장호라고 생각하는 것이 가장 합리적입니다. 설사 아니라고 할지라도 그자를 찾아 심문한다면 자초지종을 알 수 있을 것이니 어찌하든 그를 찾아야 합니다."

"으음."

무허는 신음을 삼켰다. 그는 눈을 지그시 감고 손에 쥔 염주를 굴렸다.

좌중의 위로 자연스럽게 침묵이 찾아왔다.

원강이 몸을 꿈틀거렸다. 지금 이 순간에도 그의 사형제를 죽인 흉수는 태연히 걸어가고 있을 것이다. 그 같은 생각에 그가 더 참지 못하고 입을 열려던 참이었다.

무허가 눈을 떴다. 동시에 그의 기도가 바뀌었다.

"소림의 방장으로서 모든 소림 무승에게 명한다. 당분간 무학당에 손님들을 더 이상 받지 말고1 계신 손님들은 가능한 빨리 돌려보내도록 하라. 그리고 지금 이 순간부터 소림은 이번 사건의 흉수를 잡을 때까지 총력을 기울이도록 하겠다. 다른 사람들은 모두 나가서 이 사실을 전하고, 원석이와 원강이는 가서 장로님들과 십계십승(十戒十僧) 어르신들을 집법당으로 모셔오도록 해라."

第六章

그것은 결국

아환과 원진이 싸움을 벌였던 곳에서는 현장 조사가 한 창이었다.

소림의 청자 배 제자들이 곳곳에서 무언가 하나라도 더 흉수의 흔적을 찾기 위해서 노력을 기울였다. 하지만 그들 로서는 한계가 있었다. 소림의 무예란 기본적으로 심신을 다스리기 위한 것이지, 이같이 발자국들을 보며 사건을 추 측하기 위함이 아니었던 것이다.

그래서 소림에서는 특별히 조력자를 불러와야 했다.

개방의 독서보(讀鼠步) 해무야.

추적술로 마침 소림에 방문해 있었고, 남궁혁이 일으킨 소란 덕에 사건에 대해 알자마자 돕겠다고 나섰다.

그 자리에는 무영추종(無影追從) 한설도 있었다. 개방
의 인물은 아니었지만, 해무야와 친분이 깊고 의협심이 강
한 이였던지라 사건에 대해 알자마자 해무야와 함께 나서
서 도움을 주고 있었다.

그리고 두 사람을 중심으로 조사를 시작한 지 한나절이
훌쩍 넘었다.

"대체 어디로 사라진 건지 도통 흔적을 찾을 수가 없구
먼. 것 참."

해무야가 헛웃음을 켰다. 이렇게나 갈피를 잡지 못하는
경우는 수십 년 강호 경험에 비추어 보아도 흔치가 않았
다.

"초상비(草上飛)라도 이 정도는 아닐 겁니다. 허공답보
(虛空踏步)라도 사용해서 완전히 날아가 버린 것이 아니
고서야, 어떻게 이런……."

한설이 고개를 저으며 말했다. 그 역시도 해무야와 심
정이 크게 다르지 않은 듯했다.

"아미타불! 역시 반로환동의 고수란 말인가……. 정녕
흔적을 찾을 수 없겠습니까? 두 분 선배님들의 추적술만
이 지금 남아 있는 희망입니다."

청명이 간절한 목소리로 그렇게 말했지만 두 남자는 아
무 말 없이 고개를 흔들 뿐이었다.

청명은 낙심한 표정으로 불호를 외웠다.

"아미타불."

청명을 비롯한 소림승들은 침중한 분위기에서 힘없이 어깨를 늘어트렸다.

해무야가 조심스럽게 입을 열었다.

"악적의 이후 행보는 알 수 없지만 몇 가지 더 알아낸 것은 있네."

좌중의 분위기가 일변했다.

청명이 반색하며 물었다.

"무엇입니까?"

"모두 이 발자국을 잘 보시게."

해무야가 가리킨 곳에는 색을 입힌 분(粉)으로 표시한 발자국들이 있었다.

한설이 옆에서 설명을 거들었다.

"원진 대사의 것이 밝은 녹색, 그 악적의 것으로 추정되는 것이 붉은 색입니다."

"그렇군요. 그런데 그것이……."

청명이 고개를 갸웃거렸다. 아직까지 두 사람의 의도를 파악할 수가 없었다.

해무야가 눈을 찡그리며 말했다.

"처음부터 그 악적이 원진 대사에게 달려들었다는 것이 아니란 거네. 발자국을 보면… 처음에는 혈분 놈들과 싸우는 척을 했을 가능성이 높다는 거지."

"네?"

"에잉. 젊은 사람들이 이해력이 왜 이렇게 떨어지누? 처음부터 자세히 설명할 테니까 잘 듣게나. 저기 저 나무가 싸움의 시발점이 된 듯해. 저 위에 숨어 있던 놈이 뛰어내리면서 공격을 한 것이지."

노인이 조금 떨어진 나무를 가리키며 계속해서 설명했다.

"이 공격은 아마 원진 대사를 노린 것은 아니라고 보여지네. 이후의 발 디딤도 그렇고, 아마도 그 악적에게 달려들었을 거야."

"아! 그렇군요. 역시 독서보 어르신입니다. 쥐 발걸음도 읽으신다는 그 소문이 정녕 진실이었군요."

청명이 감탄하며 말했다.

해무야는 크게 헛기침을 했다.

"험험. 여기 이 무영추종 한설이 함께 있었기에 알 수 있었던 거지. 나 혼자서야 어찌 알 수 있었겠나?"

"저야 해무야 선배님을 도운 것뿐입니다. 제가 무에 한 게 있다고……."

"아니, 아니지. 자네의 그 눈썰……."

"그래서 그 다음에는 어떻게 되었습니까?"

해무야와 한설이 서로를 추켜세우기 시작하자 청명이 급히 끼어들었다. 마음이 급했던 것이다.

약간은 무례가 될 수도 있는 행동이었지만 다행히 해무
야는 그를 탓하지 않았다.

그가 고개를 주억거리며 다시 처음의 화제로 돌아왔다.

"음. 그래서 이게… 여기가 원진 대사가 싸운 흔적이
고, 저쪽이 그 악적이 싸운 흔적이라네."

"아! 나한보법입니다."

청명은 원진의 발자취를 알아보고 소리쳤다. 발자국마
다 깊이와 보폭이 일정한 것이 원진의 무공 성취가 깊었
음을 단적으로 보여주고 있었다.

해무야와 한설은 크게 고개를 끄덕였다. 이번에는 한설
이 나서서 설명을 이었다.

"보시다시피 공격에 격중당한 흔적이 없습니다. 간결한
움직임으로 공격을 피하고 반격을 하신게지요. 공격한 자
는 총 다섯입니다. 여기, 여기서 한 명씩이 쓰러졌고, 여
기서도 한 명이 공격을 받은 듯합니다. 각도로 보아 아마
저쪽에 쓰러져 있던 자 같습니다. 그 다음에 여기 두 명이
거의 동시에 쓰러졌습니다."

"대충 이런 자세지."

해무야가 나섰다. 그는 팔을 양쪽으로 향하고 다리를
약간 굽힌 자세를 취해 보였다.

청명이 그 자세를 알아보며 고개를 끄덕였다.

"팔십팔나한수 삼식의 변초 같군요. 발자국만으로 이걸

아시다니 정말 대단하십니다."

"대단하기는… 본방에는 이런 것보다 더 대단한 거지들
도 수두룩한데. 사람이 걸어가는 모습만 보고도, 옷 속에
이와 빈대가 얼마나 있을지 단번에 알아보는 놈들도 있다
네, 하하."

해무야는 짧은 농을 꺼낸 뒤 다시 말을 이었다.

"어쨌거나 이것만 보면 압도적인 실력 차가 있었던 것
으로 보이기는 한데… 모두들 저쪽을 한 번 보시게."

좌중의 시선이 일제히 돌아갔다.

아환의 싸움 흔적이 있는 곳이었다. 이미 한설이 그쪽
으로 이동해 있었고, 사람들의 시선을 받으며 설명을 시작
했다.

"보시면 발자국이 제멋대로입니다. 어느 보법인지는 모
르겠지만 무학의 기본을 완전히 무시하고 있습니다. 이것
은 자기 신분을 숨기려는 고수에게서 많이 나타나는 모습
이지요. 효율성을 완전히 무시하고 있습니다."

"아미타불."

청명이 불호를 읊으며 입술을 깨물었다.

다른 소림승들도 저마다 짧은 신음 소리를 냈다. 몇몇
의 승들은 마장호의 이름을 거론하기도 했다.

"중요한 부분은 바로 여기서부터야. 여기, 여기, 그리고
여기도."

해무야는 말을 하며 막대를 들고 여기저기 발자국을 가리켰다.

청명이 고개를 저으며 말했다.

"죄송합니다, 선배님. 후배의 능력이 부족하여 어떤 점이 이상한지 알 수 없군요. 가르침을 주시기 바랍니다."

해무야는 어깨를 으쓱이고는 한설을 향해 성큼성큼 걸음을 옮겼다.

"크흠. 이보게 한설, 도와주시게나. 내가 이 악적의 역을 하도록 하지."

"알겠습니다."

한설이 대답했다.

두 사람은 간략하게 눈짓을 주고받은 뒤 각자 발자국들 위에 발을 겹치고 섰다.

"자, 여기서 이자가 공격을 시작했는데……."

한설이 천천히 해무야의 오른쪽 어깨를 노리고 위에서 아래로 검을 베어나갔다.

해무야는 그 검을 오른쪽으로 피하며 말했다.

"이 악적은 오른쪽으로 피했단 말이지. 보통은 왼쪽으로 피하는 게 정석이란 말이야. 그쪽이 훨씬 가깝고, 이후의 공격에도 효율적이거든. 게다가 여기 보면 발치에 검극의 자국도 있지. 공격이 아주 강맹했다는 증거라네. 다시 말하면 이 상황에서 오른쪽으로 피하는 것은 악수 중의

악수인 거지. 무공의 기본도 모르는 놈이 아니고서
야⋯⋯."

"과연 이상하군요."

"그런데 여기 공격은 또 묘한 것이⋯ 음, 자네 이쪽으
로 와서 날 좀 도와주게."

해무야가 몸을 괴상하게 꼬다말고 청명을 손짓해 불렀
다.

"예. 이 발자국 위에 서면 되는 겁니까?"

"옳지. 역시 소림의 제자는 똑똑하구먼."

해무야가 웃었다.

청명은 고개를 꾸벅이고는 해무야의 손짓을 따라 자리
를 잡고 섰다.

이제 무대에는 해무야와 한설, 청명 세 사람이 서게 되
었다. 그리고 좌중은 탄성을 질렀다. 해무야는 합공을 받
고 있는 상태였던 것이다. 정면과 왼쪽 뒤 모두에서.

"여기서 이제 뒤쪽에서 공격이 들어온 거지. 그런데 이
게 또 괴이하단 말이야. 자, 보게나. 그 앞에 발자국이 겹
쳐 있는 것이 보이나?"

해무야의 말에 청명이 땅바닥을 바라보았다. 색 분이
칠해져 있지 않았다면 찾기 어려울 정도로 미세하게 겹친
이중 발자국이 있었다.

"자. 저쪽으로 일단 한 발을 내디뎌 보게. 그렇지. 그렇

게 나에게 찌르기를 하는 거야. 그런데 그 한 발을 내딛기 전에 그 자리에 이렇게……."

해무야가 잠시 숨을 고르더니 청명보다 먼저 발을 성큼 내디뎠다.

사람들은 순간 의아함을 느꼈다.

겹쳐 있는 두 발자국 중에 방어자가 먼저이고, 공격자가 나중이었던 것이다. 등 뒤의 공격이 시작되기 전에 알고 있지 않았다면 결코 나올 수 없는 자세였다.

청명이 무언가를 깨닫고 신음을 삼켰다.

"아미타불. 한패였다는 말씀이십니까?"

"그렇지 않고서야 이러한 족적이 생길 리가 있겠나? 안 그런가, 한설?"

해무야는 자신만만했다. 한설 또한 고개를 끄덕이며 그의 의견에 힘을 보탰다.

"그자가 엄청난 고수라고는 생각할 수 없습니까?"

별안간 낯선 목소리가 끼어들었다. 좌중의 시선이 그쪽으로 향했다.

목소리의 주인은 바로 남궁혁이었다. 그 옆에는 남궁명도 있었다.

남궁혁이 정중히 포권하며 인사했다.

"끼어들어 죄송합니다. 독서보 선배님, 무영추종 선배님. 본인은 남궁가의 혁이라 합니다."

"아! 바로 그 권선(拳仙) 남궁혁이시군!"

해무야가 크게 소리쳤다. 반공대로 좋은 말을 하고는 있으나, 보통들 부르는 철권(鐵拳)이라는 별호 대신에 웃음기를 섞어 과장된 이름을 부르는 것이, 권견이라는 별명을 염두에 두는 듯했다.

남궁혁은 조금 얼굴을 굳혔지만 곧 평온한 얼굴로 돌아가 말했다.

"아부 좋아하는 자들이 붙여준 이름을 부르시면 이 후배가 들 낯이 없습니다."

"허허허. 이 많은 사람들의 이목에 띄지도 않고 여기까지 오신 분이 할 말씀은 아니오이다."

한설의 말에는 약간 가시가 있었다. 강호의 명숙이 타문파가 하는 일에 잠행하듯 조심스레 와서 말을 훔쳐 듣는 것을 비꼬는 것이었다.

"좌중이 독서보 선배님과 무영추종 선배님의 말씀에 빠져들어서 천둥이 쳐도 모를 지경이 아니었다면 그랬을 리가 있겠습니까."

남궁혁은 태연히 말을 받았다. 그러면서 그는 자연스럽게 청명에게 시선을 돌리며 말을 걸었다.

"그건 그렇고 이 남궁 모가 좀 물어도 실례가 되지 않겠소이까?"

"숭산 안의 말은 숭산을 벗어나지 말게 하라는 방장의

엄명이 있었습니다. 아미타불. 부디 무정타 말아 주시기 바랍니다."

청명은 한 손을 세워 인사하며 그리 말했지만 표정에서 미안한 기색은 없었다.

남궁혁도 예상한 일인 듯 큰 미련 없이 물러섰다. 대신 그는 다른 이를 바라보았다.

"그렇다면 독서보 선배님께 여쭈어야겠군요."

"남궁 후배, 방금 청명 스님께서 말씀하셨지 않나? 나는 한마디도 해 줄 수가 없다네. 갈 길이 바쁠 테니 어서 서두르는 게 좋지 않겠나?"

해무야가 말했다. 얼굴은 웃고 있었지만 내용은 명백한 축객령이었다. 자기 이목을 속이고 숨어들어 타 문파의 일에 멋대로 끼어들려는 남궁혁을 좋게 볼 수가 없는 것이다. 거기다 말은 하지 않았지만 강호에 퍼져 있는 좋지 않은 남궁혁의 평판도 한몫 거들었다.

"선배님 말씀이……."

남궁명이 나서서 한마디 하려 하자 남궁혁이 제지했다.

하지만 조금 늦었다. 해무야가 말을 알아듣고 눈썹을 곤추세웠다.

"내 말이 어떻다는 건가? 남궁가의 공자가 말 한마디를 가지고 이 늙은 거지와 다뤄 보겠다는 건가? 퉤!"

해무야가 바닥에 침을 뱉었다.

거의 동시에 한설이 한 걸음 앞으로 나서자 분위기가 일순간에 험악해졌다.

남궁혁은 말없이 해무야를 노려보았다.

공기는 팽팽하게 긴장되어 한순간이면 끊어질 것 같았다. 다른 곳을 조사하고 있던 소림승들까지 긴장된 공기를 느끼고 그쪽을 예의 주시하고 있었다.

그 공기 속에서 남궁혁은 천천히 주먹을 들어 올렸다. 일촉즉발의 상황이었다.

좌중은 갑작스러운 사태에 깜짝 놀랐다. 아무리 남궁혁의 소문이 좋지 않다 한들 이 정도까지 막무가내로 나올 줄은 생각조차 못했던 까닭이었다.

하지만 다음 순간 남궁혁의 왼손이 오른손을 감쌌다.

"그러시군요. 그렇다면 이만 가보겠습니다."

그는 모두의 예상을 깨고 정중히 포권하며 인사했다.

사람들은 얼떨떨한 표정을 지었다. 해무야 역시도 당혹스러운 심정을 숨기지 못했다.

그 와중에 남궁혁은 남궁명의 등을 떠밀며 왔을 때와 마찬가지로 순식간에 신형을 날려 사라졌다.

"왜 왔을까요?"

한설이 긴장이 아직 덜 풀린 얼굴로 그렇게 말했다.

"내가 알겠나. 개 속을 알면 그게 개지 사람인가?"

해무야의 욕설 섞인 농에 왁자한 웃음이 날아올랐다.

남궁혁과 남궁명은 소림 무승들이 전혀 보이지 않는 곳까지 움직인 뒤에 걸음을 멈추었다.

"아둔한 자들."

남궁혁은 고개를 돌리며 해무야를 비롯한 좌중에게 비웃음을 흘렸다.

먼저 도착해 있던 남궁박이 두 사람을 맞았다.

그 앞에는 거적으로 싸 놓은 시체가 한 구 있었다.

남궁혁과 남궁명이 좌중의 시선을 끄는 동안, 남궁박이 몰래 시신을 빼돌렸던 것이다.

남궁혁이 거적을 벗기자 시체 치고도 파리한 얼굴이 드러났다.

그 시체는 여느 것과는 조금 달랐다. 피부가 바싹 마른 것이 죽은 지 하루 이틀 지난 시체가 아니었다. 분명 오래되었음에도 불구하고 그다지 부패된 곳이 없었다.

"두 구가 있었는데 모두 가져올 필요가 없을 것 같아. 한 구만 가져왔습니다."

남궁박이 말했다.

남궁혁은 시체를 살피며 고개를 끄덕였다.

"그 정도면 됐다. 어차피 확인만 해보려는 것이었으니까."

남궁혁이 거적을 완전히 젖히자 갈라진 배가 드러났다.

남궁명이 눈살을 찌푸렸다. 드러난 배에는 물기도 없고 내장도 없었다. 대신 노란 종이 뭉치가 가득 들어차 있었다.

"흠⋯⋯."

남궁혁이 몇 개의 뭉치를 잡아 펴 보자, 알아볼 수 없는 붉은 글씨가 가득했다.

"예상대로인가."

남궁혁이 말과 함께 품속에서 기다란 은침을 뽑았다. 그는 거침없이 시체의 가슴으로 검을 찔러 넣었다.

푸욱.

침이 한 치 정도 파고들었다. 썩은 나무를 찌르는 것 같은 느낌이 손을 타고 전해졌다.

침을 뽑자 은침은 새카맣게 변해 있었다.

"확실하군. 망할 놈들⋯ 대체 어떤 혈겁을 일으키려고 이런 것까지 만들어낸단 말이냐."

남궁혁이 이를 갈며 중얼거렸다.

남궁명과 남궁박은 그 기세에 눌려 어깨를 움츠렸다. 남궁혁이 고개를 휙 돌렸다.

"나는 이제 마장호를 쫓겠다. 이제부터는 혼자 움직이는 편이 편하겠군. 너희는 하던 일을 마무리 지어라."

그 말은 남궁雙룡으로서도 환영할 만했다. 하지만 이어지는 말은 그리 반갑지 않았다.

"그리고 이 시신은 소림에 돌려주어라."

"윽? 형님. 차라리 그냥 묻어버리는 것이 낫지 않겠습니까?"

조금 전 좋지 않았던 분위기를 기억하고 있었던 탓이다. 남궁명이 잔뜩 얼굴을 찡그리며 그렇게 물었다.

남궁혁도 인상을 썼다.

"소림이 바보가 아닌 이상 강시 시체가 없어진 걸 모를 리가 없지 않으냐. 게다가 이번 일은 간단히 넘겨 버릴 수준이 아니다. 썩 마음에 들지는 않지만 활용할 수 있는 것은 다 활용하는 게 좋겠지. 우리가 다 알고 있다는 것은 소림에게도 알려 놓아야 이후의 행보가 편해질 것이야. 돌려줄 때 서로 얼굴 붉히지 않을 사연 정도는 알아서 생각해 두거라. 그건 박이가 전문 아니더냐?"

그 말에 남궁박이 슬쩍 얼굴을 붉혔다. 그는 내색하지 않으며 고개를 숙였다.

"알겠습니다, 형님. 말씀대로 하겠습니다."

◉

아환은 우걱우걱 만두를 씹어 삼켰다. 그 속도가 어찌나 빠른지 맛을 느낄 새도 없었다.

굉장히 허기가 졌다. 이미 다섯 접시의 만두가 뱃속으

로 들어갔지만 최소한 먹은 만큼은 더 먹을 수 있을 듯했다.

근 이틀 만에 먹는 식사였다. 하지만 지금 그가 느끼는 허기는 단순히 그것만으로 설명이 될 수준이 아니었다.

지금 아환의 몸에서는 엄청난 변화가 일어나고 있었다. 아환 또한 그 변화를 어렴풋이 자각하고 있었다.

본래 그의 몸에서 귀기가 통하는 곳은 오른쪽 얼굴과 상단전뿐이었다. 그런데 지금은 그 경계가 흐려졌다. 비유를 하자면 딱딱한 떡을 물에 담가놓은 것처럼 말랑말랑해진 상태였다.

'녹휴청분…….'

아환이 계속 만두를 씹으며 생각했다.

어쩌면 그 독 아닌 독이 아환의 몸과 기묘한 반응을 일으켜서 그런 현상을 만들었을 수도 있다. 아니면 초연이라는 여 도사가 외웠던 주문의 효과일지도 몰랐다.

확실한 것은 지금의 현상은 아환에게 득이 될 수 있었다는 것이다.

아환은 마지막 남은 만두를 입에 밀어 넣으면서 아수라의 말을 떠올렸다.

[네놈이 음혼구귀초래법의 성취가 칠성에 이르면 그 안대는 필요 없을 것이다. 연(緣)이 강해져 안대 따위로 귀

의 모습을 가릴 수도 없을 뿐더러, 귀기의 흐름을 자유자재로 제어하게 될 것이니, 사기(邪氣)가 침범하여 눈에 요화(夭火)가 붙거나 이성을 잃는 일도 없게 되겠지. 하기는 그러려면 네 그 꽉 막힌 귀맥(鬼脈)을 모조리 뚫어야겠다만… 지금 상태로는 칠성은 커녕 삼성만 되어도 다행이라 할 만하니……]

꿀꺽.

아환은 입에 남아 있던 만두의 잔해를 삼켰다.

그는 조금 여유를 되찾으며 천천히 몸의 상태를 살폈다. 지그시 눈을 감으니 귀맥의 맥동이 느껴졌다. 한동안 수련에 집중하면 제법 큰 성취를 볼 수 있을 듯했다.

눈에 머물러 있는 귀맥을 어떻게든 입까지만 뚫을 수 있다면 전날 계무득이 했던 것처럼 사람이나 귀신의 심령을 뒤흔들며 명령을 내릴 수도 있을 것이다. 더 나아간다면 계무득처럼 몇 번이고 반복하지 않아도 한 번의 명령만으로도 가능할지도 모른다.

아환은 입술을 축였다. 생각지도 않았던 뜻밖의 기회에 가슴이 두근거렸다.

지금 당장이라도 숙소를 잡고 수련에 들어가고 싶었다.

하지만 그 전에 먼저 할 일이 있었다.

정신을 잃은 이후에 어떤 일이 벌어졌는지 원진은 어떻

게 되었는지 아무것도 알 수가 없었다. 해야 할 일은 많은데 한 번에 처리할 수가 없었다.

"음."

아환이 입맛을 다셨다.

약간은 시간이 아까워졌다. 일단 움직이자. 아환은 결심하고 크게 소리쳤다.

"여기 만두 두 접시 더 주시오!"

조금만 더 먹은 후에라고 아환은 결심에 덧붙였다.

그러자 식당 안쪽에 있던 누군가가 큰 목소리로 말했다.

"참으로 잘 먹는 청년이구나. 보고 있으니 마치 내 젊은 시절을 보는 것 같아 기분이 좋아지는구나! 그렇지 않은가?"

"그렇습니다, 나리."

아환이 그쪽을 바라보자 얼굴이 붉은 노인과 서른쯤 되어 보이는 청년이 그를 바라보고 있었다.

아환은 주위를 둘러보았지만 자기와 그 둘 말고 식당 안에 다른 손님은 하나도 보이지 않았다.

약간 어처구니 없기도 하고 조금 불편하기도 하여 아환은 못 들은 척하고 차를 한 모금 마셨다.

"저거 보게나. 차 마시는 모습도 마치 내 젊은 시절과 같지 않은가? 카아. 그때는 참 어렸지. 춘앵이, 명옥이, 화란이, 호련이, 금령이, 명화… 모두 그립구나. 지금은 무엇을 하고 있을꼬?"

노인은 숫제 들으라는 듯 크게 떠들었다. 아환은 헛기침을 한 번 했다. 이상한 노인과 얽히는 건 한 번으로, 아수라 한 번으로 족하다고 생각했는데, 이미 계무득까지 더해서 두 번이 되어 버렸다. 세 번째는 사양이었다. 하지만 상대의 생각은 다른 듯했다.

"이보게, 젊은 청년. 자네의 성이 혹시 하후 씨인가?"

아환은 어처구니가 없었다. 애꾸에게 하후 씨냐고 묻는 것은 어디를 보나 조롱이었다. 아환은 기가 차서 무어라 말을 할까 했지만 노인에게 함부로 말하기 망설여지기도 하고, 여기서 또 얽혀드는 것 자체가 싫었다.

아환은 대꾸하지 않고 주방 쪽으로 소리쳤다.

"만두는 멀었소?"

노인은 허허 웃으며 계속 농을 섞어 말을 걸었다.

"저 기개도 보게나. 내 젊은 시절을 정말 쏙 빼었어. 이보게 젊은이, 혹시 자네 할아버지의 함자가 어찌 되시는가? 혹시 초 씨가 아닌가?"

아환은 더 이상 참을 수 없었다. 얼굴도 기억나지 않고 자길 버린 부모이기는 하지만 처음 보는 노인의 농지꺼리에 이용되는 것도 마음에 들지 않고 가만히 있으니 만만해 보이는지 막말을 해대는 노인도 마음에 들지 않았다.

"어르신!"

아환은 쾅 하고 발을 굴렀다.

순간 객점 안의 탁자와 의자가 모두 한 치쯤 튀어 올랐다. 하지만 노인에게는 전혀 영향이 없었다. 노인 옆의 청년이 노인의 의자를 잡아 의자가 튀는 것을 막았기 때문이다. 그의 얼굴은 딱딱하게 굳었다. 노인도 눈이 휘둥그레졌다.

청년은 노인에게 공손한 말투로 말했다.

"나리, 농이 조금 과하셨습니다."

그러고는 일어나 아환에게 포권하며 말했다.

"소협도 화를 푸시지요. 나리께서는 짓궂으신 분이긴 하지만 악의는 없으십니다."

아환은 눈썹을 찌푸렸다. 이제 와서 사과한다 해도 나빠진 기분이 바로 좋아질 리가 없었다.

"하하하핫! 미안하네, 미안해. 내 자네의 배포와 성정을 보고 싶은 마음에 농이 좀 심했구먼. 그래도 이리 보니 훤칠할 뿐만 아니라 충분히 자제력도 있고, 실력은 이렇게나 출중하니 양친은 물론 사문의 자랑이겠구먼. 이것도 마치 내 젊은 시절을 보는 것 같아. 난 초강무라 하네. 자네 이름을 가르쳐 줄 수 있겠나?"

노인은 껄껄 웃으며 그렇게 말했다. 그 목소리에는 묘한 설득력이 담기어 있었다.

'이상하다.'

아환은 작은 위화감을 느꼈다. 하지만 그것이 무엇인지는 딱 꼬집을 수가 없었다.

그렇지만 딱히 귀기의 움직임도 느껴지지 않았고 심령을 제압한다든가 하는 의도도 보이지 않았기에 아환은 대수롭지 않게 여겼다. 안대를 벗었다면 무언가 더 보일지도 모른다는 생각도 들었지만 이런 데서 벗을 이유는 없었다.

"말이라는 것은 오해를 불러오기 쉬운 것이고 만화의 근원이 되는 녀석입니다. 초 어르신께서는 좀 더 조심하시는 게 좋을 것 같습니다."

아환은 굳은 얼굴로 그렇게 말했다. 자신의 이름을 대지 않은 것은 노인의 언사에 제법 기분이 상했음을 알리는 무언의 표시였다.

주인은 바로 옆에서 만두 접시를 양손에 들고서 벌벌 떨고 있었다. 아환의 신위에 놀란 것이다.

아환은 그에게 손짓해 접시를 받고서 만두를 먹기 시작했다.

초강무라는 노인은 소리 내어 웃었다. 그리고는 미련없이 아환에게서 시선을 거두고는 일어나며 주인에게 은전을 하나 내밀었다.

"저 청년의 식대는 내가 내지. 우리 식대까시 하고서 남는 것은 혹여 방금 일로 깨진 접시나 세간 값으로 받아

두게."

"아이구, 나리 감사합니다요. 따님처럼 보이는 분이 있으면 제가 꼭 전갈을 넣겠습니다요. 걱정 마십시오."

주인은 허리를 바닥에 닿을 듯 몇 번이나 굽혔다. 아환은 먹던 젓가락을 내려놓고 노인을 바라보며 말했다.

"저는 초 어르신께 밥을 얻어먹을 이유가 없습니다."

초강무는 아환의 시선을 받아 부드럽게 미소 지었다. 아까도 그러했지만 그 표정은 약간은 이상할 정도로 진실되게 느껴졌다.

초강무는 아환에게 한 걸음 더 다가와서 말했다.

"자네 이름을 듣는 값이네."

그 말에는 아환도 웃을 수밖에 없었다.

초강무는 말로만 사과하지 않고 밥도 살 테니 화를 풀고 넘어가자는 의도를 전하는 것이었다. 말투는 조금 경박한 것처럼 보였지만 그냥 넘어가도 될 일을 확실히 은원을 정리하자는 것으로 보아 성정이 꼼꼼하고 확실하다는 것을 알 수 있었다.

아환은 그제야 화를 풀고 포권하며 대답했다.

"아환이라 합니다."

"아까 말했지만 나는 초강무고, 이 친구는 취명형이라 하네. 다음에 같이 술잔을 기울일 기회가 있다면 좋겠구면. 난 휘주에서 장사를 하고 있으니 안휘성에 올 일이 있다면 날 찾게나. 초가가 귀하진 않지만 오래 살다보니 내 이름을 아는 사람이 많아 집을 찾는 데는 문제가 없을 것 이네."

"연이 있으면 그리하겠습니다."

아환이 대답했다.

초강무는 천천히 걸음을 옮겼고, 취명형이라는 청년도 포권해서 인사한 다음 그 뒤를 따라 식당을 나갔다.

아환은 다시 앉아 만두를 집어 들었다.

그는 만두를 쉴 새 없이 입으로 가져가며 이후의 일을 생각했다.

강시 소동이 있었던 마을로 가는 방안도 있었지만 일단 은 소림으로 돌아가는 것이 나아 보였다. 하남성 지리를 잘 알지 못하니 헤매거나 하면 곤란하다는 이유도 있었지 만 더 큰 이유는 따로 있었다.

'일단 소림에 소식을 전하는 것이 먼저다.'

아환은 그렇게 생각했다.

아환은 눈을 찌푸리며 강시와 싸웠을 때의 기억을 더듬 었다. 독에 중독되었던 까닭에 마지막의 기억이 제대로 남 아 있지 않았다.

원진은 어떻게 되었을까?

만약 원진이 적들을 모두 제압했다면 자신을 버려 두고 갔을 리는 없었다. 그렇게 생각한다면 원진 역시도 적에게 당했을 가능성이 커 보였다.

그런데 다시 정신을 차렸던 곳은 이미 싸웠던 현장과는 상당히 떨어져 있었다.

"후우. 계 어르신께 조금 더 상황을 들어봤으면 좋았을 것을."

아환은 혼자 중얼거리다가 그의 정신이 조금 이상해 보였음을 상기하고는 쓰게 웃었다.

그때, 두 명의 남자가 객잔에 들어왔다. 그들은 입구 근처의 자리에 앉으며 말했다.

"여기 만두를 두 접시 주게."

아환은 그 목소리가 이상하게 낯이 익었다. 그는 의아하게 생각하며 고개를 돌렸고, 전혀 생각하지 못했던 인물들을 보게 되었다.

남궁명과 남궁박. 묶어서 남궁쌍룡이라는 별호로 칭해지는 자들이었다. 물론, 아환은 아직도 그들의 이름을 몰랐다.

두 형제는 소림의 일행에게 강시의 시체를 돌려주고 곧바로 숭산 아래 등봉(登封)으로 돌아가는 길이었다.

"어? 너네는……."

아환이 둘을 알아보며 눈살을 찌푸렸다.

둘 또한 아환을 알아보았다.

남궁명과 남궁박은 거의 반사적으로 일어나며 허리의

검을 뽑아 들었다.

"허어?"

아환이 헛웃음을 쳤다.

남궁명과 남궁박은 급히 눈짓을 나누며 대화를 대신했다. 전음을 나누기 위해 호흡을 흐트러트릴 여력도 없었다.

'형님, 정말 싸울 생각입니까? 마장호일지도 모릅니다! 그때도 이기기 힘들었는데 이자가 살수까지 쓴다면 어찌할 요량이신 겁니까? 정녕 이자가 마장호가 아니라는 확신이 있는 겁니까? 형님께서 그러시다면 이 동생, 형님을 믿습니다.'

'박아, 어쩌자고 칼을 뽑아 든 거냐? 필경 이놈이 마장호는 아니라는 확신이 있는 거겠지? 그래. 내가 너를 믿지 않으면 누가 믿겠느냐. 우리가 세가의 무공만 사용할 수 있었어도 그렇게 쉬이 지지 않았을 것이다. 내 너의 마음을 몰랐구나.'

두 형제가 어쨌든 결론만은 대충 통한 듯한 눈빛을 길고도 길게 교환했다.

참다 못한 아환의 목소리가 끼어들었다.

"이놈들 보게? 검을 뽑아 들고 이제는 도적질까지 하려는 게냐? 옷 입은 것을 보아하니 입에 풀칠하는데 부족함은 없어 보이는데 이 무슨 짓이냐?"

그 한마디에 남궁박은 깜짝 놀라며 주위를 둘러보았다.

주인은 기둥 뒤에 숨어 그들이 하는 양을 훔쳐보고 있었다. 얼굴이 겁에 질린 것이 아환의 말을 믿고 있는 듯했다.

남궁명은 이를 갈았다. 이미 처음 느꼈던 놀라움이나 가벼운 공포는 사라지고 분노가 차올랐다.

"애꾸 놈이 그 입 하나만은 여전히 방자하구나."

그의 발이 천천히 움직였다.

남궁박도 그에 보조를 맞추어 방향을 틀었다. 동시에 그는 지금의 상황을 열심히 분석해 보았다. 비록 전에는 처참하게 당했다지만, 그때는 장소가 장소인지라 세가의 무공을 전혀 발휘하지 못했다. 지금의 간격은 약 일 장. 탁자나 의자가 빼곡하지 않고 아환과 그들 사이에 걸리적거리는 것도 없어서 권각보다는 검에 유리한 간격이었다. 본신의 무공을 발휘하고 본격적으로 합격진을 펼친다면 충분히 싸워볼 만하다는 계산이 들었다.

남궁명이 눈짓을 하며 먼저 몸을 날렸다.

"오늘 너의 숨통을 끊어놓아야 본 공자가 밤잠을 설치지 않겠다!"

그는 앞으로 쇄도하며 검을 내뻗었다.

제왕검형(帝王劍形) 제일형(第一形)

시황순시(始皇巡視).

검이 십 수 개의 궤적을 그리며 사방으로 펼쳐졌다. 처음부터 본격적으로 세가의 무공을 시전하는 그는 확실히 이전의 모습과는 천양지차였다.

"오호."

하지만 아환은 웃으며 반 바퀴 몸을 돌렸다.

그 옆으로 남궁명의 검이 바람을 가르며 지나갔다. 남궁명의 두 눈이 약간 흔들렸지만 금세 안정을 되찾았다.

연이어 남궁박이 아환의 등으로 검을 찔러가고 있었다.

제왕검형(帝王劍形) 제이초(第二形)

창천효시(蒼天嚆矢).

시황순시가 변화무쌍의 환(幻)이었다면 창천효시는 오로지 빠르기에 집중한 쾌(快)였다.

그와 동시에 남궁명의 검극이 방향을 틀어 아환의 가슴을 노렸다.

하지만 이번에도 아환은 별다른 수고 없이 간단하게 검을 피해냈다. 마치 사전에 그들의 공격을 알고 있는 것 같았다.

남궁명과 남궁박은 계속해 합격진을 펼치며 검을 휘두

르고 찔렀지만 별다른 소득을 거두지는 못했다.

아환은 너무나도 간단하게 두 형제의 검을 피해냈다. 그러다 한순간 그가 뒤쪽으로 멀찍이 물러났다.

남궁쌍룡은 공격을 지속하지 않고 움찔거리며 멈추어 섰다. 십여 초밖에 수를 교환하지 않았는데도 완전히 자신감을 잃어버린 것이다.

'형님, 정말 마장호일까요?'

'박아. 설마 저자가 마장호일 리는 없겠지?'

그들은 서로 눈빛을 교환하며 검을 고쳐 쥐었다. 어느 쪽이라도 지금 물러서는 것만은 할 수 없었다.

아환이 그 모습을 보면서 혀를 찼다.

"것 참. 실력이 없는 것 치고는 기세가 등등하구나. 살기 하나만은 한 놈이 능히 백은 상대할 것 같으니… 그야말로 당랑거철(螳螂拒轍)이란 말이 딱이구나."

아환의 말에 남궁명과 남궁박의 얼굴색이 변했다. 그들이 어디서 이런 모욕을 당해보았던가.

아환은 자기 말에 두 사람의 살기가 더욱 짙어지는 것을 느꼈다. 사실 그 덕분에 그로서는 공격을 피해내기가 더 수월했지만 그것과는 별개로 기분이 나빠지는 것도 사실이었다.

"이놈들!"

그가 한마디 말을 뱉으며 동시에 발을 굴렀다.

그의 신형이 순식간에 남궁쌍룡의 앞으로 쇄도했다.

"크!"

남궁명이 당황하며 검을 들어 올렸다. 하지만 검이 채 올라가기도 전에 아환의 주먹이 먼저 그의 가슴팍을 강타했다.

퍼억!

남궁명이 가슴을 움켜쥐며 아예 식당 바깥으로 튕겨 나갔다.

남궁박은 형의 안위를 걱정하기에 앞서 우선은 눈앞의 적을 향해 필사적으로 검을 휘둘렀다.

아환은 조소를 지었다. 굳이 뒤를 돌아볼 필요도 없었다. 진득한 살기가 너무나도 정직하게 목을 노리고 날아오는 것이 느껴졌다.

그는 허리를 숙였다.

쐐액!

바람을 가르는 파공음이 들렸다.

아환은 팔을 끌어당긴 뒤 일어나며 뒤쪽으로 팔꿈치를 휘둘렀다.

"컥!"

남궁박이 눈을 부릅뜨며 비명을 토했다. 그는 명치를 맞고 쓰러지며 바닥을 몇 바퀴 뒹굴었다. 그리고는 숨이 막히는지 금세 일어나지 못하고 기침을 해댔다.

아환은 손을 멈추고 물끄러미 앞을 바라보았다.

남궁명과 남궁박은 간신히 자세를 잡으며 일어섰지만 다시 달려들 생각을 하지 못했다.

"후우……."

별안간 아환이 크게 숨을 내쉬었다. 그 모습에 남궁명과 남궁박이 움찔거렸고 아환은 재차 한숨을 쉬었다.

"그만두자."

뜻밖의 말이었다.

두 형제는 아환의 의도를 파악할 수가 없어서 달려들지도 못하고 검을 거두지도 못한 엉거주춤한 자세로 앞을 노려보았다.

"정작 중요할 때는 제대로 못 싸워보고, 뒤늦게 약한 자들을 상대로 화풀이라니……."

괴풍위의 독 바늘에 맞고 맥없이 정신을 잃었던 기억을 떠올린 탓이었다. 천천히 걸어 식당을 나서며 자조했다.

분명 혼잣말이었지만 조금 전의 전투로 전신의 감각이 한껏 흥분해 있던 남궁雙龍은 그 말을 똑똑히 들을 수 있었다.

그들은 눈이 튀어나오지는 않을까 싶을 정도로 아환의 뒷모습을 노려보았다.

아환은 뒤도 한 번 돌아보지 않았다. 그는 태연하게 걸음을 옮기며 손을 들어 뒷머리를 한 차례 긁적였다.

"정말 살기 하나는 참으로 진득한 녀석들이구나. 그만큼 명줄도 질기니 그렇게 약하고 아무한테나 달려드는데도 살아 있는 거겠지. 그 명줄, 놓지 말거라. 난 그냥 가마."

그가 그렇게 말하며 멀어지자 남궁쌍룡은 온몸을 떨면서 이를 갈았지만 차마 다시 아환에게 덤벼들 생각을 하지는 못했다.

그들은 치욕감으로 가득 차 차마 서로의 얼굴을 쳐다보지도 못하고 몸을 떨었다.

만약 아환이 남궁쌍룡의 정체를 알았더라면 조금은 상황이 달라졌을 수도 있었다. 아환도 남궁세가의 이름은 익히 알고 있었고, 잘못 건드리면 귀찮은 일이 생길 수 있다는 것은 충분히 예상할 수 있는 수준이었던 것이다.

하지만 어디까지나 결과론적인 이야기고 지금 아환은 그저 '약한 녀석을 괴롭혔다'라는 생각밖에 가지고 있지 않았다.

"그래도 맞을 만한 녀석들이었어."

그는 대충 그렇게 자신에게 변명하고는 발걸음을 빨리 했다.

그렇게 반나절쯤 갔을까? 숭산에 가까워질수록 이상한 느낌이 들었다.

아환이 혼자 눈살을 찌푸렸다. 처음에는 그저 착각인가 싶어서 일부러 걷는 속도를 늦춰보기도 하고 보다 빠르게 해보기도 했다.

돌아오는 것은 확신이었다. 누군가가 그를 따라오고 있었다.

아환이 걸음을 멈추었다. 그를 따라오던 기척도 함께 멈추어 선 듯했다.

"누구십니까?"

아환은 사방을 둘러보며 물었다.

답이 돌아오지 않자 그는 눈썹을 꿈틀거리며 손을 안대로 가져갔다.

그때였다. 멀찍이 있던 나무가 크게 흔들렸다.

뛰어내린 사람은 계무득이었다. 나뭇잎이 그의 옷 여기저기에 들러붙어 있었다.

"계 어르신?"

아환이 눈매를 좁혔다.

계무득이 발을 퉁기며 아환의 곁으로 다가왔다. 아환이 살짝 안대를 들어 올려 앞을 살폈다. 그의 주위에는 여전히 귀들이 떠돌고 있었다.

"어허. 본좌는 늙은이가 아니라고 말했을 텐데. 나는 어르신이 아니라니까."

"그럼 뭐라고 부릅니까?"

"본좌라니까, 본좌."

계무득이 툴툴거렸다.

아환은 헛웃음을 켰다.

"그건 계 어르신이 스스로를 칭할 때 사용하는 말이고요. 아니, 그것보다 저를 따라오는 이유가 뭡니까?"

"응? 소형제가 앞에서 걸어가고 있었잖아? 그래서 내가 따라왔지."

그야말로 동문서답이었다.

아환은 크게 한숨을 쉬었다. 제대로 대화가 통하지 않자 답답한 기분이 들었다. 그러다가 문득 초연이라던 여인이 떠올랐다.

아환이 약간 망설이다가 질문했다.

"그 여 도사님은 같이 다니시는 게 아닙니까?"

"응? 여 도사? 무슨 말을 하는 거야?"

"초연이라고 하던……."

그 이름을 듣는 순간 계무득이 깜짝 놀란 표정을 지었다. 거의 동시에 저 멀리에서 여인의 목소리가 다가왔다.

"계 동생! 자꾸 달아나면 정말로 크게 혼날 줄 알아요!"

"으악! 으악!"

계무득이 호들갑스럽게 비명을 질렀다. 그는 온몸을 꿈틀거리다가 아환에게 불쑥 고개를 들이밀며 말했다.

"소형제, 소형제. 절대로 내가 저쪽에 숨었다고 이야기를 하면 안 돼. 알아들었지? 나는, 나는 잘 숨지만 누가 얘기를 해 주면 소용이 없단 말이야."

그는 대답을 기다릴 여유도 없이 순식간에 몸을 날려 큼지막한 나무의 위로 뛰어올랐다. 순식간에 기척이 사라졌다. 거기 있을 거라고 생각하고 보지 않는 한, 찾아내기가 어려울 듯했다.

잠시 후에는 초연이 그 자리에 도착했다. 여전히 죽립과 면사로 얼굴을 가린, 처음 보았을 때의 모습 그대로였다.

그녀는 멍하니 서 있는 아환을 보자 죽립을 벗고 조금 놀란 표정을 지었다.

"아 소협 아니신가요?"

"어쩌다보니 금방 다시 뵙는군요. 하시던 일은 잘되셨습니까?"

아환이 어색하게 웃으며 인사했다.

"글쎄요. 어찌나 영악한 여자인지 좀처럼 꼬리가 잡히지를 않네요. 그리고 이쪽에는 또 말썽쟁이가 하나 있어서 말이에요."

초연은 그렇게 말을 하며 한 걸음을 성큼 내디뎠다. 그녀가 아환의 얼굴을 유심히 살펴보았다.

아환이 깜짝 놀라며 뒷걸음질을 쳤다.

"무, 무슨 말씀이십니까?"

"쿡. 무얼 그리 당황하시나요?"

초연이 웃었다.

아환은 땀을 뻘뻘 흘렸고 그녀는 그 반응이 더욱 재미있다는 듯이 미소를 지었다.

"이제 몸은 괜찮은가 보군요."

"아, 예. 덕분에……."

"혹시 본녀의 동생을 보지 못하셨나요?"

"동생이라 하시면……."

"알고 계실 거라고 생각해요. 계무득이라고 하는 조금 늙은 동생이지요."

초연이 쿡쿡거리며 말했다.

아환은 멍하니 그녀를 바라보았다. 처음 보았을 때도 설마 했는데 그녀는 정말로 그 나이 지긋한 노인을 동생이라 칭하고 있었다.

반로환동.

언젠가 아수라에게서 그 이야기를 들은 적이 있었다. 무공의 성취가 어느 수준에 이르면 몸속의 내공이 신체를 무공에 더욱 적합하게 탈바꿈시켜 준다는 이야기였다. 그 과정에서 다시 젊음을 되찾는 경우도 있다고 했다.

"무슨 생각을 하시는 건가요?"

초연의 목소리에 아환이 퍼뜩 정신을 차렸다. 코앞에 미간을 찌푸린 그녀의 얼굴이 보였다.

아환이 다시 한 걸음을 물러섰다.

"아, 아무것도 아닙니다."

"그래요? 그래도 아직 첫 번째 질문에는 답을 해주시지 않으셨는걸요. 혹시 본녀의 동생이 어디로 갔는지 보지 못하셨나요?"

"아……."

아환은 저도 모르게 뒤쪽에 계무득이 숨어 있는 곳을 쳐다볼 뻔했다. 그러다가 그의 간절한 부탁을 간신히 떠올리고는 머뭇거리며 고개를 저었다.

"글쎄요… 잘 모르겠습니다."

"흐응."

초연이 콧소리를 냈다. 그녀는 아리송한 미소를 지으며 아환의 얼굴을 요리조리 살펴보았다.

아환이 또 한 걸음을 물러났다.

터억.

큼지막한 나무 기둥이 그의 등에 부딪혔다. 어느새 계무득이 숨어 있는 나무의 바로 아래까지 오게 된 것이다.

"알겠어요. 그럼 본녀는 일이 있어서 그만 가보겠어요. 아 소협, 다음에 또 만나요."

"아……."

아환이 당황하며 고개를 꾸벅거렸다.

초연은 생긋 웃으며 인사를 받은 뒤 몸을 돌려 달려 나갔다. 그녀의 모습은 순식간에 사라졌다.

그녀가 사라지고 한참이 지나도록 아환은 우두커니 서 있었다. 그리고 다시 한참의 시간이 지난 후에야 나무가 들썩거리며 계무득이 아래로 뛰어내렸다.

계무득이 아환을 쏘아보았다.

아환이 움찔거렸다. 계무득은 갑자기 손을 들어 올리더니 아환이 어떻게 움직이기도 전에 그의 두 손을 덥석 움켜쥐었다.

"소형제 고마워! 본좌의 은인이야!"

계무득이 크게 소리쳤다. 그러더니 아환의 손을 잡고 마구 흔들며 말했다.

"그래, 본좌에게 이렇게나 큰 도움을 줬으니 본좌가 그 보답을 해야지. 뭐가 좋을까? 아, 소형제는 무공이 아직 약한 것 같으니 본좌가 무공을 가르쳐 줄까? 무얼 가르쳐 줄까? 철사장? 나한보법? 태극혜검? 매화검법?"

그의 입에서 흘러나오는 무공들은 하나같이 각 문파의 절기들이라, 상식적으로 한 사람이 모두 익히기란 불가능에 가까웠다. 각 문파의 비전들이 쉽게 유출이 되었다기보다는 차라리 계무득이 아무 이름이나 주워섬기고 있다는 쪽이 더욱 확률이 높아 보였다.

"아니면… 아! 그래 그게 좋겠다! 음혼구귀초래법!"

그런데 마지막으로 계무득이 내뱉은 이름은 정말로 놀

라운 것이었다.

아환이 깜짝 놀라며 소리쳤다.

"계 어르신!"

"응? 역시 소형제도 그게 좋은 거지? 그래. 내가 무공을 이것저것 배워봤는데 말이야. 역시 그만한 게 없더라고."

아환은 얼이 빠졌다. 분명히 아수라는 제자가 없다고 했다. 음혼구귀초래법 또한 자신이 만든 것이라 하였으니, 지금 세상에 그 심법을 알고 있는 자는 아환뿐이어야 했다.

그런데 계무득이 음혼구귀초래법을 알고 있다고?

아환으로서는 이해할 수 없는 사태였다.

"자! 그럼 소형제에게 본좌가 심법을 전수해 주겠어. 이 첫 번째 구절부터 시작을……"

아환은 계무득의 말을 막고서 질문을 쏟아내었다.

"아니, 계 어르신. 음혼구귀초래법을 어디서 배우신 겁니까? 아수라는 이름을 알고 있습니까? 혈천은요? 혹시 그분을 뵌 적이 있습니까?"

"저야말로 묻고 싶군요. 아 소협은 어떻게 음혼구귀초래법을 알고 있는 것이죠?"

약간 냉랭한 목소리가 뒤에서 들려왔다. 아환이 놀라며 돌아섰다.

그곳에는 미간을 찌푸린 초연이 서 있었다.

"히익!"

계무득이 깜짝 놀라며 헛바람을 삼켰다.

주위의 공기가 냉랭하게 얼어붙었다. 아환은 의심과 경계가 가득한 눈으로 초연을 바라보았다. 계무득은 두 사람의 눈치를 살피며 전전긍긍했다.

한참이 지나도 밀이 없었다. 답답해진 계무득이 불쑥 말을 내뱉었다.

"아수라는 내 사부님의 이름이야."

"예?"

아환이 거의 비명에 가깝게 소리쳤다.

계무득은 고개를 주억거리며 말을 이었다.

"응. 그래, 사부님 이름은 아수라였어. 나한보법도 태극혜검도 다 사부님이 가르쳐 주셨지. 내가 이것저것 무공을 많이 배워서 배울 게 없으니까, 음혼구귀초래법을 가르쳐 줬어."

"그때가 언제입니까?"

아환이 급히 물었다.

계무득은 잠깐 생각에 잠기더니 곧 다시 입을 열었다.

"응, 그게 언제더라? 팔 년 전인가, 십육 년 전인가? 아니, 이십사 년 전인가? 오래 되서 모르겠다. 어쨌거나 겨울이었어. 응, 추웠지. 사부님이 삼매진화로 곰을 구웠

고 본좌와 같이 먹었지. 사부님은 강했거든. 지금 본좌도
강하지만 사부님은 아주아주 강했어."

"네?"

아환은 얼떨떨할 뿐이었다. 몇 가지 가능성은 있었다.

"계 어르신의 연세가 설마 삼백 살이 넘으신……."

아환은 멍하니 그렇게 반문했지만 계무득은 고개를 저
었다.

"아니, 아니야. 본좌는 백 살도 되지 않았어."

"계 동생이 음혼구귀초래법을 배운 건 오십 년 정도가
된 것 같아요."

보고 있던 초연이 끼어들었다. 그 목소리는 강약이 없
었고 무척이나 싸늘했다.

"오십 년?"

아환이 얼이 빠진 얼굴로 중얼거렸다. 오십 년이면 그
가 태어나기도 한참 전이었다. 어쩌면 그의 부모님도 태어
나기 전일 수도 있었다.

하지만 그런 시기는 아무래도 좋았다. 중요한 것은 지
금 계무득의 말이었다. 그의 말은 아환이 알고 있는 것과
너무나도 달랐다.

아환은 자신이 알고 있는 사실과 계무득의 말을 어떻게
든 맞추어 보려고 노력했다.

"계 어르신. 계 어르신이 오십 년 전에 만났던 그분

은……."

아환이 말끝을 흐렸다. 그는 잠시 초연의 눈치를 살피며 고민하다가 입술을 한 번 축이고 말을 이었다.

"사람이었습니까?"

"응?"

계무득이 눈을 크게 떴다.

아환은 심호흡을 하고 다시 물었다.

"살아 있는 사람이었습니까? 아니면 귀신이었습니까?"

"아아. 그걸 묻는 거구나. 살아 있는 사람이었지. 응응. 그래."

아환이 눈살을 찌푸렸다. 대화를 나누면 나눌수록 상황이 점점 더 아리송해지고 있었다.

"그분은 지금 살아 있습니까?"

"응? 글쎄. 그건 잘 모르겠는걸. 하지만 본좌도 살아 있으니까, 사부님도 살아 있지 않을까? 그런데 소형제는 왜 자꾸 그런 걸 묻는 거지?"

그동안 가만히 지켜보던 초연이 앞으로 나섰다. 그녀는 혼란스러워하는 아환을 보며 담담히 입을 열었다.

"아 소협은 혼란스러워할 것 없어요. 계 동생이 배운 것은 본래의 음혼구귀초래법이 아니에요. 누군가 혈천의 이름을 사칭했대도 놀라울 일은 아니겠지요. 요즈음이야 그렇지만 일이 백 년 전만 해도 혈천은 무에 뜻을 둔 자라면 누구나 바라는 천하제일인이었으니까요. 하지만 아무리 절정의 고수라고 하여도 삼백 살이 넘게 살 수 있는 사람은 없어요. 설령 귀신이라고 하더라도 어려운 일이죠."

"아……."

아환이 움찔거리다가 입을 다물었다. 불과 얼마 전까지 그 귀신과 함께 있었다고는 말을 할 수가 없었다.

초연이 면사를 걷었다. 드러난 그녀의 두 눈이 아환의 두 눈을 마주했다.

"이제 아 소협에게 묻겠어요. 아 소협은 어떻게 그 심법과 혈천의 이름을 알고 있는 것이죠? 백 년 전만 해도 그런 이름을 달고 비슷한 무공이 나오는 것은 이해해 줄 수 있어요. 하지만 이제 혈천의 이름이 잊혀져 가는 상황에서 귀기를 다룰 줄 아는 젊은이가 그 이름을 쓴다는 건 그냥 넘어갈 일이 아니에요. 자, 대답해 보세요. 어디서, 누구에게 그 무공을 배운 것이죠?"

그 목소리에는 은은하게 적의가 깔려 있어 척 보기에도 혈천에 대한 감정이 좋지 않음을 알 수가 있었다.

아환은 고민했다. 적당히 둘러대고 넘어갈 수도 있는 일이었다. 하지만 이상하게도 그녀에게 거짓을 말하고 싶지 않았다.

만약 자신이 혈천의 전인임을 알게 된다면 초연은 어떠한 반응을 보이게 될까?

아환의 머릿속으로 문득 그런 생각이 스쳐 갔다. 그리고 그것은 저도 모르는 사이에 말이 되어 툭 튀어나왔다.

"저는 그분의 제자입니다."

초연이 눈을 치켜뜨고, 계무득이 펄쩍 뛰어올랐다.

아환은 곧바로 자신의 실수를 깨달았다. 대체 왜 자신이 그런 말을 뱉었는지 스스로도 이해를 할 수 없었지만 이미 엎질러진 물이었다.

"지금 스스로가 한 말의 의미를 알고 있나요?"

초연이 분노에 찬 목소리로 물었다.

아환은 속으로 다시 한 번 자신을 책망했다. 무언가에 홀리기라도 한 듯싶었다. 강호에 나온 이후로 그렇게 조심하고 있었지만 일순간에 모든 것이 무너져 버릴지도 몰랐다.

별안간 초연이 일장을 뻗었다.

아환이 깜짝 놀랐다. 너무나 갑작스럽게 펼쳐진 기습이라 반응을 할 새도 없었다.

파앙!

하지만 그녀의 손은 아환에게 도달하지 못했다. 바로 지척에서 계무득의 손에 가로막혀 있었다.

"계 동생! 이게 뭐 하는 짓이죠?"

초연이 화난 표정을 지었다.

계무득은 당황하면서도 아환의 앞에서 비켜서지 않았

다.

"누, 누님. 이러면 안 돼요. 소형제는 나쁜 사람이 아니 잖아요."

"비켜요. 그는 나쁜 사람이에요."

"누님……."

"이 누님의 말을 듣지 않겠다는 건가요?"

초연이 살벌한 표정으로 계무득을 노려보았다. 계무득 은 머뭇거리다가 울상이 되어서 옆으로 물러섰다.

초연이 몸을 빙글 돌리며 다시 아환에게 장을 휘둘렀 다.

이번에는 아환도 멍하니 있지 않았다. 그는 뒤쪽으로 물러서며 초연의 공격을 피했다. 동시에 주먹을 움켜쥐었 지만 차마 공격하지는 못하고 움찔거렸다.

반면, 초연의 공세에는 사정이 없었다. 그녀는 반대쪽 소매를 펄럭거리며 공격을 이어가려 했다.

하지만 그녀는 제 뜻대로 움직이지 못했다. 다시 계무 득이 끼어들며 뒤쪽에서 그녀의 팔을 잡아챈 것이다.

초연이 계무득을 돌아보았다.

"계 동생!"

"누, 누님. 이러지 마요……."

"……."

초연이 입술을 질끈 깨물었다. 기다란 속눈썹이 파르르

떨렸다.

계무득은 거의 울 듯한 표정이 되었다. 하지만 처음과
는 달리 좀처럼 물러서지 않았다.

"놔요!"

초연이 세차게 그의 팔을 뿌리쳤다.

계무득은 '아' 소리를 내며 그녀의 팔을 놓아주었다.

초연은 한껏 화가 난 표정으로 계무득과 아환을 노려보
았다. 잠시 후, 그녀는 거칠게 몸을 돌렸다.

"누님!"

계무득이 급히 소리치며 초연의 뒤를 따랐다.

"따라오지 말아요! 날 누님이라고 부르지도 말아요! 당
신 같은 동생은 필요 없어요!"

초연이 세차게 쏘아붙였다. 계무득은 아무런 대꾸도 못
하고 멈추어 서서 멀어지는 그녀의 뒷모습만 바라보았다.

초연의 걸음걸이는 이전과는 다르게 매우 거칠었다. 하
지만 빠르기 하나만은 여전하여 금세 그 모습이 보이지
않게 되었다.

뚝.

별안간 물방울 하나가 바닥으로 떨어졌다.

'비?'

아환이 반사적으로 하늘을 보았다. 하지만 그것이 아니
었다.

"누님… 누님이……."

물방울은 계무득의 눈물이었다. 주름살이 지긋한 노인이 울먹거리며 눈물을 뚝뚝 흘리고 있었다.

아환은 당황했다. 조금 전 초연이 기습을 감행했을 때보다도 더욱 혼란스러웠다.

第七章
그리하여 결국

　아환은 고개를 돌려 뒤를 돌아보았다. 그는 계무득이 몇 걸음 뒤에서 아이처럼 홀쩍대며 뒤따라오는 것을 확인하고는 한숨을 내쉬었다.

　아환은 최대한 정중하게 여기까지 올라오면서 몇 번이나 되풀이했던 질문을 했다.

　"계 어르신. 초 도사님을 따라가시는 게 좋지 않겠습니까?"

　"누님… 누님은 나를 용서하지 않을 거야. 누님은 옛날부터 나쁜 아이를 좋아하지 않았어. 소형제, 난 어떡하지?"

　계무득이 울상이 되었다. 아환은 그 질문은 자기가 하

고 싶다고 소리치고 싶은 마음을 꾹 눌러 참으며, 결국 똑같은 대답을 할 수밖에 없었다.

"괜찮을 겁니다."

"소형제, 정말 괜찮을까? 아니야. 누님은 날 용서하지 않을 거야."

계무득은 이번에도 고개를 저으며 똑같은 말을 되풀이했다.

아환은 다시 한숨을 삼켰다. 이제는 별수 없었다. 정말로 스님들의 도움이라도 받아야 할 판이었다. 불문에 귀의해 공부를 많이 한 스님이라면 해결법이 있을 거라는 별 근거 없는 생각을 하면서 걸음을 옮겼다.

잠시 후, 저 멀리로 소림사의 산문이 나타났다. 아환은 걸어가며 약간 의아함을 느꼈다.

너무나 조용했다.

지나가는 참배객은커녕 산새 소리 하나 들려오지 않았다. 마치 소림사, 아니, 숭산 전체가 죽어버리기라도 한 듯싶었다.

아환은 소름이 돋는 것을 느꼈다. 괜히 불길한 예감이 들었지만 이제 와서 걸음을 돌릴 수도 없었다.

"계십니까?"

아환이 크게 소리쳤다.

대답은 돌아오지 않았다.

"아무도 안 계십니까?"

아환은 재차 소리쳤다. 이번에는 목소리에 내공을 실어 보내기까지 했다. 무언가 이상하다는 것을 느끼고 산문 안으로 한 발짝 들어서는 순간, 그는 깜짝 놀라며 제자리에 멈추어 서야만 했다.

넓게 펼쳐진 마당으로 어림잡아 일백이 넘는 승려들이 도열하고 있었다. 한 명, 한 명의 기도가 상당한 수준이라 어마어마한 위압감이 장내를 뒤덮었다.

"아미타불."

그 불호 소리는 나지막했지만 바람 소리에 묻히기는커녕, 오히려 바람을 타면서 또렷하게 퍼져 나갔다.

아환이 저도 모르게 주춤거리며 몸을 떨었다.

"빈승은 무허라 하외다."

현 소림의 방장이 앞으로 나오며 아환을 맞았다. 소림에서는 아환이 숭산의 초입에 들어설 때부터 그 사실을 알고 있었던 것이다.

아환은 뒤를 돌아보았다.

눈치채지도 못한 사이에 수십의 승려가 어디선가 나타나 주위를 둘러싸고 있었다.

그냥 보기에도 물샐 틈 없는 포위라, 말 그대로 하늘에도 그물, 땅에도 그물이 펼쳐진 전라지망(天羅地網)이었다.

무언가 잘못되었다.

아환이 생각함과 동시에 무허가 말을 이었다.

"시주는 하실 말씀이 있을 것이오."

아환이 몸을 떨었다. 불길한 예감이 점점 더 커지고 있었다.

그가 사방을 살피며 조심스럽게 물었다.

"원진 대사님은 어떻게 되셨습니까?"

"정녕 시주는 몰라서 묻고 있단 말이오?"

무허는 물론, 다른 무승들의 기도가 더욱 흉흉하게 변했다.

아환은 입술을 질끈 깨물었다. 아무래도 상황은 최악으로 내달렸던 듯했다. 지금은 무엇보다 어디서부터 생겼는지 모르는 오해를 해결하는 것이 급선무였다.

그런데 별안간 계무득이 입을 열었다.

"중! 나는 중들이 싫어. 사부님이 말씀하셨다. 천하의 중들은 모두 죽일 놈들인데, 그중에서도 소림의 중놈들이 으뜸이라고. 난 저 아미타불 소리만 들으면 머리가 지끈지끈거려."

그의 입에서 터져 나온 말은 좌중 모두를 아연케 만드는 것이었다.

그는 거기서 그치지 않고 아환을 돌아보며 말을 덧붙였다.

"소형제는 걱정할 필요 없어. 못된 중들은 본좌가 혼내 줄 테니까."

"아미타불!"

무허의 입에서 노호에 가까운 소리가 터져 나왔다.

계무득이 소매를 펄럭거렸다. 그 주위로 사이한 귀기가 물씬 피어올랐다.

"나한진을 펼쳐 두 마두를 제압하라!"

무허의 외침과 동시에 소림의 무승들이 일제히 움직였다.

상황이 너무나도 급박하게 흘러가 버린 탓에 아환은 헛 웃음이 나올 지경이었다. 그는 진즉 계무득을 떼어내지 않은 것을 후회했다.

"소림의 승려분들께서는 잠시만 손을 멈추고 제 말씀을 좀 들어주십시오! 무언가 오해가 있는 것 같습니다!"

아환이 급히 소리쳤다. 소림의 승려들은 더욱 흉흉한 기세로 아환과 계무득을 압박하는 것으로 대답을 대신했다.

갑작스럽게 무승 하나가 앞으로 달려들며 주먹을 뻗었다.

아환은 허리를 젖히며 공격을 피해냈다. 그것을 시발점으로 사방에서 소림의 무승들이 공격을 시작했다.

계무득의 쪽도 상황은 비슷했다. 한 가지 다른 점이라

면, 그는 아환과는 반대로 처음부터 손속에 사정이 없었다.

"나쁜 중들!"

그의 어깨 주위로 검은 귀기가 피어올랐다. 그는 달려들던 무승을 노려보았다.

쿠웅!

계무득이 발을 구르며 일 권을 뻗었다.

"엌!"

무승 하나가 가슴을 얻어맞고 뒤쪽으로 나가떨어졌다.

소림의 무승들이 일제히 눈을 부릅떴다. 계무득이 방금 시전한 수는 소림의 대표적인 절기 중 하나인 백보신권(百步神拳)이었다.

"이 간악한!"

무승들이 분노했다. 마두가 그들을 조롱하는 것으로밖에는 보이지 않았던 탓이다.

그들의 손속이 한층 거칠어졌다.

아환은 입술을 깨물었다.

소림의 나한진.

유명한 이름만큼이나 그 위력도 대단했다. 계속 방어만 하다가는 금세 쓰러져 버릴 듯싶었다.

이미 오해의 골은 깊어질 대로 깊어져 있었고, 말로는 해결 못할 지경까지 와 있었다.

싸우는 수밖에 없었다.

아환이 결심하는 순간, 미처 피하지 못한 주먹 하나가 그의 옆구리를 두드렸다.

"커억!"

아환이 짧게 비명을 토했다.

그는 이를 악물며 몸을 돌려 귀혼장을 시전했다.

"큭!"

아환은 귀혼장에 맞고 날아가는 무승을 보며, 곧바로 몸을 틀고 발을 굴렀다.

음혼구귀초래법(陰魂九鬼招來法) 제삼식(第三式)

귀형보(鬼熒步).

그 발을 중심으로 웅혼한 기가 퍼져 나갔다. 본시라면 거기에 귀기가 덧붙여져 장정 열댓은 우습게 날릴 수 있는 위력이었겠지만, 지금 아환은 귀기를 운용할 수가 없어 그 위력은 상당히 떨어졌다.

하지만 그렇다고 해서 아무런 효과가 없는 것은 아니었다. 몇 명의 자세가 흐트러지면서 아환을 둘러싼 그물 앞쪽이 살짝 풀어졌다.

"어림없다!"

그 사이로 원배가 달려 나왔다. 아환은 몸을 돌리며 장을 뻗었다.

원배의 복부에 귀혼장이 적중했다.

카앙!

사람의 살과 살이 부딪는 소리가 아니었다.

쇠를 친 것 같은 충격이 아환의 손에 돌아왔다.

"지금이라도 손을 멈추고 말로 오해를 풀어봄이 어떻겠습니까?"

아환은 한 걸음 물러서며 그렇게 말했지만 원배는 코웃음을 칠뿐이었다.

"그렇다면 여기 꿇어 엎드릴 일이지 어찌 손을 휘둘러 소림의 제자를 상하게 했단 말인가!"

원배가 크게 소리쳤다.

순간 아환은 울컥하는 마음이 들었으나 참고 거리를 벌리려 뒤쪽으로 뛰었다. 하지만 원배가 곧바로 그에게 달려들었다.

"하압!"

원배의 철사장이 아환의 가슴을 노리며 날아왔다.

파앙!

아환이 두 손을 교차하며 공격을 막아냈다. 그의 몸이 하늘에 떠서 날아갔다.

그는 몸을 한 바퀴 뒤집으며 내려섰다.

"젠장!"

아환이 욕설을 뱉으며 오른쪽 눈의 안대를 거칠게 풀어 냈다.

새까만 눈동자가 드러났다.

원배의 표정이 더욱 살벌하게 변했다.

"역시… 애꾸가 아니었군. 오만방자함으로 인해 멀쩡한 눈을 가리고 다닌다던 소문이 사실이었단 말인가. 철마장 마장호! 반로환동의 깨달음을 얻을 만한 고수가 고작해야 혈문에서 생을 낭비하고 있다니……. 부끄러운 줄을 아시오!"

"무슨 헛소리냐?"

아환의 말이 짧아졌다. 어처구니없이 흘러가는 상황 덕 택에 그 역시도 화가 날대로 난 것이다.

그는 오른쪽 눈을 부릅뜨고 원배를 쏘아보았다.

원배가 헛바람을 집어삼켰다. 그는 공력을 끌어올려 아환의 뿜어내는 귀기에 대항했다.

이번에는 아환이 먼저 움직였다. 그는 발을 내디디며 원배에게 최단거리로 다가섰다.

그의 손바닥이 귀혼장의 묘를 따라 움직였다.

원배도 눈을 부릅뜨며 마주 손을 뻗었다.

파아앙!

세찬 폭발이 일었다. 원배는 컥 소리를 내면서 뒤쪽으로 물러섰다. 아환의 장과 마주쳤던 그의 손바닥이 시커멓게 변해 있었다.

"이 악적!"

이번에는 뒤쪽에서 고함 소리가 들려왔다. 원강이 선장을 휘두르며 달려들고 있었다.

아환의 오른 눈이 깊게 가라앉았다.

그는 비스듬하게 몸을 돌리며 팔을 뻗어 선장을 쳐냈다. 원강이 몇 발자국을 미끄러지며 다시 자세를 잡고 공격을 준비했다.

원배와 원강이 서로 눈짓한 뒤에 동시에 아환을 향해 달려들었다.

"본좌도 여기서 놀 거야. 저쪽의 중들은 재미가 없다!"

계무득의 외침이었다. 그는 갑자기 아환의 앞으로 뛰어들더니 왼손으로 원배의 철사장을, 오른손으로는 원강의 선장을 막아냈다.

주위의 승려들 사이에서 탄성이 흘러나왔다.

당금 소림의 고위 고수 두 명의 공격을 동시에 막아낸 계무득의 신위에 조금 겁을 먹은 듯했다.

"과연! 혈문의 명성에 걸맞은 신위외다! 선배의 이름은 무어라 하시오?"

원배가 한 걸음 물러서 그렇게 외쳤다.

죽은 원진의 무위에 비할 바는 아니었지만, 그 역시 현무림에서 소림의 이름을 드높일 수준은 되었다. 그 장을 한 손으로 막아낸 노고수이니 이름을 알고자 하는 것도 당연했다.

"본좌는 계무득이야! 엣헴! 소림의 나쁜 땡중들은 어서 무릎을 꿇고 빌어라!"

계무득은 내력을 가득 실어 그렇게 외쳤다. 청량한 기운이었지만, 소림승들은 그 소리를 듣는 순간 사지를 제압당한 기분이 들었다.

"사자후(獅子吼)! 노 선배는 어디서 그것을 배웠소?"

원석은 거기에 맞서 내력을 돋우어 그렇게 외치며 무허의 옆에서 뛰어내렸다.

그 소리를 들은 소림승들의 팔다리가 풀렸다. 포위망이 더 좁아지면서 아환은 숨이 턱 막히는 기분이 들었다.

"사부님께 배웠지!"

계무득은 말을 하면서도 손을 쉬지 않았다. 퍽퍽 소리가 나면서 원강과 원배가 얻어맞고는 몇 걸음이나 물러섰다.

원석은 원강과 원배가 쓰러지지 않도록 둘의 등을 받쳤다.

"노 선배는 혈문의 사람이시오?"

그 말을 하는 순간, 한 가닥 내력이 원석의 양쪽 장심을 찔러 팔을 타고 들어왔다. 계무득이 원강과 원배의 몸을 매개체로 내력을 불어 넣고 있는 것이다.

원석은 내력을 돋우어 그 내력에 대항했으나, 별안간 계무득이 손을 거두어 버렸다. 결과적으로 원석의 내력은 원강과 원배의 등을 공격하는 형상이 되었다.

그는 급히 내력을 거두었지만 조금 늦어버렸다.

"컥!"

원배와 원강은 외마디 신음을 내뱉으며 앞으로 꼬꾸라 졌다. 진기가 멋대로 몸속을 오간 탓에 몸속이 진탕이 되 어 있었다.

아주 순식간에 일어난 일이라 주위에서 보기에는 원석 이 원배와 원강의 등을 공격한 것처럼 보였다.

"크하하하하! 역시 나쁜 땡중이다! 자기 부하를 때리다 니! 으하하하하!"

계무득은 손으로 자기 엉덩이를 치며 원석을 조롱했다.

원석의 얼굴이 벌겋게 변했다.

"이런 간악한!"

원석은 평소와 달리 말문이 막혀서 그 말 한마디를 간 신히 내뱉고는 철사장으로 계무득을 공격해 들어갔다. 계 무득은 그 공격을 간단히 피하며 똑같이 철사장으로 원석 을 공격했다.

한편, 아환은 자연스럽게 다른 무승들이 펼치는 나한진 과 대립을 하게 되었다.

오밀조밀하게 펼쳐져 있는 살기의 그물이 보였다.

무승들의 공격이 시작되었다.

아환은 숨을 들이마시고 호흡을 멈추었다.

첫 공격을 피하는데는 문제가 없었지만 그 공격을 피하자마자 살기로 된 그물이 형상을 바꾸어 아환을 쫓아 다녔다. 보통의 합격진이 아니었다.

'이것이 소림의 나한진인가!'

살기의 그물에서 필사적으로 빈자리를 찾아 나서면서도 아환은 순수하게 감탄했다.

마치 살아 있는 생물처럼 진은 아환의 공격로를 막고, 도주로에 함정을 깔고, 그것을 뛰어넘으면 또 발 딛는 곳에 함정을 깔아 두었다.

귀혼장을 휘둘러 몇 명을 쓰러트리긴 했지만, 빈자리는 금방 메워지고 더욱 촘촘해졌다.

진의 움직임이 보다 정교하게 변해갔다. 그럴수록 아환의 움직임도 점점 더 민첩해졌다.

아환의 온 신경이 날카롭게 변했다. 오른쪽 눈으로 귀기가 짙게 응집되었다.

살기의 선이 닿지 않는 곳으로 몸을 움직이는 것은 즉, 그 진법의 움직임에 몸을 맞추어 피하는 것이 되었고 결과적으로는 상승의 신법과도 묘가 같았다.

아환은 무의식적인 깨달음에 몸이 가벼워지는 것을 느꼈다. 손을 뻗는 것이 주저되어 공격 기회를 몇 번이나 그냥 지나칠 정도였다.

어느 순간부터는 아환이 진의 변화보다도 한 발 앞서서 움직이기 시작했다.

아환은 자기도 모르게 웃음을 지었다.

시선은 무승들이 아니라 먼 곳을 보고 있는데도 공격을 피하는 데 흐트러짐이 없었다.

아환의 머릿속에서 무언가 구름 같은 것이 생겨났다. 희뿌연 구름 속에 흐릿한 무언가가 보이는 것도 같았다.

아환이 그것을 향해 다가서려던 참이었다.

계무득의 비명 소리가 들렸다.

"악!"

동시에 아환의 머릿속에 떠오르던 어떠한 심상이 환영처럼 흐트러졌다.

아환은 가슴 속이 텅 비어버린 기분에 짧은 한숨을 내쉬었다. 하지만 오래 아쉬워하고 있을 수는 없었다.

계무득은 양손에 한 명씩의 소림승과 장을 맞댄 채로, 가슴으로 원석의 장을 받아내고 있었다.

아환은 급히 달려가 도우려고 했다. 하지만 나한진이 그를 놓아주지 않았다.

이미 변화를 모두 파악했다고 생각했었지만, 마음이 조급해지자 좀처럼 빠져나가기가 쉽지 않았다.

아환이 사방에서 들이닥치는 공격을 피해내며, 다시 계

무득 쪽을 힐끔거렸다. 그의 안색은 아까 비명과는 달리 의외로 평온했다.

이유는 원강이 큰소리로 외쳐 주었다.

"내력 대결이다! 달라붙은 자 누구에게도 손을 대지 말아라!"

내력 대결에 들어간 자들의 몸은 이미 하나로 연결된 것과 비슷한 상태라 내력을 다루는 것이 어설픈 자가 외부에서 한 명을 잘못 건드리면 나머지도 피해를 입을 수 있었다. 그런 이유로 원강은 섣불리 나서지도 못하고 초조한 얼굴로 쳐다보기만 했다.

아환은 다시 나한진에 신경을 집중했다.

그는 조금 전의 그 기분을 느끼려고 노력했다. 기억을 상기하며 최대한 비슷하게 움직여보려고 했지만 제대로 되지가 않았다.

조바심이 생겼다. 잘만 하면 무언가를 알 것도 같은데, 깨달음이 좀처럼 다가오지 않았다.

그 와중에 벽력같은 소리와 함께 한 명이 더 끼어들었다.

"청홍은 물러서라!"

"원징 사형!"

"원징 사숙님이시다!"

흰 수염을 길게 늘어뜨린 승려 하나가 나타났다. 그는

아환의 앞쪽으로 들어가 나한진에 끼어들었다.

아환은 섬뜩한 기운을 느꼈다.

한 명이 바뀌었을 뿐인데 그가 끼어드는 순간 진의 형상이 완전히 바뀌었던 것이다.

"철마장 마장호! 내 오늘 살계를 열어서라도 홍경과 원진의 넋을 위로하겠다!"

그는 흉흉한 살기를 내뿜으며 아환에게 선장을 휘둘렀다.

아환의 이마 위로 땀이 흘렀다. 조금 전까지 펼쳐져 있던 살기의 그물이 그냥 실을 꼬아 만든 것이라면, 이번의 그물은 사금파리를 섞은 것처럼 느껴졌다.

"철마장이니, 마장호니… 대체 무슨 착각을 하고 있는 거냐!"

아환이 고함을 질렀다.

그는 다가오는 선장을 향해 마주 일장을 뻗었다.

쩔그렁 소리와 함께 선장이 뒤로 튕겨 올랐다. 아환이 후속타를 위하여 앞으로 달려들었다.

하지만 원징의 앞은 이미 다른 승려들이 가로막고 있었다.

아환은 별수 없이 손을 거두고 우선은 날아오는 공격들을 쳐내거나 피해냈다.

원징 한 명이 끼어들었을 뿐인데 나한진의 위력은 거의

배가 된 것처럼 느껴졌다. 오밀조밀하게 짜인 합격진 속에서 쩔그렁거리며 날아오는 선장은, 스치기라도 하면 살점이 뭉텅이로 떨어져 나갈 듯이 흉흉한 기세를 뿜냈다.

아환은 머리가 지끈거렸다. 오른 눈을 통하여 끝도 없이 흘러들어 오는 살기에 절로 숨이 거칠어졌다.

어째서일까?

그렇게 합격진에 쫓기고 있으려니 어린 시절이 떠올랐다. 삼 년 전에는 산적에게 쫓겨 아수라가 있던 동굴로 도망쳤었다. 그때는 자신이 소림의 나한진과 싸움을 치르게 될 줄은 상상조차 하지 못했었다.

아환의 입가로 희미한 미소가 걸렸다. 쫓기는 것은 변함없으되 하나도 같지 않았다.

"이놈이!"

자기를 조롱하는 것이라 생각한 원징은 더욱 맹렬히 선장을 휘둘렀다.

그 움직임에 맞추어 진도 쉴 새 없이 변화했다.

아환은 진의 그 빈자리에 몸을 두고 다음 빈자리를 찾아 몸을 옮겼다.

그런데 선장은 또 아환의 움직임을 따라 움직였고, 거기에 따라서 진이 움직였다. 거기에 맞추어 다시 아환이 움직이니, 이것은 쫓기는 자가 쫓는 자를 조종하는 것과 같은 형국이었다. 그것 또한 같으나 같지 않았다.

아환은 거의 무아지경에 빠져들었다.

조금 전, 허무하게 흐트러졌던 깨달음이 다시 흐릿하게 형체를 갖추기 시작했다.

"죽어라!"

원징이 중답지 않은 고함을 토해냈다.

그의 선장이 짙은 살기의 궤적을 그렸다. 그 끝에는 아환의 머리가 있었다.

그 살기의 궤적이 아환의 머리에 닿는 순간, 아환의 머릿속에서 뿌옇게 드리우던 안개가 걷혔다.

오른 눈에서 폭발적으로 들끓던 귀기가 일순간에 폭발하듯 치솟아 아환의 두 다리에서 나타났다.

쾅!

선장은 아환의 몸을 가르고 지나가면서도 속도를 줄이지 않고 발밑의 포석까지 박살냈다.

인간의 피륙이 남아날 만한 공격이 아니었지만, 그 자리에 아환의 모습은 없었다.

원징은 반사적으로 선장을 등 뒤로 휘둘렀다.

선장이 아환에게 닿기 직전 아환의 모습이 두 개로 늘어났다. 그의 신형이 소리 없이 미끄러지며 잔상이 남은 것이다.

원징의 선장은 그 잔상을 헤집으며 지나갔다. 그가 눈을 부릅뜨고 소리쳤다.

"이형환위(以形換位)!"

외침의 여운이 끝나기 전 아환의 신형이 그의 뒤쪽에 나타났다.

"헛!"

원징이 헛바람을 들이켰다.

돌아보았다가는 늦을 것이다. 그런 생각이 든 것은 몸을 날린 후였다.

아환의 귀혼장이 원징의 등을 약간 스쳤다.

원징은 땅바닥을 몇 바퀴나 굴렀다. 매캐하게 흙먼지가 피어올랐다. 그는 고통과 치욕이 반반씩 섞인 얼굴로 급히 몸을 일으켰다.

그의 입가로 피가 주륵 새어 나왔다.

"과연 마장호… 철마장의 위력은 명불허전이로군."

원징이 말을 하며 피를 한 움큼 토해냈다.

아환의 눈썹이 꿈틀거리며 위로 솟아올랐다. 철마장인지, 마장호인지… 오해라고 그렇게 외쳐보았자, 쇠귀에 경 읽기나 마찬가지였다. 덕분에 꽉 막힌 소림승도 그러했지만 철마장 마장호라는 작자에게도 이유 없이 적개심이 생겨날 정도였다.

"내 이름은 아환이다!"

아환이 고함을 지르며 발을 굴렀다.

쿠웅!

땅이 울리고 그의 두 발 주위로 귀기가 물씬 피어올랐다.

귀형보가 펼쳐졌다. 귀기가 두 다리를 타고 흘러간 탓에 아까와는 차원이 달랐다.

거친 폭풍에 돌가루가 날리고 몇 명의 승려가 휘말려 쓰러졌다.

원징은 선장을 바닥에 꽂아 간신히 버텼지만, 얼굴은 새하얗게 질렸다.

아환이 그 앞으로 쇄도하며 귀혼장을 펼쳤다.

원징이 급히 선장을 끌어당겼다.

콰직!

아환의 장이 선장을 두 동강 내버렸고, 계속 나아가 원징의 가슴을 두드렸다.

"킥!"

원징이 피를 토하며 나뒹굴었다. 시커먼 피가 몇 차례나 그의 입 밖으로 쏟아졌다.

아환이 거칠게 숨을 몰아쉬었다. 더 이상 살기의 그물은 보이지 않았다. 나환진이 깨어진 것이다.

거의 동시에 계무득 쪽의 내력 대결도 결판이 났다.

"아악!"

그의 양팔에 붙어 있던 승려 둘이 피를 토하며 날아갔다. 가슴에 장심을 붙이고 있던 원석 또한 뒤로 튕겨 나갔고, 비틀거리며 간신히 균형을 잡았다. 안색은 창백했으며, 입가로는 피가 흘러내리고 있었다.

"으하하! 쿨럭!"

계무득은 의기양양하게 웃다가 갑자기 피를 토했다. 역시 세 명을 동시에 상대하기는 힘들어 그도 적지 않은 내상을 입은 탓이다.

"아미타불⋯⋯."

무허가 중얼거렸다. 그가 예상했던 것보다도 아환과 계무득의 무위가 뛰어났다.

"과연 혈문. 당금 백도 무림을 혼자서 상대하겠다는 말을 할 만하외다."

"입에 올릴 가치도 없는 말이외다. 하지만 더 이상 제자들이 다치는 것은 보기 싫으니, 아무래도 우리가 나서는 게 좋을 것 같구려. 방장께는 마장호를 부탁드리겠소."

혜승이 흰 수염을 쓰다듬으며 나섰다. 현 소림의 장로 중 한 명으로서 무위로나 배분으로나 당금 무림에 있어 손가락에 꼽히는 이였다.

그가 몸을 날려 계무득 앞에 섰다. 자연스럽게 주위의 소림승들이 뒤로 물러서며 공간을 만들어주었다.

"본승의 이름은 혜승이라고 한다! 그래, 내상을 입은 자를 상대하기는 썩 내키지 않지만, 어찌하겠느냐? 이미 네 손에 몸을 상한 자가 수두룩하니 그 죄가 실로 크다 하겠다! 내 손수 너를 잡아 참회동에 넣어주겠다!"

혜승의 목소리는 쩌렁쩌렁 했고, 계무득은 소맷자락으로 입가의 피를 닦았다.

그는 전혀 위축됨이 없이 크게 웃으며 소리쳤다.

"늙은 중이 나서는구나! 젊은 중들도 본좌에게 당했는데 금방 죽을 것 같은 비실거리는 늙은이가 본좌를 상대하겠다니! 하하하! 바보다, 바보!"

혜승과 계무득이 대립하고 있을 때, 무허는 자연스럽게 아환과 마주하게 되었다.

"소림의 방장, 무허라 하오. 명성이 자자한 철마장을 한 번 견식해 봅시다."

상대방의 무위를 높이 평가했음인지 그의 말투는 처음에 비하여 보다 격식을 차리고 있었다. 하지만 그렇다고 기세까지 줄어든 것은 아니었다.

무형의 기가 날카롭게 가슴을 찔러왔다. 아환은 내력을 끌어올리며 한 걸음을 내디뎠다.

"철마장인지, 뭔지… 빌어먹을! 내 이름은 아환이라고 하지 않았느냐? 산속에 틀어박혀 살면 귓구멍도 막고 사는 것이냐? 소림의 땡중은 사람 말도 못 알아듣는 놈들밖에 없느냐?"

아환의 욕지거리에 무허가 눈을 찌푸렸다. 욕설에 격동되어서가 아니라 그 내용 때문이었다.

"정녕 시주가 마장호가 아니라는 말씀이시오?"

"젠장! 내가 그렇다고 몇 번을 말해? 오해가 있는 거 같다고 말하지 않았느냐! 내가 원진 대사를 죽였으면 여기 이렇게 걸어 들어올 것 같으냐?"

무허가 더욱 인상을 썼다. 처음부터 끝까지 우기는 것을 보니, 어쩌면 사실일지도 몰랐다. 거기다 말도 틀리지는 않았다.

하지만 그 내용과는 상관없이 말투가 이상했다. 마치 백 살이 넘은 노인의 그것 같지 않은가.

사실 아환은 지난 삼 년 동안 대화 상대가 아수라밖에 없었다. 그러다 보니 흥분하게 되면 자연스럽게 그와 비슷한 말투가 튀어나오는 것이었다.

하지만 다른 사람들이 그 사실을 알 리 없었다. 사실 아환이 마장호로 오해를 받은 수많은 이유 중에는 그 애늙은이 같은 말투도 포함되어 있었다.

"시주가 정녕 오해를 풀기를 원한다면, 지금이라도 저항을 그만두시오. 시주의 결백은 추후 조사해서 밝혀질 수 있을 것이오."

"하!"

아환은 웃었다. 곧 죽어도 미안하다는 소리 한마디 없었다.

이것이 백도 무림의 태산이라 칭송받는 소림이란 말인

가.

그는 쓰게 웃으며 주먹을 쥐었다.

"결국 무력을 택하시는구려."

"먼저 택한 쪽이 누군데? 입으로는 솔잎을 씹으면서, 똥으로는 개고기를 싼다는 게 소림 땡중들이라더니, 정말 그렇군."

아환의 입에서 언젠가 아수라에게 들었던 이야기가 불쑥 튀어나왔다.

"아미타불!"

아무리 수양이 깊어도 더 이상은 참고 있기 어려웠다. 무허가 대갈하며 달려들었다.

그의 손가락이 금빛으로 물들었다.

삼십여 년 전, 그가 강호를 주유할 때 소림의 위명을 드높여 주었던 일지선공이었다.

아환은 뒤로 물러서며 간신히 공격을 피해냈다.

그는 반격을 하려다 말고 꿈틀거리며 몸을 떨었다. 일순간 지끈하고 두통이 몰려왔던 까닭이었다.

오른 눈을 드러내고, 너무 장시간 싸움을 하고 있었던 탓이다. 쉴 새 없이 모여드는 귀기가 점점 감당하지 못할 지경이 되어가고 있었다. 그와 함께 살심이 점점 깊어져 평정을 유지하기가 어려웠다.

'일격으로 끝낸다.'

아환은 입술을 깨물었다. 지난번처럼 정신을 잃을 정도로 싸우다간 이번엔 어떤 일이 벌어질지 스스로도 알 수 없었다.

짙은 살기의 선을 그리며 날아드는 무허의 손가락이 보였다.

그는 왼쪽 어깨를 내주었다.

어깨 관절이 통째로 뒤틀리는 듯한 느낌이었다.

"크으윽!"

아환은 이를 악물며 발을 굴렀다.

쿵!

귀형보의 시전과 함께 바닥에서 귀기가 폭발했다. 무허의 몸이 허공으로 떠올랐다.

아환은 온 힘을 끌어올려 귀혼장을 뻗어냈다.

무허의 동공이 크게 확대되었다.

콰앙!

커다란 기의 충돌이 일었다.

무허는 두어 장 뒤로 튕겨 나갔다. 그러고도 몇 발자국을 더 물러서고서야 간신히 균형을 잡을 수 있었다.

"허억! 허억!"

무허도, 아환도 거친 숨을 뱉어냈다.

아환의 왼쪽 팔은 어깨부터 아래로 축 늘어져 제대로 움직이지 않았다. 무허의 오른쪽 소매는 누더기로 변해 버렸다. 그 안으로 시커멓게 변한 팔이 축 늘어졌다.

"초식 하나 하나가 사이하기 짝이 없도다."

무허가 호흡을 고르며 아환을 노려보았다.

아환은 가슴을 움켜쥐었다. 두통이 심해지고 더욱 살심이 동했다. 심장이 크게 뛰어올랐다. 가만히 놔두면 폭발해서 터져 버릴 듯했다.

계무득은 입가로 피를 흘리면서도 전혀 위축됨이 없이 연신 공격을 퍼부었다.

그의 손가락이 기괴하게 구부러진 채 맹렬하게 날아들었다.

혜승은 뒤로 물러섰다. 계무득이 곧바로 따라붙으며 일권을 내질렀다.

"허!"

혜승이 소리를 지르며 간신히 공격을 피해냈다.

조금 전의 수법은 금룡헌조였고 지금은 백보신권이었다. 둘 다 소림의 절기였다.

뿐만 아니다. 싸움 도중에 섞여 나오는 초식들은 정말로 다양했다. 무당파의 절기도 있었고, 화산파의 것도 있었다.

"도대체가……!"

혜승은 기가 막혀 말을 잇지 못했다.

그때 발이라도 헛디딘 것인지 계무득이 혼자 균형을 잃고 비틀거렸다. 혜승은 기회를 놓치지 않으며 주먹을 내질렀다.

단순한 일권이지만 강맹함이 바위를 깨트릴 듯했다. 계무득은 경시하지 못하고 얼굴색을 바꾸며 황급히 물러났다.

계무득이 호흡을 고르다가 다시 비틀거렸다. 그의 입가로는 여전히 피가 흐르고 있었다. 조금 전의 내력 대결로 인해 입은 내상이 작지 않은 듯했다.

"대체 어디서 그런 절기들을 훔친 것이냐?"

혜승이 대갈했다.

계무득은 눈을 찡그렸다.

"뭐라는 거야, 늙은이?"

"그래. 그럼 참회동에서 천천히 들어보자꾸나."

혜승이 계무득을 쏘아보며 전신의 내력을 끌어올렸다.

계무득은 깜짝 놀랐다. 갑자기 혜승의 기도가 변한 것이 지금까지는 전력을 다하고 있지 않았던 듯했다.

'큰일 났다.'

계무득이 울상이 되었다. 아무리 보아도 이길 방법이 딱히 떠오르지 않았던 것이다.

혜승은 쉴 새 없이 주먹질을 하고 발길질을 해댔다. 강맹하고 일직선으로 뻗어오는 공격이 팔 할이었지만, 개중에 이 할은 종잡을 수 없는 변초라 계무득은 정신을 차릴 수가 없었다.

피했다고 생각했는데 별안간 혜승의 주먹이 전혀 예상치 못했던 궤적을 그리며 휘어졌다.

계무득이 깜짝 놀라며 자세를 낮추었다.

하지만 그 주먹은 허초였다. 혜승은 십성의 공력을 고스란히 담아 훤히 드러난 계무득의 얼굴로 주먹을 휘둘렀다.

그 순간 낭랑한 외침이 들려왔다.

"현현상보(玹炫嬬輔)!"

계무득은 깜짝 놀라면서도, 거의 반사적으로 현현상보의 초식을 시전했다.

그의 몸이 옆으로 돌았고 혜승의 주먹은 허공을 가르게 되었다. 이번에는 혜승의 옆구리가 완전히 비게 되었다.

"옳다!"

계무득이 고함을 치며 무릎을 처 올렸다.

퍼억 소리와 함께 혜승이 몸을 굽혔다.

"크억!"

혜승은 바닥에 나뒹굴며 피가 섞인 신음을 토했다. 피색이 선홍색인 것이 갈비뼈가 부러져 폐를 찌른 것 같았다.

그 시점에서 현현상보의 초식이 나올 거라고는 전혀 짐작조차 못했던 까닭이었다. 완벽한 기회라 생각하고 전력으로 내지른 주먹이었기에 그만큼 반격을 당한 피해가 컸다.

혜승은 간신히 일어섰다. 하지만 얼굴색이 창백하게 변한 것이 싸움을 지속할 수 있을 것처럼 보이지는 않았다.

"어느 고인이시오?"

간단하게나마 운기요상을 마친 원배와 원강이 한 목소리로 외쳤다. 둘의 목소리에 실린 공력이 만만치 않았다.

"다수가 둘을 핍박하는 것은 의롭지 못하여 내 부득불 끼어든 것이나 나는 소림과 척을 지려고 하는 것이 아니니 내가 누군지는 알 필요 없소."

대답하는 목소리는 내력을 실어 소리를 변조했기 때문에 누구인지 알 수 없었다. 뿐만 아니라 언뜻 옆에서 들리는 것 같기도 하고, 저 멀리에서 들리는 것 같기도 하여 어디서 말하는지도 알 수 없었다.

혜승의 공격에서 허점을 찾아내는 것이나, 내력을 실어 보내는 목소리나, 어느 모로 보나 만만한 상대는 아닌 것 같아서 소림승들은 모두 긴장했다.

"의기는 높고 고결하지만, 이들은 소림 제자를 상하게 한 마두들이오! 누구신지는 모르겠으나, 계속 이들을 두둔하겠다면 우리도 가만히 있지는 않겠소이다!"

원배가 그렇게 외치고, 원강이 손짓하여 청자 배 몇을 데리고 목소리의 근원을 찾으러 몸을 날렸다.

"그리하면 어찌할 텐가? 내게도 그 주먹맛을 보여주겠

다는 건가?"

아환은 그 목소리가 낯익다는 느낌을 받았다.

하지만 여유롭게 생각을 지속할 수는 없었다. 무허의 손가락이 자신의 혈도를 노리며 날아들고 있었다.

아환은 급히 공격을 피해내고 반격을 시도했다.

그렇게 몇 초가 다시 오간 뒤였다.

"가세하겠습니다!"

원배가 소리치며 끼어들었다.

무허는 일순간 눈을 찡그렸다. 무인으로서의 자존심이 흔들린 것이다.

하지만 그는 이내 마음을 바꾸었다. 상대는 적을 알 수 없는 마두다. 지금은 무인의 체면치레보다는 적을 제압하는 것이 급선무였다. 게다가 만의 하나, 일대 일의 결투를 고집하다가 소림의 방장인 자신이 패하기라도 하면 어떤 일이 벌어질 것인가? 상상하기도 싫었다.

덕분에 아환은 더욱 곤경에 빠져 버렸다. 무허와 싸울 때는 그래도 서로 공세를 주고받았지만, 원배가 가세한 뒤로는 두 명의 합공을 피하기에만 급급했다.

계무득에게는 나머지 소림승들이 달라붙어 다시 나한진을 펼쳤다.

"원공과 원철 사형을 모셔 오거라! 혜명 장로님도!"

원강이 그렇게 외치며 몸을 날렸다. 허공을 발로 박차

며 순식간에 대여섯 장이나 되는 나무의 위로 올라섰다.

그 순간, 그에게 날카로운 기운이 날아들었다.

"헉!"

원강이 헛바람을 들이켰다. 그는 본능적으로 몸을 비틀었고 그 바람에 나무에서 떨어지고 말았다.

"나무에 오르고 혼자서 떨어지니 그야말로 원숭이가 따로 없군!"

목소리가 멀찍이서 들려오며 원강을 조롱했다.

원강은 이를 갈았다.

"이쪽!"

다시 목소리가 흘러 나왔다.

아환도 그 목소리를 들었다. 곧바로 원배의 두 주먹이 흉흉한 기세로 날아왔다.

아환은 손바닥을 휘두르며 함께 맞섰다.

다음 순간에는 갑자기 땅에 무언가 와 부딪혔다. 손톱만한 작은 돌멩이였다. 연이어 몇 개가 더 날아오더니, 퍽 퍽 소리를 내며 땅에 일렬로 박혔다.

계무득은 그것을 보며 아환에게 소리 질렀다.

"소형제! 이 땡중들이 고약하니 일단 도망가자! 어디 강한 귀신이 우리를 구해주려나 보다!"

계무득은 힘으로 몇 명의 소림승을 밀어붙였다. 그 와중에 그는 또다시 피를 토했지만, 나한진도 잠시 흐트러졌다. 그는 곧바로 그 틈을 뚫고 달렸다.

아환이 깜짝 놀라며 그 뒤를 따랐다. 무슨 일이 벌어지는 것인지는 몰랐지만, 넋 놓고 혼자 남아 있을 수는 없었다.

"어디를 가시오!"

무허가 대갈하며 달려들었다.

아환은 그를 힐끔거린 뒤 세차게 발을 굴렀다. 동시에 귀기가 터져 나가며 무허를 압박했고, 반대로 아환의 몸을 밀어주었다. 귀형보의 묘를 응용한 것이다.

"윽!"

무허가 얼굴을 가리며 비틀거렸다.

아환은 거침 없이 앞으로 달려 나갔다. 벌써 계무득의 뒷모습은 조그맣게 멀어져 있었다.

"이놈!"

옆에서 원석이 철사장으로 아환을 노리며 달려들었다. 동시에 작은 돌멩이 몇 개가 무서운 기세로 날아왔다.

"이익!"

원석이 인상을 쓰며 소매를 휘둘러 돌멩이들을 쳐냈다.

찌릿하고 손이 저려왔다. 돌멩이에 섞인 기운이 예사롭지 않았던 탓이다. 내력이 실린 것과는 조금 그 느낌이 달랐지만, 정확히 꼬집어 설명하기는 어려웠다.

원석은 아려오는 손을 털며 다시 아환을 잡으려 했다.

쐐액.

하지만 또다시 돌멩이가 날아들며 그를 방해했다.

그 뿐만 아니라 다른 승려들도 마찬가지였다. 원배를 비롯한 몇 명이 아환을 잡으려 했지만 교묘하게 날아드는 돌멩이 탓에 뜻을 이루지 못했다.

그 사이 아환의 뒷모습은 이미 멀찍하게 멀어져 있었다.

"서로 사람이 많이 상했으니 오늘은 이쯤 하였으면 좋겠소."

예의 목소리가 다시 들려왔다.

원석은 돌멩이가 날아온 방향을 보며 기감을 돋우어 그 목소리의 주인을 찾으려 하였으나, 찾을 수가 없었다.

소림승들은 입술을 깨물 수밖에 없었다. 소림은 수십의 무승이 상하고, 장로와 방장이 다치면서도 마두 둘을 놓쳐 버린 것이다.

이것은 무림 전체에 큰 사건이 될 것이다.

◉

아환은 무작정 계무득의 뒤를 따라 뛰었다. 소림 승려들의 모습은 더 이상 보이지 않았지만 그럼에도 쉽사리 안심할 수가 없었다.

아환은 한족 어깨 관절이 빠져 있던 탓에 움직이기가 영 부자연스러웠다. 게다가 지면을 박찰 때마다 욱신거리며 몰려드는 통증도 상당했다.

계무득 역시도 정상적인 상태가 아니었다. 달리는 속도
가 점점 줄어들고 있었다.

투둑.

아환은 얼굴에 닿는 물방울을 쓸어내었다. 비라도 오는
가 싶었지만 그것이 아니었다. 손바닥에 묻어난 것은 새빨
간 선혈이었다.

달려가는 계무득의 뒤로 핏방울이 비산하고 있었다.

"계, 계 어르신!"

아환이 깜짝 놀라며 소리쳤다.

계무득이 자리에서 멈췄다. 그는 비틀거리면서 뒤를 돌
아보았다.

코와 입으로 피가 줄줄 흘러내려 수염을 시뻘겋게 물들
였다. 그는 그 상태로 천연덕스럽게 웃었다.

"소형제, 본좌는 어르신이 아니라고 몇 번이나 말했잖
아. 콜록!"

말이 끝남과 동시에 그가 기침을 하며 피를 쏟아냈다.

아환은 대경했다. 하지만 계무득은 그다지 신경 쓰는
눈치가 아니었다.

"소형제, 얼른 가자. 아직 더 도망가야 돼. 소림사의 중
들은 지독하기가 곤륜의 갑각사(甲殼蛇)보다도 더 하다고
그랬어."

"아니… 지금은 그것보다 계 어르신….”

"본좌라니까, 본좌. 콜록, 콜록!"

"예, 계 본좌의 내상을 치료하는 게 우선입니다. 자칫 하다가는 큰일이 날 수도 있습니다.”

아환이 정색했다. 지금 계무득이 흘리고 있는 것은 검은 피가 아니라 붉은 선혈이었다. 이는 지금도 출혈이 지속되고 있음을 의미했다. 이 상태로 공력을 운용하며 달리는 것은 자살 행위와도 다를 바가 없었다.

"얼른 내상부터 다스리는 것이…….”

"아니야, 아니야. 별로 아프지도 않은 걸. 콜록. 소림사의 땡중들이 지독하게 많으니 차라리 피를 조금 흘리는 게 나아.”

"조금이 아니잖습니까!"

아환이 소리쳤다.

계무득은 놀란 표정을 지었지만, 다시 능청스러운 얼굴로 고개를 저었다.

"듣기 싫어. 소형제는 지독한 고집쟁이로군. 난 갈 테니까 소형제는 있으려면 혼자 남아 있어.”

그야말로 지독한 고집쟁이였다.

아환은 계무득의 등을 향해 엉거주춤하게 손을 뻗었다. 순간 차라리 그냥 내버려 둘까 하는 생각도 들었다. 게다가 소림사와 갑작스럽게 싸움을 벌이게 된 배경에는 계무득의 돌발 행동도 크게 작용하지 않았던가.

거기다 계무득이 정녕 자기를 구해준 게 맞는지도 의심스러웠다. 혹여 다른 고인이 그를 구하고 사라진 것을 계무득이 발견만 한 것이 아닐까. 아니면 그 서은령이라는 여자가······.

아환이 생각하던 도중 걸어가던 계무득이 크게 휘청거리더니 자리에 푹 쓰러지고 말았다.

"계 어르신!"

아환이 저도 모르게 소리치며 그에게 달려갔다.

계무득은 부들부들 몸을 떨면서 재차 피를 토했다.

"이, 이런··· 우선은 자세를 바로하고 운기조식을······."

"소형제, 소형제. 내가 뭐라고 했어? 나는 그런 거 싫다고 했잖아."

계무득의 고집은 대단했다. 자기가 한 말을 뒤집기 싫어하는 어린아이처럼 보이기도 했다.

"소림의 승려는 더 이상 쫓아오지 않으니 그대는 안심하고 내상을 다스리시오."

두 사람에게 도움을 주었던 목소리가 다시 들려왔다.

계무득은 사방으로 고개를 돌리며 소리쳤다.

"시끄럽다! 귀신은 시끄러워! 나를 도와주었으면 도와준 것이지 그런 것으로 본좌가 너의 말을 들을 것이라고는 생각하지 마라!"

아환은 눈을 찡그렸다.

버리고 가버릴까 아니면, 차라리 무력으로 제압을 하고 치료를 할까 그는 갈등했다.

그때, 가까운 나무 뒤에서 사람이 걸어 나왔다. 그 사람은 여기서 볼 거라고 생각도 하지 않았던 사람이었다.

"초 도사님!"

"계 동생은 내 말을 듣지 않겠다는 건가요? 이 누님은 나쁜 아이는 싫어한다고 하지 않았나요?"

"누님!"

계무득이 반색하며 외쳤다. 하지만 초연은 화난 얼굴로 눈썹을 모으고 계무득을 노려보았다.

"계 동생은 당장 아 소협의 도움을 받아 내상을 치료하도록 해요! 그렇지 않다면 이번에는 정말로 계 동생을 버리고 갈 거예요!"

"버리지 말아요, 누님! 이 동생은 소형제의 도움을 받을 게요!"

계무득이 다급히 소리쳤다. 그리고 그는 아환을 다그쳤다.

"소형제, 소형제. 지금 이러고 있으면 안 돼. 무얼 하라고 했지? 콜록, 콜록. 그래. 일단은 자세를 바로 세우고, 그 다음은 운기조식? 응, 응. 그래, 운기조식을 하겠어."

아환이 무어라 대꾸할 새도 없었다. 계무득은 곧비로 가부좌를 틀고 앉더니 눈을 지그시 감고 숨을 들이쉬었다.

그런데 다음 순간, 바로 계무득이 식은땀을 흘리며 부들부들 몸을 떨었다. 몸속이 진탕이 되어 있었던 까닭에 기의 운용이 제대로 되지 않았던 것이다.

가만히 둔다면 주화입마에 빠져들 수도 있었다. 아환은 급히 그의 뒤에 자세를 잡고 앉아 한쪽 장심을 등으로 가져갔다.

초연은 발소리도 내지 않고 그의 뒤에 서더니 아환의 팔을 잡았다. 아환은 놀라 그녀를 쳐다보았지만, 초연은 시선을 피하고는 심드렁한 말투로 말했다.

"팔이 빠졌군요. 한쪽 팔로는 곤란할 테니 할 수 없이 실례하겠어요. 참아요."

팔에 닿는 그녀의 손이 부드럽다고 느끼는 순간, 격통이 온몸을 휩쓸었다.

단언하건대 팔이 빠질 때보다 더욱 아팠다.

아환은 간신히 비명을 삼키고는 초연을 쳐다보았다. 순간 그녀와 눈이 마주쳤지만 초연은 흥 하고 콧방귀를 뀌더니 고개를 돌려 버렸다.

"뭐 하는 건가요? 어서 손을 쓰지 않으면 계 동생의 몸이 상해요!"

그녀의 재촉에 아환은 두 장심을 계무득의 등에 가져다 대었다. 계무득의 호흡에 맞추어 숨을 들이마시고 뱉으니 계무득의 호흡도 안정되어 갔다.

아무도 말이 없었다. 향 하나 탈 정도의 시간이 지나 계무득의 신색이 천천히 돌아오자 초연은 혼잣말처럼 말했다.

"소림에 다짜고짜 쳐들어가 그렇게 난장을 피우다니. 과연 악한이군요. 더 내버려 두었다간 애꿎은 스님들만 다칠 것 같아 데리고 나온 것이에요."

아환은 운기요상에 집중하느라 그 말을 듣지 못했다. 그러거나 말거나 초연은 계속 말했다. 새치름한 표정이었지만 어린 소녀 특유의 귀여움이 있었다.

"여하튼 계 동생은 말썽쟁이라니까. 이번엔 정말 가만히 안 둘 거예요. 엉덩이를 때려서라도 버릇을 고쳐야지."

웃음이 나올 만한 말이었지만 아환은 그 말을 듣고 있을 상황이 아니었다.

아환은 눈으로 귀기를 받아들여 태양혈로 끌어갔다. 거기서 귀기는 들어오는 숨과 반응하여 그것을 끌어올리게 된다. 그 다음 그 기운이 천령개에 갇혀서 빙빙 돌게 되는 것이다.

그것이 첫 번째인데 문제는 계무득의 기의 흐름은 아환과 판이하게 달랐다.

계무득은 일단 입으로 귀기를 끌어들였다. 당연히 들어오는 숨에는 귀기만 있는 것이 아니라 보통의 기운도 있었기 때문에 그것을 또 일반의 기는 오른쪽과 귀기는 왼쪽으로 하는 식으로 나누어 분리하는 작업이 필요했다.

아환은 양쪽 장심에서 완전히 성질이 다른 기를 느끼고 는 황급히 오른손의 운기를 멈추었다. 아직 아환의 손에는 귀기가 통하지 않기 때문에 운기행공 중에 계무득의 귀기와 충돌하여 위험할 수 있었다.

그는 왼쪽 손으로 기를 보내어 계무득의 운기를 도왔다. 그러면서 더욱 이상한 점을 발견했다.

아환이 배운 바로는, 천령개 아래에 기를 모아놓고 돌게 하며 백회혈로 조금씩 귀기를 받아들이면, 돌던 기운은 들어오는 귀기와 반응하여 서서히 귀기로 변한다.

그런데 계무득은 그런 것이 없었다. 그저 보통의 운기 토납법을 하듯 귀기를 빨아들여서 단전에 저장하는 것이었다. 거기다 보통의 기도 단전에 축기하는 것이었다.

아환은 어처구니가 없었다. 귀기와 보통의 기는 그 성질이 다르기는 하나 본질은 결국 하나였다. 그래서 둘을 천천히 섞어서 가만히 회전시키면 서로 성질이 변하여 하나로 되게 되는데, 운기행공을 하는 자가 조심스레 호흡하여 그것을 조정해야 하는 것이다.

또한 급하다고 하여 마구 섞어두었다간 급격히 기운의 성질이 변화하면서 주위의 다른 기운을 끌어들이거나, 내뱉거나 하여 작게는 주화입마가 오고, 크게는 폭발이 일어날 수도 있는 것이다.

그렇기 때문에 음혼구귀초래법은 상단전을 사용하여 귀

기를 따로 모아두고 있는 것이다.

그런데 계무득이 하는 방식대로 하면 기껏 분리하여 정제한 귀기와 일반의 기가 결국 섞이어 하나로 되게 된다.

그런 생각을 하며 기의 움직임을 따라가 보니, 더욱 놀라운 일이 있었다.

계무득의 단전은 두 개였던 것이다. 공간상 하나로 되어 있긴 하지만, 실제로 그것은 겹치지 않고 따로 있었다.

마치 종이의 앞뒷면과 같았다.

앞에 쓴 글씨와 뒤에 쓴 글씨는 서로 같은 종이, 같은 위치에 쓰여 있었지만 앞 글씨도 읽을 수 있고, 뒤 글씨도 읽을 수 있는 것과 같은 이치였다.

아환은 순간 왜 갑자기 발에 귀기가 통했는지 알 수 있었다.

인간은 사지가 있고 몸통이 있는 것처럼 보이지만, 그 본질은 결국 원이었다. 장심은 족심과 이어져 있고, 팔은 머리에서부터 발끝까지 뻗어나갔다. 단전은 한곳에 있는 것이 아니라 온몸에 퍼져 있었다. 아니, 어디에나 존재하고 있었다.

아수라의 말이 떠올랐다.

[네가 음혼구귀초래법을 익히고, 스스로 귀기의 본질을 이해하게 된다면 단전의 존재는 무의미하게 된다. 상단전

이라는 것은 네가 그것을 이해하기 전에 네가 귀기를 다룰 수 있도록 하기 위한 것이다. 명심하거라. 귀기는 통하면서도 통하지 않는 것이다.]

새로운 깨달음이 아환의 몸 구석구석에 퍼져 나갔다.

아환의 얼굴에 미소가 걸렸다. 그의 온몸에서 귀기가 피어올랐다.

초연은 그 모습을 보다가 문득 고개를 들었다. 그녀의 눈매가 매섭게 변하며 주위의 공기가 변했다.

그녀는 품에서 부적을 꺼내 들었다. 그녀의 입에서 나지막한 주문이 흘러나왔다.

"天地思房濴戮鎌騙扈瓠衡想 急急如律令 急急如律令."

그녀가 부적을 아환과 계무득의 머리 위로 던지자 공중에서 부적이 불타며 재가 흩어졌다. 그녀는 연속해서 부적을 꺼내들며 한쪽 방향을 보며 다시 주문을 외웠다.

"型炯和化愼貢暝天渾地思房溟濴戮鳴鎌騙扈瓠衡想 急急如律令 急急如律令."

이번에 던진 부적은 한쪽으로 곧바로 날아가 나무에 달라붙었다.

뿌직!

엄청난 소리가 나며 나무가 꺾어졌다. 꺾인 나무 뒤에서 한 인영이 걸어 나왔다. 남궁혁이었다.

방금 그 엄청난 장면을 보았음에도 그의 걸음걸이는 느긋했다.

"굉장하군. 진짜 도사를 볼 줄이야. 놀랍구려. 소저는 아직 어려 보이는데. 어느 고인의 문하시오?"

"본녀가 나무 그늘 뒤에서 아녀자를 훔쳐보는 자에게 예의를 차려야 할 이유가 있나요?"

그녀는 날카로운 말두로 쏘아주고는 품에서 부적을 한 장 더 꺼냈다. 하지만 얼굴빛은 아까보다 더 심각해져 있었다. 앞의 부적은 분명히 남궁혁을 겨냥해서 던진 것이었다. 한 방에 쓰러트릴 것이라 기대는 안 했지만, 너무 효과가 없었다.

"물론 본인도 소림에서 행패를 부린 악한들에게 예의를 차릴 생각은 없소이다. 아녀자에게 손을 대기가 주저되니 소저는 물러나도 좋소."

남궁혁은 느긋한 말투로 말하며 손을 내저었다. 하지만 초연은 자세를 잡으며 대꾸했다.

"숨어서 얼마나 기다린 거죠? 강호의 명숙이 아녀자의 뒤를 쫓아다닌다는 꼬리표가 붙으면 곤란하지 않나요?"

"소저, 느긋하게 기다려 줄 생각은 없소. 조심하시오."

남궁혁은 그렇게 말하며 주먹을 날렸다. 정직하지만 되칠 엄두도 나지 않는 강맹한 일격이었다.

초연은 급히 몸을 날려 주먹을 피했지만 권풍에 스친

것뿐인데도 콧잔등이 시큰했다.

초연은 힐끗 아환과 계무득 쪽을 쳐다보았다. 아까의 주문 덕인지, 아환과 계무득은 이렇게 소란이 나는데도 별 문제 없이 운기요상 중이었다.

남궁혁은 한 걸음 성큼 내딛으며 다시 주먹을 날렸다.

"止!"

그녀가 손을 털어내며 외쳤다. 순간 남궁혁의 주먹이 느려지는 듯했지만 결국 전혀 소용이 없었다. 그녀는 간신히 피할 수 있었지만 권풍에 밀려 몇 발자국이나 밀려났다.

"호오."

남궁혁은 감탄사를 발했다. 신기한 얼굴로 손을 쥐락펴락했다. 지금은 별문제 없어 보였지만 분명히 아까는 저항감이 있었다.

"도술이란 것은 참으로 오묘하군. 다음번에는 무당이나 아미에 가서 가르침을 청해야겠어."

그녀는 평온한 남궁혁의 말에 이를 악물었다.

남궁혁은 다시 주먹을 날렸다. 처음과 똑같은 그냥 주먹이었다.

그녀는 반 보 비껴 서서 그 주먹을 피하며 남궁혁의 태양혈을 노리려고 했다. 하지만 그것은 그녀의 오산이었다.

남궁혁의 주먹은 손끝만 타점인 것이 아니었다. 아무 묘리도 없어 보이는 그 주먹은 모든 권의 묘를 다 포함하고 있어서 일견 단순해 보이는 것이었다.

그것은 단순히 강권(强拳)이라고 할 만한 것이 아니라, 파괴를 인간의 형상으로 빚어놓은 것이었다.

"꺅!"

초연은 새 된 비명을 지르며 날려갔다. 기세만으로도 가녀린 여자의 몸 정도는 날려 버릴 수 있었던 것이다.

"그만 하는 게 어떻겠소? 내가 아무리 권견이라 불린다지만 나도 사람은 사람인가 보오. 소저가 내 큰딸과 비슷한 나이니 내 영 손을 쓰기가 저어되는구려."

"과연 천하십절 중 하나시군요. 강맹한 권이에요. 아녀자에게 휘두르기는 아깝군요."

초연이 남궁혁의 정체를 알아내고는 비꼬아 말했다. 하지만 남궁혁은 격동되지 않고 천천히 한 발을 내디뎠다.

"시간을 계속 끌려 한다면 살초를 쓸 수밖에 없소이다."

초연은 커다란 산이 다가오는 듯한 느낌을 받았다. 그녀는 저도 모르게 한 발 뒤로 물러섰다. 남궁혁이 한 발 더 다가섰다.

"이제 그만 물러서는 것이 어떻겠소?"

남궁혁이 다시 물었다. 이번에 원하는 대답이 돌아오지 않으면 가만히 두지 않겠다는 투였다.

"그럴 수는 없겠군요."

초연은 입술을 깨물며 자세를 잡았다. 남궁혁은 한숨을

내쉬며 주먹을 당겼다.

"그렇다면 할 수 없지."

"그래, 할 수 없지."

남궁혁의 말에 대답이 돌아왔다.

아환이 자리에서 일어나 있었다. 그 얼굴은 땀으로 흠뻑 젖어 있었지만, 딱히 피로가 느껴지지는 않았다.

초연이 움찔거리며 몸을 떨었다. 어쩐지 아환의 기도가 조금 전과는 달리 느껴졌다.

아환이 말했다.

"어르신은 아직 일어날 상황이 아니지만. 상태를 보아한 식경이면 괜찮아지실 겁니다. 초 도사님께는 어르신을 부탁드리겠습니다. 저자는 제가 맡지요."

남궁혁은 인상을 찡그렸다. 지나칠 정도로 평온한 아환의 태도에 화가 난 것이다.

그는 크게 발을 굴리며 주먹을 날렸다. 원배를 한 번에 꺼꾸러트린 붕권이었다.

아환은 쳐다보지도 않고 공격을 피했다. 그리고는 느긋하게 몸을 돌려 남궁혁을 바라보았다.

"양쪽 눈 모두 굉장히 잘 보이는 듯하오?"

남궁혁은 능글맞게 웃으며 말했다. 하지만 그 목소리에는 은은한 노기가 서려 있었다.

아환은 씨익 웃은 뒤 일장을 뻗는 것으로 답을 대신했다.

팡!

손뼉을 치는 것 같은 소리가 나면서 남궁혁의 몸이 뒤로 날아갔다. 한 바퀴 제비를 넘어 착지한 남궁혁에게 아환의 발차기가 날아들었다.

남궁혁은 그 발차기를 팔로 받아 흘리면서 주먹으로 아환의 얼굴을 노렸다.

아환은 주먹을 막아내며 뒤로 뛰어 거리를 벌렸다.

남궁혁의 얼굴이 딱딱하게 굳었다. 그의 주먹은 금강불괴로 유명한 원배를 한 번에 눕히고 그의 성정에도 불구하고 강호의 명숙으로 행세하게 해 준 주먹이었다. 그것을 그냥 손으로 받고서 그 힘을 이용하다니, 눈으로 보고서도 믿을 수가 없었다.

"과연 마장호! 명불허……."

남궁혁은 말을 끝내지 못했다. 눈앞에 커다란 손바닥이 나타났다 싶더니 머리에 충격이 왔다.

"내 이름은."

아환의 신형이 순간 사라졌다가 남궁혁의 등 뒤에 나타났다.

"아환이다."

남궁혁은 등에 장을 맞고서 입에서 선혈을 내뿜으며 날아갔다.

초연은 믿을 수 없었다. 그 이전에 확인한 아환의 신위는 강하긴 했지만 이 정도까지는 아니었다.

"어떻게 한 거죠?"

초연이 급히 물었다.

"흠? 그냥 장을 내질렀습니다."

아환이 웃으며 대답했다.

초연이 미간을 찌푸렸다. 그녀가 원했던 대답이 아니었던 탓이다.

그 순간 날아가 쓰러져 있던 남궁혁이 벌떡 일어났다.

"흐아아아!"

그는 주먹을 쥐고 온몸을 날렸다. 아환은 자기에게 오는 공격을 가볍게 피했지만 피하자마자 속으로 탄식을 내질렀다.

아환에게 이어져 있던 얇은 살기의 선이 폭발하듯 튀어올라 초연에게로 향했다. 아환은 급히 몸을 날려 초연 앞을 가로막았다. 공격을 비껴 막거나 되치기엔 시간이 맞지 않았다.

아환은 온몸의 기를 끌어올려 그 공격에 대항하려 했다. 하지만 공격은 초연은커녕 아환에게도 닿지 못했다.

아환은 눈을 크게 치떴다.

공격을 하려던 남궁혁이 도리어 맥이 풀려 주저앉은 것이다.

쓰러지는 남궁혁의 뒤에 아환 또래로 보이는 애꾸 소년

이 서 있었다. 싱글싱글 웃으며 서 있었지만, 남궁혁을 쓰러트린 것은 틀림없이 그 소년일 터였다.

"누구시오?"

아환은 물으면서 마른침을 삼켰다. 눈앞에 보이는 자는 서 있는 것만으로도 나한진보다 더 심한 압박감을 느끼게 했다.

애꾸 소년은 늘어져 있는 남궁혁을 발로 들어 올려 한 쪽으로 집어던지고는 장난스런 얼굴로 대답했다.

"나? 마장호라고 한다."

〈『귀환무적』 제2권에서 계속〉

귀환무적

1판 1쇄 찍음 2009년 7월 25일
1판 1쇄 펴냄 2009년 7월 28일

지은이 | 금 훈
펴낸이 | 정 필
펴낸곳 | 도서출판 **뿔미디어**

기획, 편집 | 김대식, 허경란, 장상수, 권지영, 심재영, 소성순, 장보라
관리, 영업 | 김미영
출력 | 예컴
본문, 표지 인쇄 | 광문인쇄소
제본 | 성보제책사

출판등록 | 2002년 9월 11일 (제1081-1-132호)
주소 | 부천시 원미구 중3동 1058-2 중동프라자 402호 (우)420-023
전화 | 032)651-6513 / 팩스 032)651-6094
E-mail | BBULMEDIA@paran.com

값 8,000원

ISBN 978-89-6359-155-1 04810
ISBN 978-89-6359-154-4 04810 (세트)